圣祖嘉言

不要因路远而踌躇，只要去，就必到达。

谨以此书
献给我们深爱的母亲大地。

永生的苍天，请俯听我们的祈祷，我们的祝愿。

1989 年 9 月在父亲的草原之上

席慕蓉 著

追寻梦土

内蒙古人民出版社

【序】
初心

我一直相信，生命的本相，不在表层，而是在极深极深的内里。

它不常显露，是很难用语言文字去清楚形容的质素，我们只能偶尔透过直觉去感知它的存在，像是从灵魂深处隐约传来的呼唤。

总是在无法预知的时刻——或是从书页间的一个段落，或是在人生长路上的一处转折，那感动忽然来临，我们心中霎时充满了可能是伴随着刺痛的狂喜，也可能是一种神圣而又甘美得无法言传的战栗。恍如有种悲悯从高处对我们俯视，又恍如重逢那消逝已久的美好世界，那生命最初始的对一切美好事物似曾相识的乡愁。

是相对忘言，是很可能一说即错的邂逅。

因为，这感知的“直觉”，也是种很难去界定的东西。我们只知道它是与生俱来的本能，只能被激发，却不能去刻意培养，更不会随着年龄与知识的累积而增长。

它是“初心”，是上苍分配给每一个个体的天赋，是让我们在恰当的时刻能够短暂地参透天机的触角；有人得到的多，有人得到的少，有人参透的范围很深很广，有人却只分得一处小小的角落。

我想，我是属于后者。

然而，即使只有一处小小的角落，我也常在那难得的时刻突然来临时慌乱得不知所措，更不会用言语去清楚形容，非得等到时间慢慢过去，等到自己逐渐安静下来之后，我才可能在灯下用文字来试着为那些已经消逝了的光影造像。

我多么希望，在不断地衡量、判断与取舍之后，能够找到一种最精确的方式来表达出这种感动，以及我对于能拥有这种感动的生命的珍惜。

这就是我所有的诗以及散文的创作动机。

上面的这篇序文，写于一九九七年的春末夏初，原是为了上海文艺出版社出版的《席慕蓉自选集》所用的。

那套选集一共有四册，全部内容约有一百万字，包含一册诗集、三册散文集。

《我的家在高原上》就在其中，也就是现在这本《追寻梦土》。

这本书里收录的是与蒙古高原有关的文字，以一九八九年的夏天作为关键点，有的诉说在这之前从未得见原乡的迷惑和彷徨，还有的是在这之后，终于见着原乡的喜悦和忧伤……

而如今，已经是二〇〇八年的冬天了。

北京的作家出版社愿意将这本旧作重新出版，并且与我的另一本新书《蒙文课》同时推出。

《蒙文课》这本书另有新序，而且早已全部校对完毕，寄回去给作家出版社了。

今天晚上才开始来校对这本《追寻梦土》，在灯下将旧作一篇又一篇地慢慢审阅过去，心中颇有感触，很想要在这里再多说几句话。

常听有人说："悔其少作。"

那意思大概是年少的作品无论从哪一方面看都会觉得拙劣和单薄，怕因此坏了自己在创作上的名声吧。

可是，对我来说，却不完全是这样。

譬如在这本书里，最早的两篇如《无边的回忆》和《旧日的故事》，还是我在欧洲留学的时候写的，应该是一九六九年，新婚不久，从海外投稿回台湾，发表在当时的“中央副刊”上，离现在已快有四十年了。

四十年后再来读这些文字，是觉得颇为芜杂冗长，可是，也不想去修改它。因为，对我来说，这是一份珍贵的纪录。

它记录下我的“初心”。

原来，从那样年轻、那样早、那样远的岁月里，我就已经开始在寻找自己的“位置”了，几乎是生命自身的一种本能的寻求。

人类学家说，一个远离族群的人，在内心深处所有的惶惑与不安都是因为无法找到他自己原本应该有的“位置”。

这个“位置”，属于精神上的成分要远大于实质上的成分。

但是，它却又必须碰触到真实的时空才能显现出来。

在《追寻梦土》与《蒙文课》这两本书里，记录的是一个天涯游子如何面对自己的原乡，以及因之而起的种种触动和转变，更深深受到游牧文化的吸引，十几年间，逐渐从个人的乡愁转为对文化的探寻。

由于封面上的作者署名是“席慕蓉”，所以，读者当然可以认为，这只是我一个人的经历而已。

可是，在这条长路上逐日前行，我越来越明白，在这两本书里，作者的名字只不过是个代名词。书中的文字所呈现的，并不是一个人的大半生，而是许许多多人的故事。

是的，我是慢慢发现的，在这条长路上，原来以为只是属于我个人的寻求，其实也是许许多多族人对原乡美好大地的寻求啊！

“初心”仍在，并且不只是在我一个人的心里而已，能与众人分享这路途上的悲喜，是我年轻时从来不曾料想到的幸福。

写于二〇〇八年十二月十七日

附注：这两本书中大部分的相片都是我拍摄的，因此只加注了拍摄的时间与地点。

【新版序】
细碎的波光

要怎么说出我心中的感激呢?

在这条探寻原乡的长路上,遇见的每一位朋友每一位族人,都是我的贵人。

每一位都厚待我。是的,是借着你们的引导和无私的帮助,才让这一个半生彷徨无依的迷途者,终于找到了完全属于自己的文化家园。何等温暖的接纳,真是感激不尽啊!

现在又承内蒙古人民出版社之助,为我邀请翻译名家,将我的几本小书译成蒙古文出版,更是美梦成真。

美梦在没有实现之前,尤其是在年少之时,总会被别人或是被自己称它是“白日梦”吧?在这里,我把年少时的一篇日记一字不改地呈现,再加上另外三篇回到原乡之后的日记,当作是抽样的阶段性报告,作为新版的序文。美梦成真,愿将这幸福的细碎波光与大家分享:

一

一九五九年一月二十九日　台北

二十七号休业式我并没有参加,在寝室里整理东西,怎么那么乱啊!不知道从何着手,结果还是下午爸爸来接我时才再帮我弄好的。

回家两天，一切周遭的事物都是干净清爽的，我又开始想写日记了。

我常常反省，我太爱幻想了，有的时候就很容易对现实不满。其实我真该觉得幸福，我们没有任何可埋怨的事啊。

我承认我是个愚昧的人，我不配享受人间真正灵性的安静，我常常渴求爱，希望听到别人对我的赞美，我喜欢热闹，我爱出风头，我常常做白日梦，也许有一天我真的可以出国读书，也许我有一天回家了，回到我明驼瀚海的故乡，我眼看着蒙古的一切在面前兴旺起来，我站在高高的山冈上，向成吉思汗我伟大的祖先致敬，愿先祖英灵佑我，到那时，我便没有愁意了，我的“终身之忧”已获得解脱，我已经不会有缺陷了，我才有资格享受回忆中所含的欢乐。

啊！我为什么思潮那样紊乱呢？

二

二〇〇七年八月二十四日　克什克腾旗热水塘

（此刻我真的是回到姥姥家写日记了。在热水的交通饭店套房里记写昨天。）

昨天，八月二十三日，重回希喇穆伦河源，是满满的一天。同行的除了朵日娜以外，还有白音巴特尔、王立山、李景章和康少泽四位先生。

二〇〇〇年春天，白音巴特尔引用我在散文《松漠之国》里的一句话：“为什么一棵树都不肯留下来给我？”开始在克什克腾旗希喇穆伦河源附近展开固沙的工作，第二年开始植树、退耕。如今六七年下来，地表植被恢复得还算可以。沿途，他们指着小得可怜的幼苗说：“这是山杏，已成活。”

每株幼苗本身带着一个小保特瓶栽入沙中，瓶中之水可供养它一年还有余，幼苗因此而度过最困难的时期而终于得以存活。

另外还植入黄柳。白音巴特尔说，活了的话就抽芽生长，活不了的也可成为拦沙的护栏，阻止沙子流动。有了效果之后，沙子本身就逐渐成为薄薄的固定的一层，如果没有人为的践踏或破坏，再加上逐年累积的落叶（或尘土？）等等的腐殖层，就有望可以往固定的土层发展，但是中间到底需要多少时间，就无人能够精确回答。（三百年还是一千年？）

不过，努力还是值得的。虽说如今河源的治沙还在初步的阶段，一切还很脆弱，但毕竟大家已经开始警觉了。

开始往河源下去的时候，右边有位在当地工作的护林人员袁双平先生过来，伸手与我右手相握，支撑着我往下走去。他的身体很魁伟，在我右边，使我能非常安心地往下迈步，坡路很陡，底下又都是沙，如果没有他的左手支撑，我根本是寸步难行。

但是，十八年以前（一九八九年）的我，好像是一个人走下去的。除了不时要停下，把鞋后跟进来的沙子清一清之外，并不需要任何人的帮助；而且记忆之中，身旁还有树林，我和尼玛大哥、沙格德尔、王行恭，还有带路的朋友是从略微阴暗的树林子里走下去的。难道那些林子是在一九八九年到一九九九年，十年之间消失的吗？

原本以为是走了另外一条路。可是，当斜坡走完来到源头处之时，一看到那弯弯的在我们右前方深陷下去的沙谷，真是无比亲切与熟悉，如遇故人。是的，就是这里！就在这里！十八年前的一个秋日午后，九月六日，我初见河源，曾经赤足踏入源头不远处刚刚汇成一条浅溪的水流之中，溪水冰寒，而我心炽热。

我心炽热，只因终于找寻到自己的归属。“我终于在母亲的土地上寻回了一个完整的自己”，这是在回到台湾之后写下来的那句话。

此番重来，心中只有一个念头：感谢上苍的厚赐。这十几年来，持续在原乡行走，常常在克什克腾境内与浩荡奔流的希喇穆伦河相见，却没料想到，还有机缘再与河源相会。

隔了十多年的时光，山河依旧，有些景象丝毫没有变动，有些就似乎与记忆稍稍错位了。不过，季节里的颜色因为阳光的照耀，好像更加饱满，更加明亮。

河源旁的峡谷上方有树林，绿荫下有山菊，丛生的柔细枝子上，开着许多朵白色的细瘦花朵，在风中轻轻摇动，还有花瓣粉红的是山竹。在靠近我们的山壁上也散开着粉紫色的小野花，斜坡上的草色青青，仿佛就是蒙古长调里歌颂的草原的本色……

我静静环视眼前这山谷间的每一寸土地，心里想着就算是再有一个十八年，即使可以重临，恐怕也不容易再走下来了吧。

白音巴特尔真是深知我心的好朋友，他在河源的沙地上拣了一块松木的树干残片给我，造形很美，够厚够苍老够斑驳。他说应该不会是辽代的千里松漠留下来的，那么就一定是我母亲念念不忘的那三百里松林的了。

被岁月刷洗得近乎灰白的木头，横面还能见到那最后的十几年的年轮，体积不算大，又非常非常的轻，我向他道谢，说没有什么比这再好的礼物了，我一定会把它带回台湾。（也果真如此，此刻它还在我书房，二〇一七年四月加注。）

我们在河源停留了很久，当大家再一起往回程走上去的时候，我并没有频频回顾，或许是因为在沙坡上攀爬的艰难，或者是因为心中的平和与知足，我只停了一次，一次而已。这一次，河源已在稍远的下方，再转个弯或许就看不见了。我身处在另一片林子里，林荫间的绿，是嫩绿夹杂着青绿，这里好像仍是夏日，虽然已近尾声，而秋光还没有进入。

我向刚才的一切说“再见”。可是我知道这不是道别，因为从这里流出的河水，会不断地与我在母亲的土地上重新相见，河面上每一道细碎的波光，应该都是从这里出发再沿路由层层水流托带给我的祝福吧……

三

二〇一二年五月五日　台北—北京飞航途中

蒙古长调之所以被举世所推崇，不单只是在于它的美丽和它的艰难，而是在于它能把歌者与听众都提升到一个美好的高度。

这高度是在一般生活里从没能达到的高度，但又是从远古以来，每一个人的生命深处所渴望能企及的高度。如字面所言，这高度似乎是一种空间距离，其实，它也是一种质素，一种精神品质上的距离。

是的，无论在表象上多么平凡卑微的生命，上苍其实都赋予了这个生命一种本质的高贵和尊严。

而在哈札布的歌声里，我们这种平日无法企及难以触碰的本质就会突然被唤醒。

在他的歌声里，有些什么突然浮现出来，告诉我们，我们不是只为这表象的一切而活着的，我们还有一种更高、更远、更为神圣的核心可以去向往，可以去追求；仿佛是腾格里神赋予人类深心的一种神性，可感受、可引领、可安慰，却难以言说的那种力量和信心。

用句最简单的话语就可以将我上面这段解释说得非常清楚：

“哈札布的歌声将我们唤醒，让我们把自己完完整整地融入大自然的最深处。”

是的,人类逐渐忘了自己原是属于这美好的大自然,与所有的生灵原是美美与共的。人类的原乡本来不就是那和谐共生的大自然吗?

记得是尼玛大哥说的一段话:

“长调是从草原里长出来的。从前的草原多好,哈札布的长调唱得多好。现在,有些都不成样子了……”

所以,可以这样解释吗?这样定论:

“游牧文明的美好时空成就了蒙古长调,蒙古长调成就了歌王哈札布。”

陈黎明和白龙摄制了哈札布的传记,电影《天之恩赐》马上要在北京首演。我希望能以上面这段的想法在明天纪念他。

四

二〇一六年一月一日　淡水

新年第一天,向齐邦媛老师(台湾大学外文系名誉教授,《巨流河》的作者)拜年,我们谈得很高兴,并且,她说这么多年,她注意到我是一直走在一条寻找的道路上,不知道自己要找的究竟是什么?只是知道一定要往前去找,是“心”在驱动着我。

我怎么这么幸运。这么多年来,在电话里听着齐老师的文学课程,是一对一的单独授课啊!多么奢侈的福分!

和齐老师的第一次相遇,应该是在一九八七年的夏秋之间吧。她来参观我在阳明山上的小画室,是晓风陪她来的。我们在士林的福乐门口相会。

她后来对我说,因为我那天穿了一条花布的大圆裙,虽是花布,但颜色素淡,她很喜欢,或许还有一点点的羡慕。因为,她自己从年轻的时候就开始教书，当时总是穿着严谨，从来也不可能有这么一条大花布裙子。我的自由自在让她觉得应该支持这种选择，或许，从那一刻开始，她也就接受了我。

那年我四十多岁，还没开始发胖。上身一件无袖T恤，下身一件大圆裙，可以在草地上随意坐卧，可以在海边岩礁间任意穿行，从来不知道什么叫做“膝关节”，真是无忧无虑啊！

所以，两年之后，一九八九年的夏天，可以去内蒙古了，也是毫无挂虑地在北京火车站的人群里冲锋陷阵，抢登那好像永远也挤不上去的车门。到了张北，又一连几个钟头在狭窄的吉普车中左右摇晃，上下跳动。（真的，是跳得老高的那种颠簸！）再去沙坡上爬上爬下地寻找河源，一切的跋涉好像都不怎么困难，都能做到，一心一意就要往前走去。

是“心”在驱动，不过，也要这个身体可以配合才行。这是实实在在的人生，走了十几二十年下来，终于把“膝关节”给得罪了。

二〇一四年初，换了一个人工关节之后，晓风安慰我，她说：“不错！换一块新的马蹄铁，又可以在草原上多跑几年吧。”

目录

辑一　在那遥远的地方 …………… 1
有一首歌 ……………………………… 3
无边的回忆 …………………………… 9
飘蓬 ………………………………… 15
飞鸟们 ……………………………… 21
汗诺日美丽之湖 …………………… 29
旧日的故事 ………………………… 40
莲座上的佛 ………………………… 48
困境 ………………………………… 53
失母 ………………………………… 55
还乡?! ……………………………… 58
在那遥远的地方 …………………… 63

辑二　我的家在高原上…………… 75
今夕何夕 …………………………… 77
萨如拉·明亮的光 ………………… 85
风里的哈达 ………………………… 94
源 ………………………………… 105
礼物 ……………………………… 114
梦镜 ……………………………… 121

母亲的河 …………………………… 129
我手中有笔 ………………………… 135

辑三　宝勒根道海 ………………… 145
故居 ……………………………………… 147
经卷 ……………………………………… 149
顿悟 ……………………………………… 153
夜渡戈壁 ………………………………… 157
四十年 …………………………………… 159
黑森林 …………………………………… 162
大雁的歌 ………………………………… 167
父亲教我的歌 …………………………… 169
此身 ……………………………………… 175
父与女 …………………………………… 181
我的愿望 ………………………………… 187

辑四　七个夏天 ……………………… 191
记忆 ……………………………………… 193
朋友 ……………………………………… 197
“资料”与“经验” ………………………… 202
嘉丝勒 …………………………………… 207
远处的星光 ……………………………… 210
嘎仙洞 …………………………………… 219

穹苍·腾格里 …………………………… 229
胡马·胡马 ……………………………… 238
歌王哈札布 ……………………………… 249
丹僧叔叔 ………………………………… 260
七个夏天 ………………………………… 281

附　录……………………………………… 289
三封信和一个故事/林东生 ……………… 290
运气与机缘/林东生 ……………………… 295
回家真好/王行恭 ………………………… 298
朋友的信/晓风 …………………………… 301
时间草原/痖弦 …………………………… 303

此时,生命里还只有那隐藏着的火种。

1983 年在台湾垦丁海边写生

辑一　在那遥远的地方

此时，原乡还在那遥远的他方。

1985年秋，台湾东海岸 （刘海北 摄）

有一首歌

一

我是不到五岁就进了小学一年级的。在南京，在逸仙新村附近的一个小学里，我什么都不会，却学会了一首老师教的歌：

一二三四五六七，
我的朋友在哪里？
在上海，在南京，
我的朋友在这里。

这么多年来，我不单牢牢地记住了这首歌，并且还记住了教室里地板上温暖的阳光，和窗外对着我微笑的外婆的笑容。

我的女儿是在新竹上的幼稚园，三岁多的小女孩，每天早上去混两三个钟头，也不过是去混吃混喝，随便地唱唱玩玩罢了。所以那天下午，当她说要唱一首新歌给我听的时候，我并不太在意，埋头在书桌前的我，也不过如平日那样，随口地应答着她罢了。

然而，我小小的女儿却认真地唱起来了，用她那稚嫩的童音：

一二三四五六七，
我的朋友在哪里？
在台北，在新竹，
我的朋友在这里。

刹那之间，几十年来家国的忧患，所有的流浪、所有的辛酸都从我心中翻腾而出，我几乎要失声惊呼了。转身站起来面对着幼小的女儿，我小小的不解人事的女儿还抬着头问我：

“妈妈，宝贝唱得好不好听？”

我小声地回答她：“好听，宝贝唱得好听。”

孩子没有听出我声音里的哽咽，她高高兴兴地一边唱一边跑出去找小朋友玩了，我一个人站在屋子的中间，发现热泪已流得满脸。

二

我想，这也是为什么我会对那个后山上开满了油桐花的小小学校里的孩子们，对他们那样羡慕的原因吧。

是今年五月初的时候，我们新竹师专美术科的师生一起下乡，到苗栗县南庄小学办一场“艺术服务社会”的活动。我们带了一些作品展览出来，再放一些电影，再请邻近学校的学生们来一起写生，送给他们一些奖品和纪念的礼物，虽然天气一直很阴沉而且不断地下着小雨，但是，所有的活动也都热热闹闹地办起来了。

南庄小学实在很小很小，紧紧地贴在山边。周围全是山，全种满了油桐，正开着一簇一簇的白花，风吹过来，后山上的白花就一瓣一瓣地飘落了下来，有的飘到山上人家的屋顶上，有的就飘落到学校的操场上来了。

学校里的老师和小朋友们原来大概也是企盼着这样一天的，所以，他们也排演了一些节目来娱宾的，没想到会下这样的细雨，一会儿阴又一会儿晴，让人捉摸不定。在走过走廊的时候，我不止一次地听见小朋友在问他们的老师：

“老师，要不要换衣服？要不要换嘛？”

为了礼貌的关系，声音是压得很低很轻的，可是仍然可以感觉得出那语调里面所含的焦急与失望。

幸好十点多钟的时候，天气开始稳定了，甚至露出了阳光，扩音器里传出了请小朋友回教室去换衣服的消息，三面走廊里都有了欢呼的回响。我们被请到操场正面的走廊下，先看了中年级的艺术操，然后再看低年级的毛巾舞，最后是高年级的山地舞。

这些在山间长大的孩子们，有着和城市里的小孩们一样的自信，跳得好极了。我注意到他们的面容都长得很饱满，身体也很结实，低年级那些跳毛巾舞的小朋友们，更是扭得很自在，笑容可掬，一副自得其乐的样子。

在他们跟着音乐节拍舞动的时候，后山上的人家，也都站出来从高高的街边俯瞰着我们。有老人，有抱着幼儿的妇人，也有荷锄而过的农夫，都靠在街边的红栏杆上，笑嘻嘻地往下看，并且一边还指指点点的。

我想，他们一定是在指着那一个特别高大的是谁家的儿子，那一个扭得特别厉害的是谁家的小女儿罢。在这样一个小小而安定的社会里，操场上一半的小朋友，他们大概都认得出来，虽然也许叫不出名字，但总知道是哪一家的孩子或孙子的罢。

在这个满山都种满了油桐的小小世界里长大的孩子，有多少他们自己无法体会出来的幸福呢？可是说不定，他们反而会找出成打的缺点来，他们会觉得这里太偏僻、太闭塞，生活太死板、太缺少变化，因此，在他们成为少年以后，这样安定与安静的气氛反而会使他们觉得烦躁和苦闷，恨不得能冲出去，到另外一个广大无边的世界里，去做一个潇潇洒洒的流浪者。

可是，他们哪里会知道，有多少流浪的人渴望能找到这样一个安静而美丽的小小角落？有多少流浪的人捧着一颗憔悴的心却找不到可以安歇的地方呢？

活动开始的时候，曾经有过一个小小的开幕式，师生们聚在一起听“教育部”的一位司长讲一段话，他对小朋友说：

“我三十年前第一次走出校门来教书就是在这个学校，面对着和你们一样年龄的小朋友，所以，今天看到你们，就好像又回到三十年前一样……”

他对小朋友说话的声音特别温柔，和他平常公事公办甚至有点盛气凌人的语调完全不一样。站在礼堂的后面，我不禁动容。每个人的心里，都会有较为软弱的一点，面对着和三十年前一样的天真纯洁的小面孔，再刚硬的人也不由得要变成极为温柔的罢。而我是要羡慕他还是要妒忌他？经过了这样悠长的岁月，还能回来细数他少年时的脉络，还有同样的山，同样的树，同样的校舍，同样的操场，甚至差不多同样的小小面孔来迎接他，他的幸福真是难以衡量的了！

而我是要羡慕他还是要妒忌他？

三

在我的心里，一直有一首歌。

我说不出它的名字，我也唱不全它的曲调，可是，我知道它在那里，在我心里最深最柔软的一个角落。每当月亮特别清朗的晚上，风沙特别大的黄昏，或者走过一条山路的转角，走过一片开满了野花的广阔的草原，或者在刚亮起灯来的城市里，在火车慢慢驶开的月台上；在一个特定的刹那，一种似曾相识的忧伤就会袭进我的心中，而那个缓慢却又熟悉的曲调就会准时出现，我就知道，那是我的歌——一首只属于流浪者的歌。

我并不怨怪我的父母，我也不怨怪我们的社会，可是，命运给我的，是多么奇怪的一种安排啊！我有一个很美丽的汉文名字，可是，那其实是我的蒙古文名字的译音而已；我有一个更美丽的蒙古文名字，可是却从来没有机会用它。我会说国语、广东话、英文和法文，我可以很流利地说、写，甚至唱，可是我却不能用蒙古话唱完一首歌。我熟读很多国家的历史，我走过很多国家的城市，我甚至去了印度和尼泊尔，可是我却从来没见过我的故乡。

察哈尔盟明安旗（现锡林郭勒盟正镶白旗），一个多遥远的地方！父亲说，明安在蒙古语里的意思是指一千只羊，就是说那是一个很富裕的地方，那里羊多，草又肥美。

而今夜，在灯下，我实在忍不住要揣想，如果我能在一块广阔而肥美的草原上出生长大，今天的我，又会是一种什么样的命运？

在我的心里，会不会有一首不一样的歌了呢？还是说，我也许会和那些在满山都种满了油桐的小小世界里长大的孩子一样，觉得日子太单调、生活太平凡，因而对外面的一切有了无法抑止的激情，甚至在梦里也希望自己能够变成一个永远的流浪者呢？

梦与现实，到底哪一样能够令人满意？

此时，我可以到处游走，却不知何日能踏上蒙古高原。

1986 年夏，澎湖民居之前

无边的回忆

外婆和鞋

我有一双塑胶的拖鞋，是在出国前两年买的，出国后又穿了五年。它的形状很普通，就像你在台北街头随处可见的最平常的样式：平底，浅蓝色，前端镂空成六条圆带子，中间用一个结把它们连起来。买的时候是喜欢它的颜色。穿了五六年后，已经由浅蓝变成浅灰，鞋底也磨得一边高一边低了。好几次，有爱管闲事的，或者好心的女孩子劝我："阿蓉，你这双拖鞋太老爷了。"或者："阿蓉，你该换拖鞋啦！"

我总是微笑地回答："还可以穿嘛，我很喜欢它。"

如果我的回答换来的是一个很不以为然的表情，我就会设法转变一个话题。如果对方还会对我善意地摇摇头，或者笑一笑，我就会忍不住要告诉她："你知道我舍不得丢它的原因吗？"

而这是一段让生命在刹那间变得非常温柔的回忆。大学快毕业时，课比较少，家住在北投山上，没有课的早上，我常常会带着两只小狗满山乱跑。有太阳的日子，大屯山腰上的美丽简直无法形容。有时候我可以一直走下去，走上一两个钟头的路。最让我快乐的是在行走中猛然回过头，然后再仔细辨认，山坡下面，哪一幢是我的家。

走着走着，我的新拖鞋就不像样了。不过，我没时间管它，我的下午都是排得满满、别有用处的。晚上回家后赶快洗个澡就睡了。

直到有一天，傍晚，放学回家，隔着矮矮的石墙，看见我的拖鞋被整整齐齐地摆在花园里的水泥小路上，带着刚和同学分手后的那一点嚣张，我就在矮墙外大声地叫起来：

“何方人士，敢动本人的拖鞋？”

花园里没有动静。再往客厅的方向看过去，外婆正坐在纱门后面，一面摇扇子，一面看着我笑呢。

那时外婆住在永和，很少上山来。但来的话就总会住上一两天，把我们好好地宠上一阵子再走。那天傍晚，她就是那样含笑地对我说：

“今天下午，我用你们浇花的水管给你把拖鞋洗了，刚放在太阳地里晒晒就干了，多方便！多大的姑娘啦！穿这么脏的鞋给人笑话。”

以后，外婆每次上山时，总会替我把拖鞋洗干净，晒好，有时甚至给我放到床前。然后在傍晚时分，她就会安详地坐在客厅里，一面摇扇子，一面等着我们回来。我常常会在穿上拖鞋时，觉得有一股暖和与舒适的感觉，不知道是院子里下午的太阳呢，还是外婆手上的余温？

就是因为舍不得这一点余温，外婆去世的消息传来以后，所有能够让我纪念她老人家的东西，比如出国前夕给我的戒指，给我买料子赶做的小棉袄，都在泪眼盈盈中好好地收起来了。这双拖鞋，也就一直留在身边，舍不得丢。每次接触到它灰旧的表面时，便仿佛也接触到曾洗过它的外婆的温暖而多皱的手，便会想起那在夕阳下的园中小径，和外婆在客厅纱门后面的笑容。那么遥远，那么温柔，而又那么肯定地一去不返。

一支儿歌

在我们家里，我排行第三，上面有两个姐姐，下面有一个妹妹、一个弟弟。小时候，我长得很胖，人很糊涂，口齿也很不清晰。妈妈说，有一次，两个姐姐从学校学会一支歌回来，就很兴奋地教我唱，歌词是：

"大姐嫁，金大郎；二姐嫁，银大郎；三姐嫁，破木郎。大姐回来杀只猪；二姐回来杀只羊；三姐回来，炒一个鸡蛋，还要留着黄。大姐回，坐车回；二姐回，骑马回；三姐回，走路回。走一会，哭一会，望着天边流眼泪。天也平，地也平，只有我爹娘心不平。"

妈妈说，大概那时只有四五岁的我，一面含含糊糊地跟着唱，一面就哭起来了。后来上初中了，一唱这支歌还会哭。小时候的事我记不得了，不过初中时为这支歌是哭过的。大概那时正是发育时期，对未来存着恐惧之心。又觉得在家里处处受委屈，觉得父母偏爱姐姐。于是，伤心人别有怀抱，唱着唱着，就会哭了。至于将来会不会嫁个破木郎之事，大概当时还没有放在心上。

人长大以后，很多事情都会慢慢地忘了。可是姐妹们却不饶我。一九六六年的圣诞节，也就是我和他订婚的那个晚上，她们三个人就在慕尼黑爸爸的公寓里唱起来了。一面唱，一面笑，还一面问我：

"怎么不哭呢？"

其实，我当时是有点被感动了。被圣诞树上的烛光，被父亲眼中的爱意，被眼前那三个唱着歌的女孩子酡红的双颊，被窗外无声的瑞雪，被身旁的他环抱着我时给予我的温暖，被这一切，尤其是被这突来的儿歌的单纯的调子感动了。

而那些没有根的回忆，就又在泪珠中显现了。

没有见过的故乡

缠绕着我们这一代的，就尽只是些没有根的回忆，无边无际。有时候是一股汹涌的暗流，突然冲向你，让你无法招架。有时却又缥缥缈缈地挨过来，在你心里打上一个结，你却找不出这个结在哪里，也不知道是为了什么原因，也不知道是为了哪一个人。

三年以前，在瑞士过了一个夏天，认识了好几个当地的朋友，常常一起去爬山。有一天，其中一个男孩子请我们去他家玩。他家坐落在有着大片果园的山坡上，从后门出去，就可以看到后山下一大块树林围着一个深深的湖。这个男孩子指着他家院墙外的一棵大樱桃树说：

"你看见那个从下面数左边第五枝的枝子了吗？那根枝子歪得很特别的，看见没有？那是我爸爸七岁时候的事了，他爬到树上采樱桃，也是这样一个夏天，被我祖父看见了，罚他就在那根枝子上坐了一个下午，不准下来。那根枝子从此就歪了。"

也许是他在唬我，也许是他父亲唬了他。可是他对家的眷恋，对儿时的追怀，对时光逝去的否认，都可以由这一棵大树，甚至由这棵大树上的一根歪歪的枝干上获得满足了。因此，他说话时甚至带了一点骄傲。而我呢？我给他看我的拖鞋吗？我或许可以给他唱那支儿歌，但是他听得懂吗？就算他终于懂了，那分量能抵得住就在眼前的这一棵他曾祖母手植的庞然大物？能抵得住他立足的这块生他又育他的土地吗？

而我就越发怀念我那从来没有见过的故乡了。

小时候最喜欢的事就是听父亲讲故乡的风光。冬天的晚上，几个人围坐着，缠着父亲一遍又一遍地诉说那些发生在长城以外的故事。我们这几个孩子都生在南方，可是那一块从来没有见过的大地的血脉仍然蕴藏在我们身上。靠着父亲所述说的祖先们的故事，靠着在一些杂志上很惊喜地被我们发现的大漠风光的照片，靠着一年一次的圣祖大祭，我一点一滴地积聚起来，一片一块地拼凑起来，我的可爱的故乡便慢慢成形。而我的儿时也就靠着这一份拼凑起来的温暖，慢慢地长大了。

渴望

去年春天，我们在卢森堡那个小小的国家里，享受了我们的蜜月旅行。那时正是五月天气，公路上繁花似锦。我们两个人轮流开车，每遇到一个绿草如茵的山坡，就会停车跑上去玩一玩。我总禁不住那青草的诱惑，总要在草坡上打几个滚。有一次，天已傍晚了，他心急想赶路，可是我还沾着一身的花絮和野草，赖在树底下不肯走。他又好气又好笑地对我说：

“我看哪，你就干脆留在这里放羊算了！”

他的这句话，就和眼前的夕阳一样，有哪一点相连贯的地方呢？为什么给我一种似曾相识的感觉？这傍晚的青草的幽香……

对了！我本来应该是一个在山坡上牧羊的女孩子，那大地的血脉就流在我身上。迎着夕阳，一个穿红裙子的女孩从青青的山坡上下来，温驯的羊群在她身旁挤着擦着，说着些只有它们自己听得懂的话。而那傍晚青草的幽香，那只有在长城外的黄昏里才有的幽香啊！

但是，我本来应该是的，我现在并不是。我所拥有的，仅仅是那份渴望而已。

而我所拥有的,只有那在我全身奔腾的古老民族的血脉。我只要一闭眼,就仿佛看见那苍苍茫茫的大漠,听见所有的河流从天山流下。而丛山黯暗,那长城万里是怎么样地从我心中蜿蜒而过啊!

飘蓬

一

据说，在我很小的时候，本来是会说蒙古话的，虽然只是简单的字句，发音却很标准，也很流利。

据说，那都是外婆教我的，只要我学会一个字，她就给我吃一颗花生米。

据说，我那个时候，很热衷于这种游戏，整天缠在外婆身边，说一个字，就要一颗花生米。家里有客人来时，我就会笑眯眯地站出来，唱几首蒙古儿歌给远离家乡的叔叔伯伯听。而那些客人们听了以后，常会把我搂进他们怀里，一面笑着夸我一面流眼泪。

可是，长大了以后的我，却什么都记不起来，也什么都说不出来了。

每次有同乡的聚会时，白发的叔叔伯伯们在一起仍然喜欢用蒙古话来交谈，站在他们身边，我只能听出一些模糊而又亲切的音节，只能听出，一种模糊而又遥远的乡愁。

而我多希望时光能够重回，多希望，我仍然是那个四五岁的幼儿，笑眯眯地站在他们面前，用细细的童音，为他们也为我自己，唱出一首又一首美丽的内蒙古歌谣来。

可是，今天的我，只能默默地站在他们身边，默默地，独自面对着我的命运。

欧洲的夏天，我常会去探访父亲。

1965 年瑞士阿尔卑斯山麓

二

当然，有些事情仍然会留些印象，有些故事听了以后也从没忘记。

童年时最爱听父亲说他小时候在老家的种种，尤其喜欢听他说参加赛马的那一段。

父亲总是会在起初，很冷静、很仔细地向我们描述，他怎样渴望着比赛那一天的来临，怎样怀着一颗忐忑的心骑上那匹没有鞍子的小马，怎样脸红心热地等着那一声令下，怎样拼了命往前冲刺，怎样感觉到耳旁呼啸的风声与人声，怎样感觉到胯下爱马的腾跃与奔驰。说着说着，父亲就会越来越兴奋，然后不自觉地站了起来，我们这几个小的也跟着离凳而起，小小的心怦怦地跳着，小小的脸儿也跟着兴奋得又红又热，屏息等着那个最后的最精彩的结局，一定要等到父亲说出他怎样英勇地抢到了第一，怎样得到丰厚的奖赏之后，我们才会开始欢呼赞叹，心满意足地放松了下来。那个晚上，总会微笑着睡去，想着自己有一个英雄一样的父亲，多么足以自豪！

长大了以后，想起这些故事，才会开始怀疑，为什么父亲小时候样样都是第一呢？天下哪里会有那样不可一世的英雄？

好几次想问一个究竟，每次却都是话到唇边又给吞了回去。

有一次，父亲注意到了，问我是不是有话想说，我一时找不出别的话来，就撒娇地坐到他身边，要他再讲一遍小时候赛马的事给我听。

想不到父亲却这样回答我：

“多少年前的事了，有什么好提的？”

我以后就再也没有提这件事了。

三

十几年来，父亲一直在德国的大学里教蒙古语文。

那几年，我在布鲁塞尔学画的时候，放假了就常去慕尼黑找父亲。坐火车要沿着莱茵河岸走上好几个钟头，春天的时候看苹果花开，秋天的时候爱看那一块长满了荒草的罗累莱山岩。

有一次，父女俩在大学区附近散步，走过一大片草地，草是新割了的，在我们周围散发出一股清新的香气。

父亲忽然开口说：

“这多像我们老家的草香啊！多少年没闻过这种味道了！”说完深深地呼吸了一口。

天已近黄昏，鸟雀们在高高的树枝上聒噪着，是它们归巢的时候了，天空上满是那种黄金色的温暖霞光。

我心中却不由得袭过一阵极深的悲凉。远离家乡这么多年的父亲，却仍然珍藏着那一份对草原千里的记忆，然而，对眼前这个从来没看过故乡模样的小女儿，却也只能淡淡地提上这样一句而已。在他心里，在他心里藏着的那些不肯说出来的乡愁，到底还有多少呢？

我也跟着父亲深深地呼吸了一口，这暮色里与我有着关联的草香，心中闪出了一个句子：

“那只有长城外才有的清香。”

又过了好几年，有一天晚上，在我石门乡间的家里，在深夜的灯下，这个句子忽然又出现了。我就用这一句做开始，写出了一首诗，没怎么思索，也没怎么修改。所有的句子都自然而顺畅地涌到我眼前来。

这首诗就是那一首《出塞曲》。

四

以前，每当看到别人用“牧羊女”这三个字做笔名时，心里就常会觉得，这该是我的笔名才对。

不是吗？倘若我是生在故乡、长在故乡，此刻，我不正是一个在草原上牧着羊群的女子吗？

每次想到故乡，每次都有一种浪漫的情怀，心里一直有一幅画面：我穿着鲜红的裙子，从山坡上唱着歌走下来，白色的羊群随着我温顺地走过草原，在草原的尽头，是那一层又一层的紫色山脉。

而那天，终于看见那样的画面了，在一本介绍塞外风光的杂志里，就真有那样的一张相片！真有那样的一个女子赶着一群羊，真有那样一片草原，真有那样远远的一层又一层绵延着的紫色山脉。

我欣喜若狂地拿着那本书给母亲看，指着那一张相片问母亲：“如果我们没离开老家，我现在是不是就是这个样子？”

母亲却回答我：

“如果我们现在是在老家，也轮不到要你去牧羊的。”

母亲的口气是一种温柔的申斥，似乎在责怪我对故乡的不了解，责怪我对自己家世的不了解。

我才恍然省悟，曾在库伦的深宅大院里度过童年的母亲，曾吃着一盒一盒包装精美的俄国巧克力，和友伴们在回廊上嬉戏的母亲，恐怕是并不会喜欢我这样浪漫的心思的。

但是，如果这个牧羊的女子并不是我本来该是的模样，如果我一直以为的却并不是我本来该是的命运，如果一切又得从头再来的话，我该要怎么样，才能再拼凑出一幅不一样的画面来呢？

有谁能告诉我？有谁能为我再重新拼凑出一个不一样的故乡来呢？

我不敢问我白发的母亲，我只好默默地站在她身边，默默地，独自面对着我的命运。

飞鸟们

金丝雀

原来是为了怕妹妹寂寞，所以才买了一只金丝雀来陪伴她的。

那几年，在布鲁塞尔，我们姊妹俩在同一个学院上课，她修美术设计，我学油画，两个人平常总是同进同出。我们住在一幢十楼公寓的顶层，公寓很老旧，电梯是装着要自己拉开和关上的那种两层铁栅门，摇摇晃晃的，每次上下，都有一种二十世纪三十年代恐怖片的气氛。加上公寓的门锁又很单薄，也没看到有什么防火梯，所以，我们在衣柜里，藏了一条用穿破了的丝袜所结起来的长绳子，想着万一发生了什么事，可以用这一条绳子从窗口吊下去。因此半夜里突然醒来的时候，心里也比较有一点安全感。

那个时候我已经认识了海北，一到周末他就会来找我。两个人一起出去的时候，虽然都玩得很高兴，可是我心里总是会惦记着在家里的妹妹，一个人在顶楼的小公寓里埋头赶作业的妹妹，对她总有一点担忧和抱歉。

金丝雀就是在这样的一种心态下买下来的，我还在鸟店里挑了一个特别漂亮的鸟笼把它带回家去。

有了这只金丝雀以后，我们小公寓的气氛就真的不一样了。只要早上的阳光一射进来，这只小金丝雀就开始唱起歌来，又清朗又婉转，有时候一口气可以变好几个调子，越拔越高，越高越亮，让还在床上的我们也跟着振奋起来，把毯子一踢，一天就这样跟着它的歌声快快乐乐地开始了，我们就给它取了个名字叫“喜喜”。

父亲(左)读大学前,与我的三伯父札木苏荣先生合影。

喜喜是个男生，有极柔软的黄毛、极亮的黑眼睛，吃得不多，很爱洗澡，并且，好像也听得懂我们两个人说的话。有时候，我们会在把所有的门窗都关好之后，再把它放出来，它会高兴得在屋子里飞来飞去，但是，只要我们两人之中任何一个人伸出手，并且呼唤它的名字，它就会应声飞过来。有时候停在我们的手上，有时候会停在我们的肩膀上。我微侧过脸去的时候，几乎可以感觉到它的体温、它的微弱的呼吸、在柔软的羽毛下小小的心的跳动。它的浅黄色的趾爪很有礼貌很知道轻重地放在我的肩上，对它的这一份温柔的信任，我实在是又感激又欢喜。

我们都很宠爱它。我结婚的时候，妹妹搬到女生宿舍去住，就很慷慨地又把它转送给我。在我和海北新找到的家徒四壁的公寓里，有个比较大的客厅，我就开始用钢架和铁丝网做了个一米见方的大鸟笼，到森林里面去拣了几束弯弯的小枝子来给喜喜做秋千。因为怕它寂寞，又去鸟店买了两对小鸟来陪它。海北送我的那只安哥拉猫，没事就爱蹲在鸟笼的顶上，喜喜和它们也相安无事。朋友来的时候都会觉得很迷惑，走的时候总会发表一些感言：

“你们家很奇怪，猫不像猫，鸟不像鸟，不过，我倒是蛮喜欢的。”

这样奇怪和欢喜的日子过了两年，要回国了，只好商量着把猫和小鸟分送给朋友。这时候妹妹早已毕业并且到加拿大去做事了，我真庆幸她没有亲眼看到喜喜又被装回狭小的鸟笼，被人带走的场面。我自己做的鸟笼太大，根本出不了门，只好又一根一根地把它拆掉。那天晚上，小鸟都送走了，鸟笼也拆干净了，只剩下一块空空的地板，我们的还没被送走的猫就一直在这块角落上转来转去，并且还一直抬起头来轻声地呼唤着，好像在呼唤着它平日的伴侣。它来到我们家时还是一个小小黑黑的毛球，所有小鸟的年龄都比它大，也都容忍它。而两年以后，它已变成一只庞然巨物。可是，那天晚上，它的呼唤声里藏着一种很软弱很彷徨的感觉，粗笨的大尾巴在地板上拖来拖去，却始终不肯离开客厅的那个角落，我只好假装没有看见也没有听见，把卧室的门紧紧地关了一夜。

过了几天，朋友告诉我，喜喜在到他家的第一天，就在他换食的时候从打开的门里飞走了。

从那次以后，我没再养过鸟。

白鸽

邻居的少年养了一只小白鸽，放假的日子，他们两个常会在我的屋前屋后出现。从窗里，我可以仔细地观察而不会惊动他们。鸽子和少年有很多相似的地方，都是瘦瘦长长的，都很年轻、很怕羞、又很孤单。

少年是寄居在他姑妈家里的，他自己的家原是在台湾北部的海边，一家都以捕鱼为业，从祖父到父亲一直到他的大哥，都是在海上讨生活的人。他是四个男孩中的老二，在小学三四年级的时候就被送到姑妈家来。父母送他来的理由是：姑妈家附近的学校比海边的学校要好，将来也许可以多读一点书，在城里也许可以找到一个好一点的工作，无论怎么样，都会比捕鱼要强。

少年刚来到姑妈家的时候，黑黑瘦瘦的，只有一点点大，怎么逗他也不肯讲话，听说有时候一个人会躲在房间里偷偷地流眼泪。姑妈家只有两个小表姐，对他倒是很照顾，可总是玩不到一起。小男孩早上一个人背着书包去上学，放学回来也就一个人孤单单地坐在客厅的角落里，我去找他姑妈的时候，常常会被他吓一跳。他也不出声招呼我，只用一双又黑又亮的大眼睛瞪视着我，好像一只受惊的小鹿。

那个时候，我的凯儿才一岁，慈儿五岁，正是绕在我身边最需要我照顾的时候。有太阳的日子，两个又香又甜的小宝贝总是一个在怀里一个在身旁缠着我。我们母子三人在巷子里依依靠靠地散着步的时候，常常会遇到这个大眼睛的小男孩，背着书包朝我们走过来。走近了仍然不打招呼，可是那双像小鹿一样的眼睛总忍不住多向我们望几眼，眼光里充满了羡慕。

小小的年龄，小小的胸怀里承受着的是怎样无奈的一种寂寞啊！母亲有时候会来探望他，姑妈对他也不错，一到寒暑假父亲和兄弟也会早早地来接他回海边的家。可是，在平常的日子里，在每一个普通的清晨和普通的黄昏里，小小男孩要面对着的，是怎样孤单和寂寞的一段童年，这样的一种缺失是没有什么可以补偿得了的啊！

一学期一学期地过去，他也就这样长大了。今年已是中学三年级学生的他，体格是比刚来的时候壮多了，声音也变粗了。但仍然是瘦瘦长长的，仍然有一双黑亮的大眼睛，仍然有点怕羞，不过，已经可以在相遇的时候向我微笑，并且很有礼貌地出声招呼了。

我们居住的巷子里，六七年来，添了不少小男孩，和我的已经上了小学的凯儿一样，都变成了这个在海边出生的少年的忠实喽啰，整天都跟在他的身边转来转去。

他养的小白鸽也因而成为所有小男孩的宠物，每个人都争着想要向它献殷勤。放假的日子，我们屋前屋后因而总是充满了孩子们呼叫鸽子的声音。

可是，鸽子总是独自高高地站在屋瓦的上面，一动也不动，对孩子们的呼叫听若无闻。在澄蓝天空的背景之前，小白鸽的羽毛显得特别白，眼睛显得特别黑。

而在空中有鸽群飞过的时候，它的小小身影也因而显得特别的孤单了。

燕子

初中的时候，学会了那一首《送别》的歌，常常爱唱：

长亭外，古道边，芳草碧连天……

有一个下午，父亲忽然叫住我，要我从头再唱一遍。很少被父亲这样注意过的我，心里觉得很兴奋，赶快再从头来好好地唱一次：

长亭外，古道边……

刚开了头，就被父亲打断了，他问我：

“怎么是长亭外？怎么不是长城外呢？我一直以为是长城外啊！”

我把音乐课本拿出来，想要向父亲证明他的错误。可是父亲并不要看，他只是很懊丧地对我说：

“好可惜！我一直以为是长城外，以为写的是我们老家，所以第一次听这首歌时就特别感动，并且一直没有忘记，想不到竟然这么多年是听错了，好可惜！”

父亲一连说了两个好可惜，然后就走开了，留我一个人站在空空的屋子里，不知道如何是好。

前几年刚搬到石门乡间的时候，我还怀着凯儿，听医生的嘱咐，一个人常常在田野间散步。那个时候，山上还种满了相思树，苍苍翠翠的，走在里面，可以听到各式各样的小鸟的鸣声，田里面也总是绿意盎然，好多小鸟也会很大胆地从我身边飞掠而过。

我就是那个时候看到那一只孤单的小鸟的，在田边的电线杆上，在细细的电线上，它安静地站在那里，黑色的羽毛，像剪刀一样的双尾。

“燕子！”我心中像触电一样地呆住了。

可不是吗？这不就是燕子？这不就是我从来没有见过的燕子？这不就是书里说的，外婆歌里唱的那一只燕子吗？

在南国温热的阳光里，我心中开始一遍又一遍地唱起外婆爱唱的那一首歌来了：

燕子啊！燕子啊！你是我温柔可爱的小小燕子啊……

在以后的好几年里，我都会常常看到这种相同的小鸟，有的时候，我是牵着慈儿，有的时候，我是抱着凯儿，每一次，我都会很兴奋地指给孩子看：

“快看！宝贝，快看！那就是燕子，那就是妈妈最喜欢的小小燕子啊！”

怀中的凯儿正咿呀学语，香香软软的唇间也随着我说出一些不成腔调的话语。天好蓝，风好柔，我抱着我的孩子，站在南国的阡陌上，注视着那一只黑色的安静的飞鸟，心中充满了一种朦胧的欢喜和一种朦胧的悲伤。

一直到了去年的夏天，因为“内政部”的邀请，我和几位画家朋友一起，到南部的一个公园去写生，在一本报道垦丁附近天然资源的书里，我看到了我的燕子。图片上的它有着一样的黑色羽毛，一样的剪状的双尾，然而，在图片下的解释和说明里，却写着它的名字是“乌秋”。

在那个时候，我的周围有着好多的朋友，我却在忽然之间觉得非常的孤单。在我的朋友里，有好多位在这方面很有研究心得的专家，我只要提出我的问题，一定可以马上得到解答，可是，我在那个时候惟一的反应，却只是把那本书静静地合上，然后静静地走了出去。

在那一刹那，我忽然体会出来多年以前的那一个下午，父亲失望的心情了。其实，不必向别人提出问题，我自己心里也已经明白了自己的错误。但是，我想，虽然有的时候，在人生的道路上，我们是应该面对所有的真相，可是，有的时候，我们实在也可以保有一些小小的美丽的错误，与人无害，与世无争，却能带给我们非常深沉的安慰的那一种错误。

我实在是舍不得我心中那一只小小的燕子啊！

汗诺日美丽之湖

在夏日正午香港的街边，我慢慢寻找属于我的童年。

香港是一个充满了变化与变动的岛屿。在这三十年间，我回来过几次，眼看着一次又一次不同的面貌。奇怪的是，我童年居住过的这一个地区，却总是保持原状。

一切依旧保持原状，像是随时在等待着我的探访。

曾经住过五年多的家还在那个斜坡上，我站在对面马路上看过去，整条街只给人一种灰旧破败的感觉，就算是在正午的阳光下，也带着冷冷的灰青色调，街上一个行人也没有。

也许是天气太热的关系吧，我对自己说，谁会在这样的大热天里出门呢？

可是，在我的童年里，这条街是鲜活的，充满了声音与气味、色彩与光泽。我和妹妹会在街角的凉茶店乖乖地站着喝完一碗凉茶，就为了等凉茶之后的那一颗陈皮梅。装凉茶的大壶总是擦得光亮亮的，陈皮梅总是又酸又甜，小心含在嘴里可以吃很久很久。

在夏日正午台北的街边，我急急地拆开信来。

信是挂号信，刚才出门的时候收到的，原来应该等到回家之后再看，但是信封上寄信者的签名让我猜到了里面的内容是什么，因此忍不住一面走一面拆信，然后就在一无遮阴的人行道上站住了。

> ——一点四十分起程，沿途无限草原，由远而近出现名曰汗诺日的美丽之湖（汗诺日，蒙古语，皇帝之湖）。周

童年的记忆。

1996 年 6 月香港湾仔

围占地约四华里，湖水清湛，断定为一淡水湖。湖上万千水鸟群栖群飞，牛群悠然饮水湖边，美景当前，不胜依恋。

信是乌尼吾尔塔叔叔寄来的，信里另外附寄的一份资料是他在多年前翻译的《蒙古高原调查记》书中的几页，这本书是更早更早以前由日本的一个学术调查团体所写下来的记录。

在上一次的同乡聚会里，乌尼吾尔塔叔叔就说过他要把这一部分的内容影印了寄给我，在这封信里，叔叔说：

现就书中有关贵府部分资料，复印一份寄上。按尼总管全名为尼玛鄂特索尔，亦即是您的伯父。又乌蓝和硕村、尼总管邸，就是您席府的——老家。

此书现存蒙藏委员会研究阅览室，资料虽极有限，但此时此地得来亦属不易……

这次在香港停留了五天，一直在朋友的热情招待里，最后一天，飞机在下午四点起飞，朋友说上午任我自由活动，他们会在下午两点准时来接我去机场。

这一天我在早上十点才起来，原来还是懒懒地在屋子里晃来晃去的人，忽然想去看一眼以前的小学、看一眼以前的家。念头一出现，人马上就醒过来了。

十点半钟刚过，我已经搭上往湾仔方向的地铁了。上次来香港，虽说也去了旧家一趟，却是拜望住在那里的朋友，人又多，来去匆匆，根本没想到要向窗外望一望。

再上一次，就是出国去欧洲读书那一次的路过了。

在湾仔那一站下了车，从修顿球场的那个出口走了出来，我不得不用手指来帮忙计算岁月，算一算，上次走过修顿球场去找小时候的学校是二十岁出头的人，这一次沿着旧路走过去的我早已经过了四十岁了。

那么，下一次再来，该有多少岁了呢？

正午的阳光直直地罩下来，没带伞的我慢慢沿着旧日的街道往我的昔时走了过去。

正午的阳光直直地罩下来，台北的民生东路上充满了车声与灰尘，我就站在街边翻读着我那从来没有见过的故乡。

汗诺日美丽之湖，是靠近家园的第一站，第一处标识，第一个进到心里面去的名字。汗诺日美丽之湖湖水清澈清凉，而我在南方炎炎烈日之下翻读着我的故乡。

> ——过湖畔，越丘陵，进入河床地带，道路泥泞难行，由此西上即为尼总管邸所在地。途中河床南岸，屡现黄土绝壁，到处展露着花岗岩的风化层。我们经过长时跋涉沼泽地区，确已筋疲力尽，约于五点半到达乌蓝和硕村的尼总管邸。尼府位于该部最西端，有三幢固定房屋和三所蒙古包。村落背面约有一平方公里的平地，其后为高约七十米的丘陵。远望陵顶有鄂包两处。
>
> 总管不在，由其令尊及其胞弟出迎，接进正房左间招待。

接下来这些日本人在书里用了不少笔墨来形容我祖父的精神与气质，他们用了很多形容词。对这位年逾六十岁的老主人，他们的强烈印象是因为：

“——我们深感老者为蒙古族人中杰出的干练人物。”

这些日本人在当时并不知道，几年之后，另外一批日本人因为同样的理由暗杀了我的二伯父。

这些日本人在当时并不知道，这位被他们尊敬、感激并且竭力想讨好的老主人，却在几年之后横遭丧子之痛。尼玛鄂特索尔，老人的次子，也就是尼总管邸的尼总管，是日本人阴谋侵占内蒙古计划里的大阻碍，他们因此而暗杀了他。

我没有见过祖父和伯父，我的父亲也很少向我们这些孩子提起这件事，我们所知道的只是从亲友间听来的一些模糊而又固定的情节。我想，父亲是把这一件事情藏起来了。

有些痛苦可以逢人就诉说，但是有一种痛苦只能独自面对，把它藏在最深最暗的地方，绝对不准任何人闯入。

从小所认得的父亲就是一个很乐观的人，温和而且浪漫。

在香港那几年，他常带我们这几个小的去海边游泳，去山上野餐，我们学校里的活动他都来参加，只要有父亲在，气氛就会活泼热闹起来。

我们不太敢去要求母亲的事，常会先到父亲那里去疏通。有一次，我把他送给母亲的一支很好看的钢笔带到学校去，结果回家的时候只剩下上面的笔套，空空地挂在衣服口袋上，下面的笔杆不知道丢到什么地方去了。

母亲很生气，因为那是一支非常漂亮的笔，我到今天还记得，是红底镂着金花，很细致很秀巧的女用钢笔。母亲板着脸要我回去找，沿路仔细看，找不到就不准回来。

我只好沿着放学的路慢慢低头往回走，家的后面有一块高起来的土坡，要爬上三四层台阶才能走上去，就在那个土坡前面，父亲赶上了我，他用温热的大手扶着我的肩膀，轻声地说：

“算了！找不到的了，我们还是回家去跟妈妈说说好话罢。”

三十多年之后，我又来到这个土坡的前面，除了周围多了一些拥挤的房屋之外，土坡和从前完全一样，连那几层台阶也没有丝毫的改变。

走上台阶的时候我绊了一跤，差点往前跌过去，幸好用手扶住了地，把身子给稳住了。走在我身边的一位老先生对我吆喝了一声，那意思好像是在说：

“怎么这么大的人走路还这么不小心？”

——七月六日六点起床，晨来细雨蒙蒙，气温下降，如同深秋，令人感寒，赶忙多加内衣。九点品茗。十时等雨略停，江上、田中二氏到府前广场漫步。那里集有马匹为数三百以上，由尼氏之弟担任指挥，从群中挑选若干马匹拴在府前。

此时生龙活虎般的蒙古骑士们在场活跃，他们手持套马杆拼命地追马，一俟接近目的物之际，闪电式地跳离坐骑，飞扑而去，攀马尾，扣马鬣，擒拿归来。正在欣赏草原凄然壮举之时，田中氏又复进入摄影梦境。据尼氏之弟称，经管马匹近千，另有牛羊约千只。

江上回室之后，看见铁制消火壶一具，不论其为近时或古代之物，以其酷似往昔黑海东北草原游牧民族之锅，遂引起他照壶写生的兴趣。本日主人特煮全羊飨客，十一点多钟一同拔所佩蒙古刀，分割羊肉招盐而食之，美味无穷。

与海北婚后的第一只猫，它的一岁生日蛋糕。

1969年布鲁塞尔 （刘海北 摄）

太阳好大，从天上直直地射下来，射进了我的肌肤里，手上拿着的纸张反映着日光，那光芒也直直地射进了我的眼睛，使我的眼睛觉得酸热起来。

我这是在干什么呢？

站在酷热的街头，拿着几页影印的文字，从几十年前的一段记录里，努力寻找着自己的归属。

有些日本人拿着枪支，把我的家毁了一次又一次。也有些日本人拿着相机和画笔走了许多路只为了看看我的家园、我的亲人，看他们使用的器物，看他们的生活方式，看那原本应该是理所当然的也属于我的一切。

而我，今天的我，呆立在南方炎炎烈日下的我，从来没有见过汗诺日美丽之湖的我，到底算是什么呢？

往学校去的那条砌满了石阶梯的路也毫无变动，只是觉得出奇的狭小。

记忆里那些阶梯又宽又平滑，放学的时候总是蹦跳着往下走，遇到姐姐和她们的同学走在前面的时候，我就会一路大声地叫着姐姐的名字，一路追了过去。

太阳好大，直直地射了下来，路上一个人也没有，只有一条狗跑过来对我吠叫几声，看我不怕它，也就很知趣地退开了。

学校旁边那块山坡还在，只是树长高了，把整块草坡遮住，原来的马缨丹都没有了。地上堆了很多落叶，好像很久没人走过的样子，我心里开始疑惑起来，虽然说是刚放暑假，总不至于荒凉到这个地步吧。

走到学校正门前面的时候，才明白了为什么刚才会有那只狗过来警告我，这里确实已经是一个荒凉的被弃置的地方了。

大门铁栅是紧锁的，有一张布告贴在门边，说是学校已经搬到骆克道去了，请来宾去新址接洽，并且请勿进入这幢私产的房屋之内。

去年来香港的时候，是听说老校长已经去世了，好像他的孩子没有什么兴趣来继续办下去。但是，我没有想到今天走了这么远的路到了学校门口却不能进去。

站在锈蚀的栅栏之前，我往门里探视，左边是我四年级的教室，再过去是弟弟上过的幼稚园，右边是福利社。有一次从父亲挂在柜子里的衣服口袋里偷了十块钱，拿去买五毛钱的东西吃，福利社的小姐找了我一大堆钱，我正在往回拿的时候被经过的姐姐看见，她什么也没说地走开了，可是我知道她会在晚上告诉父亲。那一整天在学校里我什么事也没办法做，手总是伸进口袋握着那堆钱，手心里都是汗。

那天晚上是怎么面对的我已经忘记了，只是从此以后没敢再犯同样的错误。

有风吹过来，把山坡上的树吹得沙沙作响，我转身离开，忽然间很强烈地想念起三十多年前那个小小的身影，和她所收藏着的那些琐碎的忧愁与快乐。

沿着我儿时放学回家的阶梯一层一层走了下去，开始有泪水沿着眼眶边缘浮了上来。

在画画和写东西的时候，我总是希望有个好的开始。

尤其是写诗，我总是不断修改，但是又不愿意在稿纸上留下任何修改的痕迹，于是总是反复誊抄，只要错了一个字，就重新再开始。

我喜欢在一张洁白的稿纸上，用深黑的墨水一个字一个字端端正正地写下去，每一行的排列也都要完全照着计划来，所以，一首诗终于写成之后，桌子底下总是堆满了废弃的稿纸。

从香港回到台北的那个晚上，母亲微笑问我："有没有回湾仔去看看？"

站在床边的我，竟然不敢据实回答，含糊地说了一两句就把话岔开去了。

到了夜里，一个人坐在桌前，泪水才止不住地滴落了下来。

难道生命真的没有办法修改，真的只能固定在一个又一个错误的格式里了吗？

妈妈，人的一生只能有一次童年，为什么我不能生长在汗诺日美丽之湖的旁边？

妈妈，在您病榻前没能说出来的话，此刻正一字一句横梗在我的胸中我的喉间。

妈妈，我不但回到湾仔，回到我以前的家、以前的学校，我甚至在这一天的正午时分找到了以前和您一起去买菜的那个街边的市场了。

那是我完全没有预料到的事，没有想到在转过一个街角之后，我就回到了三十多年以前的那个菜市场。那条窄街、那些摊位、那些摊贩、那些菜蔬的颜色与气味、那些人群的声音与形象，妈妈，一切都和三十多年前完全一样，甚至还包括那夏日正午令人目眩的阳光。

妈妈，我没有任何招架的能力，胸中在霎时充满了依恋与怀旧的情绪。妈妈，我没有办法。虽然，照您的说法，那五年多里，我们只是客居在香港而已，但是，那时间，那五年的时间，却是我生命里一段无法替代、无法修改、无法重新再来的童年啊！

当您牵着我的小手慢慢穿过拥挤喧闹的市集的时候，您一定没有想到您正在铸造着我所有的回忆吧？您一定没有想到，您和父亲正在带引着你们的孩子一步一步地逐渐远离了汗诺日湖。

因此，我永远没有办法对美丽的汗诺日湖产生出我对香港湾仔一条窄街上的菜市场那种相同的反应，虽然，按照原来的计划，那应该是我的故乡。在我的记忆里应该有一片清澈的湖水，湖上有万千水鸟群栖群飞。我的一生，或者最少是我的儿时应该在乌蓝和硕村度过，小小年纪就呆立在广场前看我的伯父们指挥那些生龙活虎的蒙古族骑士在马群中往来追逐。就算是有一天我长大离开了，就像你们当年离开的时候那样，我也仍然可以在心里保有着那一块土地上所有的一切，颜色与气味、声音与形象，好准备在有一天，当转过一座山，或者绕过一处丘陵的时候，忽然间重新看见、听到，并且嗅出了在等待着我的那完全没有改变的童年！

可是，从我生命最初的开始，你们就不断一步一步地带引我远离了我的来处。我的童年只能在这一条窄街或者那一条斜坡上出现，而我对这些仅有的记忆又不能不充满了强烈的依恋。

三十多年就这样过去了，生命终于固定在一个错误与矛盾并且再也无法修改的格式里了，妈妈，我们永远不能再重新开始，站在夏日正午的街边，我终于发现，我什么都不是，也什么都不能是。

妈妈，人的一生只能有一次童年，我为什么不能生长在汗诺日美丽之湖的旁边？

母亲的草原就在眼前。

1989 年 9 月昭乌达盟克什克腾旗

旧日的故事

小红门

这个世界上有很多事情，你以为明天一定可以再继续做的；有很多人，你以为明天一定可以再见到面的。于是，在你暂时放下手，或者暂时转过身的时候，你心中所有的，只是明日又将重聚的希望，有时候甚至连这点希望也不会感觉到。因为，你以为日子既然这样一天一天地过来，当然也应该就这样一天一天地过去，昨天、今天和明天应该是没有什么不同的。但是，就会有那么一次，在你一放手、一转身的那一刹那，有的事情就完全改变了。太阳落下去，而在它重新升起以前，有些人，就从此和你永别了。

就像那天下午，我挥手离开那扇小红门时一样。小红门后面有个小院子，小院子后面有扇绿色的窗户。我走的时候，窗户是打开的，里面是外婆的卧室，外婆坐在床上，面对着窗户，面对着院子，面对着红门，是在大声地哭着的。因为红门外面走远了的是她疼爱了二十年的外孙女，终于也要像别人一样出国留学了的外孙女。我不知道那时候外婆心里在想些什么，我只记得，在我把小红门从身后带上时，打开的窗户后面，外婆脸上的泪水正在不断地流下来。

而那是我第一次看见外婆这样激动，心里不免觉得很难过。尽管在告别前，祖孙二人强颜欢笑，但在那一刹那来临的时候，平日那样坚强的外婆终于崩溃了。而我得羞耻地承认，在那时，我心中虽也满含着离别的痛苦，但能“出国”的兴奋仍然是存在着的。也就是因为这个原因，才使我流的泪没有老人家流的多，也才使我能在带上小红门以前，还能挥手向窗户后面笑一笑。虽然我也两眼酸热地走出巷口，但是，在踏上公共汽车后，车子一发动，我吸一口气，又能去想一些别的事情了。而且，我想，我走时，弟弟正站在外婆的身后，有弟弟在，外婆不会哭很久的。外婆真的没有哭很久，那个夏天以后又过了一个夏天，离第三个夏天还很远很远的时候，外婆就走了。

家里的人并没有告诉我这个消息。差不多过了一个月，大概是十二月初，一个周末的下午，我照例去华侨子弟学校。那天我到得比较早，学生们还没来，方桌上摆着一叠台湾报纸的航空版，我就坐下来慢慢地翻着。好像就在第二张报纸的副刊上，看到一则短文，一瞥之下，最先看到的是外祖父的名字，我最初以为是说起他生前的事迹的，可是，再仔细一看标题，竟是史秉麟先生写的："敬挽乐景涛先生德配宝光濂公主。"

而我当时惟一的感觉就是手脚忽然间异常冰冷，此刻才明白，为什么分别的那一天，老人家是那样激动了。难道她已经预感到，小红门一关上的时候，就是永别的时候了吗？而这次，轮到我在一个异国的黄昏里，无限懊悔地放声大哭起来了。

那一条河

我的祖先们发现这一块地方的时候，大概正是初春，草已经开始绿了，一大片一大片地向四围蔓延着。这一条刚解了冻的河正喧哗地流过平原，它发出来的明畅欢快的声音，融化了这些刚与寒冬奋斗过来的硬汉们的心，而不远处，在平原的尽头，矗起一层紫色的山脉，正连绵不绝地环绕着这块土地。

祖先们就在这里终止了他们疲倦的行程，流浪的人终于有了一

初访红山，远眺英金河。

2002年6月赤峰市

个家。春去秋来，他们的孩子越来越强壮，他们的妇女越来越姣好。而马匹驰骋在大草原上，山冈上的羊群像雪堆、像海浪。

很多很多年以后，我的外婆就在这条河边诞生了。这个婴儿在她母亲的眼中一定是最美丽的，外婆一定也很爱她的母亲。因为每一次，在我们不听话，惹妈妈生气的时候，外婆就会说："你们这些孩子真没孝心，我小的时候，总想着法子帮母亲的忙，照顾弟妹。"或者："我母亲对我说什么话，我都从来没有顶过嘴，总是规规矩矩地答应着。"

当时，外婆的这些话总是听过了就算了。真正能体会到她的意思的时候，我已经长得很大，离她也很远了，就像她离开那条河已经很远了一样。

但是，那条河总是一直在流着的。外婆曾在河边带着弟妹们游玩。每一个春天，她也许都在那解了冻的河边看大雁从南边飞过来。而当她有一天过了河，嫁到河那边的昭乌达盟(现赤峰市)去了的时候，河水一定曾喧哗地在她身后表示着它的悲伤罢。

小时候爱求外婆讲故事，又爱求外婆唱歌。可是每次听完以后，都不能很清楚地把内容完全记下来，等到第二次外婆要我们重述的时候，我们总是结结巴巴地，要不然就干脆一面笑着，一面跑开了。外婆一定很失望罢。

但是，那条河总是一直在流着的，而在外婆黑夜梦里的家园，大概总有它流过的喧哗的声音。“大雁又飞回北方去了，我的家还是那么远……”用蒙古话唱出来的歌谣，声音分外温柔。而只要想到那条河还在那块土地上流着，就这一个念头，就够碎人的心了。

所以，她仍然一遍一遍地和我们讲述那些故事，故事之中总有一条河，有一个孝顺的孩子，有一个可爱的母亲。有时候，我们听出她话里的教训的意味，我们就会笑着要求再换一个。每一次，她的故事都没能讲完，大概不是因为小孩子们已经跑远了，就是因为她的思绪又在那条河前面停顿下来了罢。

而我今天多么渴望能重听一遍那条河的故事！谁能告诉我，六十年前，那十八岁的少女的面貌曾有多少飞扬的光彩？谁能告诉我，那草原上的男孩子们曾几次驰马掠过她的裙边？谁能告诉我，那一颗年轻的心里，曾充塞了多少对这一块土地的热爱？而在她转身离开这条河时，是不是也以为明天又会再回来？我能问谁呢？我想，大概就只有问这一条河了。

于是，这条河也开始在我的生命里流动起来了。从外婆身上，我承继了这一份对那块我从来没有见过的土地的爱。离开她越远，这一份爱也越深，芳草的颜色也越温柔。而希喇穆伦河后面紫色的山脉也开始庄严地在我的梦中出现，这大概是外婆生前没有想到的罢。

鸢尾草和石阶

当然，我也有我自己的童年，我自己的故事。我生在抗战末期的四川乡下，我知道那个地方叫做金刚坡。也许有些曾住在那个地方的读者们会很惊喜地发现这三个字，而这三个字马上带给你们不少的回忆，那我当然也很替你们高兴。不过，这个地方能给我的惟一的印象，就只是一朵蓝色的鸢尾草，一朵开在湖边的蓝色的花。

我小的时候，人很胖，头又特别的大，妈妈说，常常在一转眼间就看不到我了，不过马上就知道，一定又是从山坡上哪一个地方滚到坡下面去了。大家只要到山坡下面的草堆里去找，总会找到我这个小肉球。奇怪的是，我很少哭，每次也很少会受伤，所以每次也都只是让大人们虚惊一场。等到刚把我摆到小椅子上坐定，大人们才刚一转身，我又会没事人似的爬下来，然后，又一个滚，又带着草和泥，滚下山去了。

大概，这朵花就是在那个时候进入我的生命里的。我只记得我身子前面有一丛杂草，头顶上是一片浓密的树荫。我大概是在一个小树林的边缘，林子里面有一个湖(也许是个池塘，可是儿时所有的池塘对我都像一个大湖)，而这朵花就开在杂草和湖的中间，好蓝好大也好香。

以后我就一直没有见过同样的花，有时候我说给别人听，别人也不知道那朵花该叫什么名字，也并不太感兴趣去替我查植物大全。有更多比这个事情还重要的事要做哪！谁能管那么多闲事。

可是我心中却一直很想念这朵花的。一直到有一天，读大学了，和同学们去北投公园写生，在一条小径的转角处，我看到这一朵花，和我小时候看见的那朵是一个样子，一样的蓝，没有那么大，也没有那么香。可是，我已经很满足了，马上到处去找国画老师，找到他后就赶快问他,在路旁长着的这一朵花叫什么名字。林老师说:“这是鸢尾草。”

这就是鸢尾草,我生命里的第一朵花有了名字了。同学们已经走得很远了,我一个人站在这朵花前很久,一阵微风吹来,小花就会颤动几下子,而我的心里忽然觉得空落落的。童年时那朵蓝色的回忆竟然在我心里占了这么大的分量,一旦替它找到了名字,它却在名字前面显得黯淡而模糊了。曾经是那么清晰的一朵蓝啊!

这也就是为什么几年以后,在香港的一个街角前,我犹疑着不敢向前的原因了。

我的另一段童年是在香港度过的,那时候外婆和我们住在一起。每天早上,她总带着我们三个小的出门去散步。我们先走过电器街,然后后面就是星街和月街,走完这两条街,就面对着二马路的一块山坡了。实在算不了是一块山坡,不过,在香港那个寸土寸金的地方,那一块绿色对我们来说已经很满足了。山坡下面有一条石阶,一直通到左边的半山公寓上去。每天早上,外婆就会在山坡前面做一段晨操,然后就在石阶上坐下来,看我们三个小孩在坡上面奔来跑去。我还记得弟弟那时候大概才刚会走,穿着一身紫红色的毛衣裤,跟在我和妹妹的后面转来转去。我们常常故意躲起来,弟弟找不到我们以后也不会哭,总是一转身,两条小腿软软地,向山坡下面的外婆跑去了。当然有时候免不了会在草地上跌一跤,我们就会满怀歉意地跑出来,把他扶起来再和他好言好语地玩上一阵子。

外婆就微笑地坐在那里看我们,一直到觉得太阳太热了时,才带着我们往家里走回去。

后来我和妹妹进小学了,外婆就带着弟弟一个人去做早上例行的散步。后来弟弟也进了幼稚园了,外婆早上送他去上学,上课时她就坐在幼稚园的铁丝围栏的外面,看弟弟和别的小孩子交朋友或者打架，下课后她再带着弟弟走回家。幼稚园是附设在我们的小学里的，所以，我们放暑假总是一起放。一放暑假，我们老少四个又开始我们的晨游了，仍然是那同样的路程，仍然是那同样的山坡，不同的只是外婆不再把弟弟背在身上，弟弟跑得比我们都快，而他也早已穿不下那一套紫红色的毛衣裤了。

十几年后，我离开外婆，到欧洲来读书，从台湾坐四川轮来到香港，准备坐一星期后的法国客轮到马赛。那时候，有很多小时候认得的朋友都很热诚地招待我。算一算，离开香港去台湾读书竟也是过了十年的光景了。这次过境，十年后的香港当然改变了很多，可是也有很多地方仍然像我小时候所见的一样。那时候，我就渴望着要再去一次童年时日日常游的地方。有一天清晨，我就一个人找到那一条电器街了。

我是一个人从秀华台上走下来的（但我的心中，却有三个人和我一起走下来），电器街就在前面的左手，街道好像窄了很多，建筑物的墙上贴满了乱七八糟的广告和招贴，只给砖墙露出一点点空隙，在那个空隙上有白漆涂着的十灵丹的大字，那三个字是认得我的。再转过一条街就是星街了，我慢慢地走着，很想像十几年前一样，可是身边怎么多出那么多数不清的人，不像一个清晨该有的样子。而我的高跟鞋的声音又一下一下地在提醒我，我不再是那个牵着外婆的手的年龄了。当然，这也没有什么关系，我来就只是来看一眼那个石阶的，看一眼后，我就会回头了的。但是，我没想到，这是需要勇气的。

就在那条街的转角前，我依稀地认出了那一块山坡的样子。只要再向前走几步，我就会看到那条通向左边的石阶；只要再向前走几步，我就会看见一个老人，精神很健旺地带着三个小孩子坐在石阶上。

可是，我却站住了，呆呆地站住了。我不敢再往前走，因为我怕那条石阶已经不在了，或者就算还保留着，也许已经给改变了形状了。石阶前面的山坡也许还在，也许已经被人铲平，盖起公寓来了。我不知道我将会看见什么，我想，我还是设法保留我曾经看见过的景象吧。于是，我就回身往来路走回去了。走得很快，没有停下来，也没有再转过头去。

雁阵

等我再想到这件事情的时候，我坐的火车正沿着莱茵河岸急驰着，对岸山上的古堡在月光下显得更加孤独。火车经过罗累莱那块大山岩的时候，我只觉得岩上长满了太多的荒草。山岩默默地蹲踞在河的转角，而那荒草就在月光下郁郁地摇着。而我就想起了我在初中时学会的那首歌："我不知道为了什么，我会这般悲伤。有一个旧日的故事，在心中念念不忘……"

而我就又想到外婆的那一条河，和我心中念念不忘的那些故事。虽然都是些平铺直叙的，可是，它们总是一遍一遍地重复出现着，就像眼前莱茵河的水波，像昨天阿尔卑斯山的积雪一样，很温柔而又很悲哀地呈现在我的周围。我想，人类已经是一种很孤独的动物了，假如再没有这些旧日的故事来陪伴，再没有那些亲爱的人让我去思念，再没有那无边的大地在等待着我的归去，那么就算走遍天涯，我也再不能获得"存在"的意义了。

我的这篇杂记也许该在这个时候告一段落了。我的丈夫说："你写的东西太以小我为中心了。"不过，我想，这个世界就是由无数的小我构成的，就因为小我有一份感情，大我才会产生一股力量。雁阵能够不停地飞过八千里的天空，还不就只是因为每一只大雁都有一颗思归的心而已吗？

莲座上的佛

风声是很早就放出去了，因为，我很爱看朋友们那种羡慕得不得了的样子——“真的要去尼泊尔啊？”

朋友的眼睛好像在刹那间都亮了起来，于是，我就可以又得意又谦逊地回答他们：“是啊！不过还不知道手续办得怎么样，假如办成的话，我们还要去印度，去克什米尔哩！”

是一种什么样的心情！当年去欧洲读书的时候，好像都还没这么兴奋。向别人说起那些遥远的地方的名字时，真有种陶陶然、熏熏然的感觉。

我一直想去那种地方，遥远、神秘和全然的陌生。不管是金碧辉煌的古老，或者是荒芜脏乱的现代，一切都只是在一种道听途说的传言里存在，和我没有丝毫痛痒相关，我可以用欣赏童话的那种心情去欣赏那块土地，不必艳羡，不必比较，也不必心伤。

而飞机飞到加德满都盆地上空时，也真给了我一种只有童话里才能有的那种国度的感觉。从特别白、特别厚的云层掩映下，一点点地向我们逐渐展露出来的丰饶的绿色高原，有那样干净美丽的颜色，房屋、树木、山峦都长得恰像我梦里曾经臆测过的模样。又好像一张年代稍有点久远，可是笔触仍然如新的透明水彩画。

在那个时候，我并没想到，有一件事情正在等待着我。在事情发生之前，我是一点也没能料到的。

到了加德满都，住进了“香格里拉”旅馆，稍事休息，喝了旅馆特别为我们准备的迎宾酒后，我们就开始参观活动了。第一站就是城郊东方的山上那座“四眼神庙”，那是世界上最大也是最古老的一座

乌审召墙上的壁画。

1993 年 7 月鄂尔多斯高原

佛塔。同行的尼泊尔导游很热心地为我们讲解:塔是实心的,底下的圆座代表宇宙,而上面四方座上画的四面佛眼代表佛在观看注视着众生,然后,然后……他的英文带有很重的土腔,听起来很费力,于是,我们就一个两个地慢慢溜开了,要溜就赶快,否则,只剩下你一个人时,就很不好意思而必须硬着头皮听下去了。

我溜到佛塔旁边一个卖手工艺品的小店里,刹那间目迷五色,把外面的佛塔、寺庙全都忘了。小小的店里,摆满了精致美丽的东西：镶着银丝套子的弯刀，缀满了彩色石头的胸饰，还有细笔画在画布上的佛画，还有拿起来叮当作响的佛教的法器，我简直迫不及待地想问：

“怎么卖？多少钱？”

不过，同行的爱亚比我早，已经拿起一个银镯子来问价钱了。她要店主翻译那镯子上刻着的文字是什么意思。看他们两个说得正热闹，我只好在旁边先挑一些东西出来，等他们说完话。

可是，他们两个大概碰到难题了，僵在那里半天，爱亚过来叫我，要我给她翻译一下，因为有一句话她怎么也听不懂。

面孔黝黑的尼泊尔店主指着那个银镯子说：

“这是一句经文，我念给你听，它的意思是莲座上的佛。”

他念出了那句经文：

“唵吗呢叭咪吽。”

然后，我整个人就呆住了。

爱亚在旁边等着我的翻译，店主也在旁边等着我翻译，店里还有几个同行的朋友也在看着我，可是，我就是说不出话来。

我无法说话，因为我心里在刹那之间忽然觉得很空，又忽然觉得很满。

那样熟悉的一个句子，却在那样陌生的地方，从那样陌生的一个人的嘴里说出，怎么可能？怎么可能！多少年了！

多少年以前的事了？外婆还在的时候，在我还很小的时候，我就常常听到外婆念这句经文。常常是傍晚，有时候是早上，外婆跪在干干净净的床上，一遍又一遍地俯拜、叩首。长长的蒙古话的经文我听不懂，可是，这一句反复地出现，却被我记住了。

而当时的我，甚至，过了这么多年的我，并不知道我已经把它记住了。在这一刹那之前，我是一点也不知道，我已经把这句经文记住了。

外婆只有我母亲一个女儿，我们这几个孩子是她心中仅有的珍宝。不管我们平常怎么淘气、怎么不听话、怎么伤她的心，在她每天晨昏必有的日课里，在她每次向佛祖祈求的时候，一定仍是一遍遍地在为我们祷告，为我们祈福的罢。

隔了这么多年，我仍然能清晰地记起外婆在床上跪拜，我在门外对着她看时的那些个安静而遥远的清晨或傍晚。我还能记得从院子里飘进来的桂花的香气，巷子里走过的三轮车的铃声，还有那个年轻的我，有点惭愧又有点感激的我，装着毫不在意似的倚在门边，心里却深深地知道，知道外婆永远会原谅我、永远会爱我的。

一定是这样的罢。所以，隔了这么多年，要我走了这么多路，就只是为了在这里，在这个时候，再向我证实一次她对我的爱。一定是这样的罢！

我竭力想把这些思绪暂时放下，竭力想恢复正常，好来应付眼前的局面。可是，我的声音还是出不来，然后，眼泪就成串地掉了下来。

人生际遇的奇妙远超过我所能想象的。在那一刹那，胸臆之间充塞着的，似乎不单只是一种孺慕之情而已，似乎还有一些委屈，一些悲凉的沧桑也随着热泪夺眶而出。

事情就是这样了。在一两分钟后，我终于能够哽咽地把这句经文译了出来，也终于能用几句简单的话把我的失态向爱亚解释了一下。爱亚是能真正体贴我心的好友，她一直安静、忍耐地等在旁边，当时并没有急着要来安慰我，事后也没有再提过一句，却能让我感受到她的了解与关怀。

从那一刻以后，加德满都盆地的美丽风光对我就变得不再只是神秘遥远的香格里拉而已了。从那一刻开始，有些庄严而又亲切的东西将我系绊住了，我与那一块仙境似的土地之间竟然有了关联。

莲座上的佛啊！这一切，想必是你早已知道，并且早已安排好的罢？

高原上的野马群。

1990 年 9 月蒙古国中央省

困境

胡马，胡马，远放燕支山下。

跑沙跑雪独嘶，东望西望路迷。迷路，迷路，边草无穷日暮。

——唐·韦应物

刚刚离家一个人去欧洲读书的时候，写了好多家书，厚厚的，每一封都总有十几页。

那时候，父亲从台湾也给我写了许多信，信里常有令我觉得很温暖的句子。有一封信里，父亲这样说：

“在家时的你，就爱一个人到处乱跑，一会儿上山一会儿下海的，我总觉得你是我五个孩子里最不听话的一个，就像一匹小野马。现在，小野马跑到那么远的地方去了，我还真有点不放心，有时候会轻轻叫你的名字。小野马，离我们老远老远的小野马啊！你也开始想家了吗？”

在异国冰寒的夜晚里读着父亲的信，热泪怎么也止不住地滚落了下来。心里恨不得能马上回到父亲的身边，可是，即使是当时那样年少的我也能明白，有些路是非要一个人往前走不可的啊！

在这人世间，有些路是非要单独一个人去面对，单独一个人去跋涉的。路再长再远，夜再黑再暗，也得独自默默地走下去。

支撑着自己的，也许就是游牧民族与生俱来的那一份渴望了罢。渴望能找到一个世界，不管是在画里、书里，还是在世人的心里，渴望能找到一块水草丰美的地方，一个原来应该还存在着的幽深华茂的世界。

这么多年过去了,我仍然在这条长路上慢慢地摸索着。偶尔在电光石火的瞬间,好像那美丽的世界就近在眼前,而多数的时间里,所有的理想却都永远遥不可及。

在这条长路上,在寻找的过程中,付出的和得到的常常无法预料。一切的现象似乎都彼此对立却又都无法单独存在,欣喜与歉疚,满足与憾恨总是同时出现,同时逼近,并且,谁也不肯退让。而在这些分岔点上,我逐渐变得犹疑与软弱起来,仿佛已经开始忘记我要寻找的到底是一些什么了。

难道,这就是年少时的我所不能了解的人生吗?

那个无忧无虑、理直气壮的小野马到哪里去了呢?

对于眼前的处境,对于自己的改变,心里总有一种说不出来的混乱与不安,在这一条迢遥的长路上,我难道真的就只能做一个迷途的过客而已吗?

而这并不是我当初要走上这条路时的原意啊!

我能不能有足够的智慧来越过眼前的困境?能不能重新得到那片宽广宁静的天空?能不能重新拥有那跑沙跑雪独嘶的心情?还有,我那极为珍惜的,在创作上独来独往的生命?

在静夜的灯下,我轻轻问着自己,能还是不能呢?

失 母

八岁还是九岁的那年，住在香港，有一回在最热闹的中环街上和姐姐走散了。

在努力地左奔右跑试了一阵子之后，终于明白自己是回不去了，吓得魂飞魄散，一个人站在马路旁边大哭了起来，一面哭一面还向聚过来看热闹的路人哀求："请你带我回家好吗？"

后来还真是有好心的路人替我找来警察，高大的警察把我带回办公室再通知父亲来领我回去。见到父亲时我大哭了一场，等到回到家里，又有点害怕母亲会责怪我，就踌躇着不敢向前了。母亲微笑着什么话也没说，倒是姐姐们在旁边一直问我：真的好意思一个人站在马路上哭给大家看？

而在今年五月三日的这一天，在台中一个专科学校的礼堂里，在千百人的面前，在初闻噩耗的那一刻，我也和多少年前一样，魂飞魄散，不得不失声痛哭起来。

只是因为一切来得实在太突然，我好像站在生命的十字路口，忽然发现自己再也回不了原来的家。

在前一天下午和母亲道别的时候，还没有任何的征兆，一切如常。母亲仍然是那个安静平稳在努力做着复健运动的母亲，我仍然是那个匆忙急躁有着一切理由要跑出门去的女儿，是一个星期六的下午，一切如常。

我一面急着往外跑一面又回头高声向她说再见，我说我去台中领个奖章回来送她好不好。母亲正在护士扶持之下做一个困难的动作，没有回答我，而我也并没有耐心停下来等她回答。

在母亲家乡的草原上，也开满了这样美丽的花朵。

2003 年 9 月诺门罕

我也没领到那个奖章。

清晨就赶到台中的丈夫，在颁奖会场入口签名的地方伸手拦住了我，把我牵到旁边，迟疑又迟疑之后，用他所能用的最和缓的语气向我宣告："妈妈过去了。"

而在那个时候我脸上竟然还带着微笑，还正在惊喜于他的出现，正在奇怪他为什么不让我签名，不让我和身旁的朋友打招呼。

要在思索了一段时间之后才明白那五个字的意思，要在挣扎抗拒了之后才在热泪滂沱中接受了命运的宣判。

我站在生命的十字路口失声痛哭，忽然明白自己从此是个失母的人了。和许多年前的那一天完全不一样的是我从此再也没有可以回头的路，再也没有可以重新获得的机会。

五月终于过去了。此刻的母亲已经长眠在一处有着许多阳光的山坡上，山坡周围有野生的松树和台湾相思树，远处可以望到北海岸灰蓝色的海洋。父亲忽然回头问我："妈妈这墓地是朝北的吗？"

我一时也不知道该怎么回答，北方？北方是哪里？是哪一个方向呢？

是妈妈用七十一年的时间慢慢走过来的那个最初的地方吗？是妈妈在离开的时候并不知道从此就不能再回去的故乡吗？

母亲的故乡在内蒙古昭乌达盟克什克腾旗，一个遥远的她的孩子们从来没有见过的地方，只听说春天来时草原上会开满了花朵，而夏日风过时草香直漫到天际。乡关路远，归梦难圆。而此刻，要经过生死的界限，要终于长眠在温热的南国岛屿上之后，我们的母亲才能重新再回到她的土地上去了罢。

而那是多远多远的一条路呢？

还乡？！

一

我马上就开始喜欢她了。

因为，她是这样在形容着我的家乡，她第一句话就说：“我从来也没见过那么远那么远的云。你知道吗？那天有多远，云就一直跟着铺到多远。整片草原上天空几乎是圆的，一直垂到地平线上，而那地平线又好远好远。”

C在旁边微笑打岔：“天似穹庐罩四野。”

然后，她又说：“那些男孩子真好看，站在那里，挺拔得就像一棵树一样。”

她很快地看了我一眼，再说：“我觉得你不太像蒙古族人了。我看过的那些蒙古族女孩眼睛都是细细长长的，脸总是红扑扑的，好可爱。”

她说话的时候，整个面孔都亮了起来，眼神好像也都被那与草原有关的回忆点燃照亮了一样。

在我的心里也有一些什么被燃着了，同时还充满了对她的感激。虽然才是初次见面的朋友，但是，借着她敏锐的心灵和眼睛，我好像也看到了我的故乡一样。

这几年来，也不是没有人对我提过同样的话题——他们去过我的家乡，他们想要告诉我旅程的一些经历。

可是，对我来说，那是一种很奇怪很痛苦的感觉，微笑端坐聆听一个不大相识的朋友说一段他认为很特别的或者很新鲜的趣事，而那件趣事发生在我遥远的梦魂里的家乡。

所以,我常常在一开始就央求他们换一个话题,而对方也常常是一脸诧异地注视着我:“可是,你不是蒙古族人吗?我还以为你会爱听哩。”

要向他们解释我的心情确实有点困难。首先,我心中对他们有着一份强烈的妒意。为什么?同样是中国人,他们可以去到我的故乡而我却不能?他们应该知道我的渴望,为什么却还非要到我这回不去的人的面前来说话?我想,无论如何,我总还有拒绝聆听的自由罢?

另外,更让我难过的是那在有意或无意之间的一种观光客的口气,深深刺伤了我的心。我说不出来是什么地方不对,我想,也许只能解释成自己的过分敏感了罢。在任何时候,我都可以高高兴兴聆听一个朋友对我大谈他在印尼、在欧洲,或者甚至在北极的精彩经历,却绝对不能忍受一个中国人在中国大陆上的“观光”过程。

可是,在这一天,她说话的感觉却和那些其他的人完全不一样,她也是去旅行,也是在听到了我是蒙古族人之后,想告诉我她对我的故乡的喜爱与惊叹。

我想,不同的地方也许就在这里了罢。

她是真心喜爱那一片辽阔的草原,也连带着喜欢了那片草原上的居民,所以,在她的语气里,有着一种真纯的喜悦,她似乎替我说出了我故乡最美好的那一面——也是我衷心希望能够看到的那一面。

我因此而不得不感激她。因为,这终于证明了,我也许不一定每次都要妒忌和生气的,我其实还是很渴望能够聆听到别人对我故乡的形容,只要他不要在有意或无意之间伤了我,或者伤了我那从来没能见过的家乡。

巴音布鲁克草原的夏天。白雪群峰居于海拔四千公尺的雪线之上。

1992 年 7 月新疆天山

而在隔离了几十年之后，这是彼此之间多么不容易做到的事啊！

二

我越来越不能控制我自己心中的喜怒了，还有那一分强烈的妒意。

去年暑假在香港，一位在大学教书的朋友对我说：

“现在香港的年轻人真会玩，一放寒暑假就跑了。”

我的童年是在香港度过的，因此知道也去过香港那几个外海上的小岛，于是微笑着向他说：

“年轻人本来就应该在放假的时候出去玩的啊！”

想不到，朋友却回答我说：

“可是，有时候大考一考完人就不见了，问同学才知道这个人去了内蒙古，那个人去了新疆，真过分！连考了几分也不管了。”

听到那些地名的时候，我脸上的笑容就僵住了，原来对这个小岛上的年轻人的同情与宽容（也许还有着一丝可以察觉的怜恤），都在霎时一齐变成了又炙热又疼痛的妒意了。

我不禁自问，我怎么会变成这样的一个人了呢？

或者，我们都要自问，这几十年的时光，怎么让中国人变成这么许多不同的样子了呢？

怎么会变成这样了呢？

三

信的最后是这样写的：“当你收到这封信时，我大概人已经在内蒙古了，写这信时我的心也好像已经在大漠上奔驰了一样。下次再给你信时,最快也将是几个月之后的事了。"

只是为了要向我实践一句诺言,一个在海外从事摄影工作的朋友,在他的大陆摄影之旅里,加上了一个新的目标,我的家乡——汗诺日美丽之湖的探寻。

在起始的时候,我是很兴奋的,他说会尽量去试,希望能够拍到一些有意义的、令我动心的相片回来。

但是,在今天,在他归期将近的时候,我却开始害怕了起来。我怕的就是那种马上就要揭晓的感觉,在他把辛苦拍得的相片递过来给我的时候,我是打开来看还是不看呢?

就在前几天,C 笑着对我说:"席慕蓉,我们一起回去看一看好吗? 只要你保证不在路上乱哭,我们就跟着你去内蒙古玩玩好吗?"

可是,我怎么知道呢? 我怎么知道在我前面等待着的将会是一种什么样的遭逢?

就像所有在台湾成长的这一代,"我,已经是一棵树,深植在这温暖的南国"。我所有的记忆,所有的期望与等待都与这个岛有了关联,我实实在在是这个岛上的一分子,是这个岛上的人了。

不用朋友来提醒,我自己也觉得已经不太像蒙古族人了。可是,如果不还乡,我的祖籍仍然是遥远的内蒙古,我身上的血脉也仍然自觉是来自那草原的嫡传。而如果,如果有一天有人把原来是非常模糊的故乡清清楚楚地放到你眼前,你是要接受还是不接受呢?

而如果,如果有一天真的回去了,站在那一片曾经养育过我父亲和母亲成长的土地上,在那个时候,我又会是什么呢?

我多么害怕,如果站在一块原来于我应该是非常亲近的土地上,却发现自己已经是,并且,也终于只能是一个陌生的异乡人了。

如果面对着的是这样的命运,我想,任谁都不能不痛哭的罢。

怎么到最后会变成这样了呢?

在那遥远的地方

这个秋天，我收到了一份丰厚的礼物，是一本由朋友亲手贴好的摄影集子，里面是他从他所拍摄的一千张幻灯片里精选出来的——蒙古高原。

包裹寄到的那天，是个阴雨的下午，我刚好没课。拆开外面的牛皮纸之后，里面是一本厚厚的簿子，从封面上的“内蒙之旅”四个字里，我已经知道内容应该是什么，可是，把本子放在客厅的玻璃茶几上，我却绕室彷徨，迟迟不敢去翻动它。

我知道朋友的心意，他早已告诉过我，这是他的一个心愿——去为我寻回我那从来没有见过的故乡。

他一直住在香港。我接到过他的信，知道他什么时候起程，也知道他什么时候回来。他回来之后，我也曾接到过他的电话，知道为了这次旅程，他受尽辛苦，甚至还生过病，住进了医院。但是他说一切都算不了什么，只要我会喜欢这些相片。他说幻灯片有些还需要送到澳大利亚去冲洗，只要他一拿到，就会赶快给我寄过来。他说他是怎样急切地恨不得马上就能把那些相片送到我眼前。

而此刻，相片就在眼前了，遥远的梦魂里的故乡现在就藏在这些扉页之间，可是，为什么？为什么我却一直鼓不起勇气来翻开它？

窗外有雨，屋子里显得比较阴暗和出奇的安静。我一个人在屋里走来走去，把花瓶里的水重新换了，把椅垫都扶正排好，把茶几上的玻璃擦得一尘不染。一直没有人按门铃，也没有人打电话来。在窗前和门后几次来回，终于再也找不到任何借口之后，我只好在沙发上坐了下来。

母亲少年时。

1935 年北京

心跳得厉害，我把这本簿子端端正正地放到眼前，不知道在翻开了簿子之后，将会看到些什么？将会有怎样的一种心情？

但是我惟一可以确定的就是，在一翻开之后，我就永远都不能再是从前的那个自己了。

然后，我就翻开了它。

然后，就在第一页，就在第一张相片上，就是那一条河，就是外婆把年幼的我抱在怀中说过了许多次的那条河流——在一层又一层灰紫色的云霞之下，在一层又一层暗黑起伏的丘陵之间，希喇穆伦河的波涛正闪着亮光发着声响浩浩荡荡横无际涯地向我奔涌过来。

然后，我就开始痛哭，在一个阴暗而又安静的房间里，在一个微微有些阴雨的南国秋日的下午。

那一条河发源于我母亲的家乡——昭乌达盟克什克腾旗。

河流的源头藏在一处人迹未至的原始森林里，那里有林海千里，鸟雀争鸣，瀑布奔腾。从那些孤高巨大的寒带林木之间，希喇穆伦河逐渐汇聚，盘旋回绕，逐渐变宽变阔流向那一望无际的草原。

母亲说过，从木兰围场坐车到察哈尔的多伦，要经过三百里地的森林。母亲说：

“那真是一片树海，怎么走也走不完似的，夏天的时候坐车经过，整个森林都是香的，香味里面可以分得出哪些是花香，哪些是草香和树香。那时候我一直觉得连雾气和露水也好像都清香清香地留在我的衣服上。”

“有一次车子刚出森林，到了一片大草原上，就看到整群野马奔跑了过去。其中有一匹野马毛色特别纯白，像雪一样的发白发亮，那时候我真希望自己不是坐在车子里，而是骑在那匹雪白的野马的身上。”

外婆告诉过我，母亲一直是个温顺体贴的孩子，而在把我们这五个子女带大的岁月里，母亲也一直是个温柔和安静的妇人，可是，我总是记得母亲在那次说起她的少年时光，说起她看到那匹白色野马时的神情。

外婆去世已经有二十二年了，母亲也在这个春天离开了我们，逝者如斯，不舍昼夜，只有那条河是一直在那块土地上奔流着的。

朋友在信上说：“我曾经沿着希喇穆伦河走了一段路，我不知道换了是你，会作何感想？”

我想，我不必等走到那条河边时才开始思念，就在此刻，我心中就强烈地想念着她们，想念着我的母亲，和我母亲的母亲，想着她们漂泊的一生，想着她们原来并不该走上却又不得不走上的那样迢遥的一条长路。

是不是会嫌太迟了呢？

我是说，如果，如果有一天我真的走到那条大河前面的时候，是不是已经太迟了呢？

我用我整颗心来祈求，希望一切都不会太迟。希望那源头仍在，希望那千里松林仍是一片树海。阳光明亮，正是春末夏初，杂花生树，充满了清香。希望在树林边缘的大草原上，看到一群野马奔驰而过，其中有一匹飞奔如箭矢，毛色如雪般在太阳底下发着光亮。

我用整颗心来祈求，希望不会太迟。

朋友还托人带回来两样纪念品给我。

难为他那样细心，把两样东西都装在狭长的小盒子里，外面再用闪着银光的礼品包装纸包好。我先打开了那一盒比较沉重的，里面是一把朴拙美丽又极为锋利的蒙古小刀。

而在那盒极轻并且悄无声息的盒子里，放着的是一小把长在我家乡草原上的青草。

草色其实已经枯黄了，但是他告诉我，当他在察哈尔盟明安旗附近把草摘下来的时候，草色原来是青青的。

> 青青草儿摇呀摇，
> 草原千里闪金光。
> 我赶着羊儿上牧场，
> 哎哟嗨！
> 你正赶着马儿上山冈……

我从小就会唱这样的一首歌，是跟着姐姐学会的，要用很高的高音唱出来才会好听。在香港那个小岛上，在我们公寓前的凤凰木下，在甜蜜快乐的童年傍晚，我也把妹妹教会了。两个人扯着喉咙唱起来以后，总是闹不清马儿和羊儿谁该上牧场，谁又该上山冈，唱到最后，两个人总是会叽叽嘎嘎地笑成一团。

有一次，偶尔一抬头，看到父亲正从三楼我们家的窗口望下来，好像是在看着我们，又好像不是，暮色里，父亲的面容给了我一种很陌生奇异的感觉。

凤凰木的叶子很细碎，我就在那些细碎的复叶下呆呆地抬头望着父亲，从一个草原上显赫的大家族里出生的父亲，在五个兄弟里最年幼最受父母和兄长疼爱的父亲，我的鬈发浓眉魁伟俊美被所有的长辈称赞为“眼中有火，脸上有光的孩子”那样的父亲，在闪着金光广大无边的草原上唱着歌骑着马长大了的父亲，却在经过了连年战乱之后，终于不得不离开家乡拖家带眷逃到一个小小的岛上的父亲。

要经过许多许多年之后，要到了我也步入中年之后的日子里，

面目全非的“敕勒川，阴山下……”

1990 年 9 月车过阴山下

才能逐渐明白,父亲站在那个公寓的窗口俯视着我们时的心情。

前一个月,父亲从德国回来,除了开会的时间之外,也和我们一家人共聚了几天。在那几天里,我急着把那些相片拿给他看了,当然,还有那把小刀,还有那一束枯黄的小草。

父亲把小草拿在手中,好像也感受到我朋友在其中所放进的细致心思了,他微笑地赞许着:“唉! 这孩子。这还真是我们那儿的草哩!”

父亲还说,这草应该叫茇茇草,或者是枝节草,他记得字典里应该有这个草的名字。可是,那天晚上,我查遍了家里的几本字典也查不到。父亲一直说:“应该有的啊,应该有的啊。”

小草仍握在父亲手里,灯光下,父亲的手背上好像又新添了一些虬结的筋脉,在做一些细小的动作时,父亲的手已经开始微微地颤抖了。

几十年就这样过去了,许多原来应该有的都再也找不到丝毫踪迹了。父亲啊! 如今我们无法肯定的,又岂止是一株牧草的名字而已呢? 我们甚至连那块草原的名字也查不到了啊!

在今天的地图上,那块草原当然还在,可是却不再是原来那个古老的名字了。察哈尔盟明安旗的标志如今已经不存在了,那个名字已经随着过去的金色岁月从这个世界上完完全全地消失了。

在那遥远的地方,只剩下一片辽阔而又沉默的土地,和一些模糊的故事。

还有青碧青碧的茇茇草,从眼前一直一直铺到天涯。

朋友是个天性好胜的人,出发之前他就告诉了我,他找到两份一新一旧的地图来对照,发现有些旧日的地名如今还没有变动,他准备到了明安旗的附近再来打听。

为了不受干扰，他没和官方接触。每到一处，都自己单独去向上了年纪的老百姓查问，遇到老年人，他就趋前去问他们知不知道以前的察哈尔盟明安旗如今应该是在哪里。

一站一站地走，一个人一个人地问下去，竟然终于给他找到了我父亲的草原。他向我形容说那是广大无边，用任何摄影器材也照不出来那种深远与辽阔气势的大草原。

我要怎样感谢他呢？

我要怎样感谢他呢？换了是我，在这条路上，也许一句话都问不出来了罢？

换了是我，在向人开口的时候，恐怕还没等说出故乡的名字，眼泪就会掉下来了罢？

“请问，您知不知道……”

“请问，老乡，您知不……”

无论是站在黄沙漫漫的公路边，或者是乡村小店的门前，我想，只要我一出声相询，那热泪就会立刻滚滚落下的了。

热泪并不完全是因为个人的悲伤，而是在出声相询的刹那，几十年来家国的沧桑也会在心中如闪电般掠过，不得不自问：怎么到最后会变成这个样子了呢？

在那一刻里，仿佛许多与我有相同际遇的同胞想要说清楚却又永远说不完全的，我们每一个人曾经用一生来抗拒却又不得不继承下来的辛酸往事，都在我出声相询的同时，黯然前来，聚集相遇在黄沙漫漫的路边。

仿佛只要我一出声相询，说出来的，就不再是我一个人的故事了。只要我一出声相询，那整个时代压在我们身上的重负就会完全显露出来，而我就再也找不到任何可以躲避的借口了。

朋友终于来了，带着他在内蒙古所拍摄的一盒又一盒的幻灯片，还有他在旅途上所遭逢的一段又一段的故事，他终于来到了我的画室。

我在画架上放上了一张新钉好的一百二十号的大画布权充银幕，把窗帘都拉起，灯都熄灭，那千里草原就都到了我们的眼前。腾格里沙漠有狂烈的风沙，呼伦贝尔草原的清晨雾气弥漫，小小牧羊女穿着美丽金边的衣裳，在那遥远的地方……

朋友的经历随着画面慢慢转换，有的时候他的叙述刚好与我童年时听来的故事相合，我就会满怀兴奋地接了下去，抢着要向他说出我所知道的那个故乡。

整个下午就这样热热闹闹地过去了。好像都是我在抢着发问，又抢着说话，到了最后，幻灯片都看完了，窗帘重新拉开，我还在意犹未尽地向他说着我从小听来的那些故事。

朋友静静地微笑，静静地聆听，然后，在他把整理好了的幻灯片都收到他的背包里去的时候，他抬头来面对着我，说："我想，你现在有这样许多丰富的感觉，应该赶快把它写出来。我担心的是，如果你有一天真的回去了之后，你再回到这个画室里来的时候，也许一个字都不再写了。"

"怎么会？"

我很讶异地问他。

是啊！怎么会呢？他怎么可以这样说我呢？我问话的语气里因此有了不快与不满。

朋友没有回答，只是静静地凝视着我，在他眼中闪过一丝宽谅和悲悯，我悚然一惊，好像有点明白了。

也许，他是对的。

也许，他也不一定对。不过，谁能知道呢？

几十年就这样过去了。几十年来，我其实一直站在黄沙漫漫的路边，等待着向人探问我那失去了名字的故乡。

要到几十年之后，我们才终于明白，在黄沙漫漫的路边，无论是哪一个中国人，我们的身世都一样相像，无论是说故事的和听故事的，我们的心中都一样悲伤。

因为，也许要到了揭晓之后才发现其实并无结局，那个失去了名字失去了踪迹的旧日家乡，也许仍然无法触及，就像草原上那朵最最洁白的云彩，永远只停驻在那极遥远极遥远的地方。

所以，这就是为什么会有这样一本书的原因了。

这许多年来，我零零星星记下了一些我的乡愁。几首诗，几篇散文，都分别收集在我出版的几本书里面，因为分散了，所以给人的感觉是这样的……

> 但是……
>
> 这个"但是"的内容原来是包藏在席慕蓉的书里。她隐隐透露了自己流离失所的经验……她是察哈尔盟明安旗的贵胄，更有资格述说乡愁。可是这一切，在书中压缩在一个小小的领域之内。如果这本书是一间屋子，则一切都摆在桌上挂在墙上，而乡愁等等是锁在一只半透明的箱子里，这应该是作者内心自然形成的安排，而这"安顿"的方式和新一代读者大众的心态是符合的。没有人愿意浅薄懵懂，忘记以前的事；没有人愿意孤陋寡闻，不知道正在发生的事。但若是过分强调那些事又未免"徒乱人意"，珍惜现在才是生活的主题。……①

---

① 摘录自王鼎钧先生的书评《有书如歌》，发表于一九八四年五月号《新书月刊》。

感谢这位文坛前辈给我的评论与分析。是的，在珍惜现在的生活主题之下，多少年来，我的乡愁一直是锁在一个小小的半透明的箱子里，只有我的心才能够感觉到它的重量。

而到了今天，才忽然开始明白，也许，整个故乡对我来说，也就只剩下这么一个沉重的小箱子了。

那看得见和看不见的，那记得住和记不住的，都在这里面，而现在，终于到了该将它打开来和好好珍惜的时刻了。

当然，即或是到了今天，有些记忆仍然是舍不得完全凸显出来的，有些累积的重负仍然是无法完全释放的，是谁说的：

"一个人不能也不会释放他自己。"

不过，时刻既然已经到了，就让我尽力而为罢。由此前去，我实在不知道将会有些什么样的遭遇，在黄沙漫漫的路边，在我出声相询之前，就让我先把锁在心中的这个箱子打开来罢。

这就是为什么会有这样一本书的原因了。

今夜，在灯下翻看这本书的校样，第一页仍然是那一条希喇穆伦河静静地流过草原。不知道在那遥远的地方，是不是还有人继续在唱着那一首歌：

> 大雁又飞回北方去了，
> 我的家还是那么远……

我把心中锁了许多年的乡愁在此刻全都释放了出来，并且静静祈求，希望永远不会太迟。

艾力玛的美丽童年！

2002年8月东乌珠穆沁旗

辑二　我的家在高原上

故园已成废墟。

1989 年 9 月在父亲的家乡

今夕何夕

C常常对我说，他觉得我们这一代的中国人，应该算是比较幸运的一代。

他说，和下一代的年轻人相比，我们这代在幼小的时候，都或多或少受到战乱的波及，童年因此较为穷困和辛苦。年轻的时候要咬紧牙关，才能逐步往顺境里走来，所以比较容易知足，常怀感谢，也懂得向命运让步。又因为所有的黄金岁月都与这个岛屿有所关联，心里也就有一份完整的归属感。

但是，我们的下一代当然不肯对今天知足，他们当然是要从这个基础上，再去要求一个更好的明天，因此也免不了会常常觉得失望与沮丧，在这一点上，我们并没有办法来安慰他们。

而上一代呢？

不论是四十年前仓皇离家的，或者是那时候刚刚在这个岛上完成他们的学业的，这些人在最需要工作、最渴望在公平的社会上一展抱负的年纪里，却都被卷入了战争的漩涡。面对着颠沛流离的命运，面对着家破人亡的创伤，他们的一生，从那个时候起，就被切割成永远不能重新结合的两段了。

在这一点上，我们做子女的也说不出什么安慰的话来。

我有时候会想，对于我的父亲和母亲来说，他们在蒙古高原家乡所度过的少年时光，也许就是生命里仅有的一段不知忧患的岁月了吧？

和整个一生长长的时间相比，那段时光何其短促！何其遥远！又因此而何其美丽！

这个初秋的返乡之行，其实早在去年暑假就开始和父亲商量了。

父亲远在德国，我原来是想与他会合，再一起回去的。内蒙古有一所大学邀请父亲去演讲，邀请函后还加了一条附注，听说是也欢迎我这个做女儿的一起去。

可是，父亲后来还是婉言推辞了。

我不知道他是怎样回复那所大学的。当然，他可以举出许多理由和借口来。不过，我却知道真正的原因，在心里最无法向人明说而又是最痛的原因，不过就只有一个：

“我曾经在那块土地最美丽的时候，留下了许多记忆。今天的我，实在不愿意也不舍得去破坏它们。”

所以，就是这样了。那么，就让我一个人回去罢。

是的，父亲，我明白您的心情。那么，就让我这个从来没有见过故乡的女儿，一个人回去罢。

父亲，我是幸运的一代！没有任何记忆的负担，没有任何会因为比较而产生的损失，也因此而没有悔恨与遗憾，您就让我一个人回去罢。

在长途电话里，父亲把我堂哥的地址一个字一个字地念给我听。堂哥是我三伯父的孩子，也是父亲在家乡惟一的亲人。用蒙古文再翻成汉文的地址又长又绕口，父亲说：“从地址看来，你堂哥现在住的这个地方，不是我们从前的家了。反正，你先去找到他，到了那里，你再向他问回去老家的路好了。”

父亲又要我与住在北京的尼玛先生联络，尼玛先生是内蒙古人，年纪虽然和我差不多，却是我父亲非常敬重的朋友，这次回乡，父亲郑重拜托他给我带路。

我从来也没见过尼玛先生，要如何相认呢？

尼玛的建议倒很新鲜，他回信说：

“我会到北京机场来接你。我们彼此虽然不相识，但是，我想，到时候应该可以从我们蒙古族人面貌特征上的相似之处，来互相辨认的罢？”

果然，在北京机场，我们彼此很容易地就认出来了。只是，在性格上，我们也都有蒙古族人相同的特征，在初次见面时，都有着潜在的羞怯与犹豫，因而交换的语句常会停顿下来。

那个时候，我们已经上了车，开始沿着笔直的、浓荫夹道的公路往北京前行。大家都是安安静静的，前座的驾驶把音响打开，让一些流行歌曲来调剂一下气氛。

天色已近黄昏，夕阳从路旁成行成列的柳树间透射过来，逆光的树干几乎是深褐色的，柳荫却成了一层又一层碧绿的发光体。阳光让叶子成为千万片透明的碎玉，在微风中不断轻轻闪动。一个穿着浅色衣裙的少女，骑着脚踏车从树下经过，衣裙间也映上了一层变幻不定的绿光。

有些什么从我心里慢慢浮起——这个城市，这一座陌生的城市，却是我父母当年最初相识而终于成婚的地方……

就在这个时候，录音带里传出来一段有点熟悉的旋律，静静听下去，竟然是一首老歌，是多年以来不曾再听人唱起的一首老歌：

啊！今夕何夕！
云淡星稀，夜色真美丽……

我和你，才逃出了黑暗，
黑暗又紧紧跟着你。
啊！今夕何夕……

行前，先到德国去探望父亲，再问一次回家的路。

1989 年 8 月在莱茵河渡轮旁 （刘芳慈 摄）

歌词里，我只能记得这几句。那是我童年的记忆，跟随着父母在香港那个小岛上住了下来，楼下邻居的收音机里，常播这首歌。听说当年是白光把它唱红的，所以，后来的人，都尽量想模仿她在歌里那低沉而又带着无限沧桑的嗓音。

想不到，多少年之后，重新听到这个调子，竟然是在归乡之行的第一站上。开始的时候，我不禁失笑，心里想："天啊！怎么在这里唱这种歌？"

是有点荒谬。几十年前白光歌声里的沧桑，似乎没有办法和眼前这一切放在一起。

车子在红灯前停下，穿着制服的交通警察，站在十字路口中央的台子上，在他背后，是一幅巨大的写着标语的宣传看板，上面描绘着光明的远景。

我再把目光转回到路边的柳荫中去，树木已经没有刚才那样浓密了，斜阳的光芒因此从枝叶间直接刺进了我的眼帘，眼球一阵酸涩，有泪水慢慢地浮了上来。

是荒谬啊！我们上一代的中国人所遭遇到的一切，那紧紧跟随了一生的黑暗噩梦，都是绝顶的荒谬啊！

这是年轻的父亲和母亲，在当初离开这块土地的时候，无论如何也料想不到的命运罢？

绿灯亮了，车子恢复前行，尼玛回过头来对我说："行程大致都安排好了，你可以放心，再过三天，就可以回到你们老家了。"

父亲的话还在我心里，我告诉尼玛："可是，父亲说过，我堂哥家不是我们老家，地址都不对了。"

尼玛说："应该也不会离太远，地址是都改了，可是，地方应该还是原来那里罢？"

三天之后，当我刚刚到了那里不久，刚刚见到了我的堂哥不久，我就忍不住又问他同样的问题:“我们从前的老家在什么地方?”

堂哥也回答我说:“这里就是啊!”

可是那些房子呢?在书里记载着的、在父亲记忆里永远矗立着的那个尼总管的总管府邸呢?你总不能用眼前这一处小得不能再小的村落来向我说,这就是一切了罢?

终于有亲人明白了我的意思,他说:“我带你去,不远,翻过那一座山就是了。”

对于草原上的人来说,那距离真的不能算远。我堂哥说的也没错,这整块土地依旧是从前的那一块,他的家不过是从原来的老家那里,稍稍挪过来几步而已。

我和带领我的亲人一直走到草原的尽头,翻过了一座丘陵,站在高处,他指着下面的另外一片草原说:“你看到没有?就是在那几幢小房子的前方,白白的那块三角形就是。”

眼前的这片草原,和我刚才走过来的那片草原都长得一样,都是一片无边无际的绿意。丘陵缓缓起伏,土地上线条的变化宛如童话中不可思议的幻境,白云在蓝色的天空中列队,从近到远,从大到小,一直延伸到极远处的地平线上。

可是,那传说里的总管府邸呢?那许多的建筑和排成长长一列的蒙古包呢?

“你再仔细看一下,顺着我手指的方向,那里有一块没有长草的三角形土地,就是那里,就是那个废墟。”

就是那里,曾经有过千匹良驹,曾经有过无数洁白乖驯的羊群,曾经有过许多生龙活虎般的骑士在草原上奔驰,曾经有过不熄的理想,曾经有过极痛的牺牲,曾经因此而在内蒙古近代史里留下了名字的那个家族啊!

就在那里,已成废墟。

我慢慢走下丘陵，往前方一步一步地走过去。奇怪的是，在那个时候，我并没有流泪，只是不断在心里向自己重复地说着：

“幸好父亲没来！幸好我没有坚持一定要他和我一起回来！”

原野空无人迹，斜阳把我们的影子逐渐拉长。我终于走到那块三角形的土地上，低头向脚下仔细端详，这里确实已经是一处片瓦不存的沙地了。

但是，这中间也不过只是几十年的光景，要让从前那些建筑从这块土地上完全消失，光靠时间，恐怕还是办不到的罢？

是些什么人？在什么年代里？因为什么原因？决定前来把这里夷为平地的呢？

在远方那一座丘陵的顶端，我们家族世代祭祀的敖包幸好还安然无恙，在暮色里隐约可见。我把问题放在心中，静静地随着亲人走了回去。

到了夜里，当所有的人因为一天的兴奋与劳累，都已经沉入梦乡之后，我忍不住又轻轻打开了门，再往白天的那个方向走去。

在夜里，草原显得更是无边无际，渺小的我，无论往前走了多少步，好像总是仍然被团团地围在中央。天空确似穹庐，笼罩四野，四野无声，而星辉闪烁，丰饶的银河在天际中分而过。

我何其幸运！能够独享这样美丽的夜晚！

当我停了下来，微笑向天空仰望的时候，有个念头忽然出现：

“这里，这里不就是我少年的父亲曾经仰望过的同样的星空吗？”

猝不及防，这念头如利箭一般直射进我的心中，使我终于一个人在旷野里失声痛哭了起来。

今夕何夕！星空灿烂！

萨如拉和她的弟妹们，以及邻居小孩。

1989 年 9 月锡林郭勒盟

萨如拉·明亮的光

据说，潜藏在我们心中的那些不能自觉的煎熬与渴求，有时候会转化成黑夜里的梦境。

多少年来，梦中常有这样一个段落——一片空空旷旷的草原上，有一个穿着红衣服的小女孩在往前奔跑……

见到她之后，才知道，即使是梦境，有一天也可能会以不同的方式在生命中实现。

那是在我千里迢迢，坐了飞机再转火车又搭乘汽车，终于抵达家门的第一天。

所有从古老的年月里传下来的规矩和仪式，是任何一个远方游子回到家乡时所必须面对和遵照的，当我一一举行过之后，我上前叩见了年近七十的老堂兄，向他敬了酒，也喝了他给我的酒，在桌前坐了下来，见过了我的几个侄子和侄媳妇，还有许多朋友和邻居。一屋子的人都顺着长幼尊卑的秩序，举起杯子各自说过了欢迎和祝福的话。奶茶已经上过三道，奶子酒也添满了三次，敬酒歌唱了一首又一首，大家都有了一种微醺的感觉，才开始慢慢叙起家常。四十年的时光在说了出来和始终没说出来的话语里，逐渐有了一层模糊的轮廓。哭也哭过了，笑也笑过了，我的眼睛不由得开始往门外望去。

门是敞开的，窗户也是，在门窗之外，是一大片发亮的绿色草原。天空蓝得令人无法置信，云彩朵朵，顺序从眼前轻轻飞过。

我不禁说出了那等待已久的盼望："我可不可以出去走一走？"

"当然可以！这是你自己的家，你现在已经回家了，喜欢去做什么都可以!”

一屋子的人抢着回答我,并且都笑了起来。是啊!我已经回到家了,这是我自己的家,当然可以去随处走走看看,怎么还这样拘泥生疏得像个客人一样呢?

一走出门,整片辽阔大地马上全部涌进眼帘。一个人的视野可以这样无边无际无穷无尽,实在是种新奇得令人无法言传的经验。

草原上毫无阻挡,我不但可以看得极远,甚至连风吹草动远远近近任何的每一个细节都可以一览无余。我甚至可以看到来时的方向,在那座不知道隔了多少距离的山丘上,正有人骑着一匹深色的马向更远处疾驰。那人背对着我们,穿着蓝色袍子,腰间扎着一条红腰带。那点红色,和整个草原的绿色比起来,只占着像一大块地毯上有一点像针尖的针芒那样大小的面积,虽然还越去越小,但却依旧清清楚楚地闪动着。

草原这么大,我该从哪一边开始呢?

在我左前方的草地似乎太过平坦,要一直到了地平线的尽头才有些起伏的山丘。右前方的草地感觉上好像丘陵比较靠近,稍远处的山坡还长着几棵大树。那么,就先往右边走过去看一看罢。

等待了许久的这一刻终于来到眼前。

我一步一步地走了过去,一步一步地踩在自己家门前的草原上,每一步都踩到了青青的草,也都踩到了草下的大地。

风和日丽,周遭笑语喧哗,而我心中忽空忽满,波涛起伏不定。这么多年以来的愿望实现起来好像万般艰难,而在实现了的这一刻,却又好像一件非常简单和轻易的事——我只需要一步一步地走过去就是了。

我走在自己的梦土上,悲喜交集。

有五六个人陪着我,一步一步地,终于来到了第一座隆起的山丘前，走到顶上之后，不禁被更辽阔的景色震慑住了。

我举起了相机，可是怎么样也没有办法把草原的那种气势拍进去。果然如林东生告诉过我的一样，没有任何一种摄影器材可以把草原的辽阔拍出来，身临其境之后，才算是明白了他的意思，不禁哑然失笑。

就在那个时候，尼玛对我说："快！慕蓉，来拍这个小女孩。"

我转过头来，就看见了她，正从山坡下面向我们奔跑过来。

我们这五六个大人站在山顶上，从此刻站立的地方望下去，那七户人家的房子连带着牧畜棚窝所组成的小小村落，已经变得很远很远，和我们中间隔了一大片草原。草原上没有任何人跟过来，只除了这个小女孩，穿着一身红衣服，正从山坡下面开始往上奔跑。

整片草原空空旷旷的，只有一个小女孩越跑越近！

我按下相机的快门，才发现底片刚好用完，可是，还没等我把新胶卷装上，这个小女孩已经喜滋滋地站在我面前了。

瘦小的个子，却有着胖胖的脸庞，应该是七八岁的年龄吧。穿着鲜红镶翠绿边的蒙古袍子，系一条绿腰带，袍子底下是绿色的长裤配着小红鞋。跑了这么远的路过来，却没听到她喘息，她若无其事地微笑站定，抬起头来眯着眼睛看我，短发蓬松，双颊微红。

我也俯身向她微笑，是村里的孩子罢。刚才有十几个小孩挤着从窗户和门的外面往屋子里看热闹，此刻却只有她一个人跟着跑了过来，并且一点也不怕生，多么勇敢又多么可爱的小朋友！

"你几岁？"

她听不懂，尼玛在旁边再用蒙古话问她，她才用蒙古话回答，说是有十岁了。

怎么会？我心里想，也许是蒙古算法，给孩子多加了一年，看她这么小的个子，顶多只有九岁。

萨如拉的小妹妹通戈拉格。

1989 年 9 月锡林郭勒盟

我们在山丘上站了一会儿，又再下山往前方走去，就在前面不远，是那一片有岩石和树丛的山坡，山坡高处，映着阳光，散布着一群几乎像静止不动的绵羊。

走着走着，小女孩逐渐贴近我的身边，我忍不住牵起了她的小手，轻轻在我掌心中揉捏。她的手掌比较细小、比较薄，并不像我的孩子们幼年时的小手那样柔软多肉和温暖，但是这个女孩的手指间却有着一种灵敏而又有弹性的感觉。

山越来越近，羊群也越来越清楚，朋友们走得比较慢，都落到我们两人的后面去了。我忽然起了童心，问身边的女孩：“要不要赛跑？”

知道她听不懂我的汉语，所以我是一边说话，一边比着要跑的姿势，再指指前面那座山。孩子马上明白，笑容霎时灿开在她的小胖脸上，点点头，等我才刚做了开始的手势，她就已经像箭一样往前飞跑出去了。

我在她身后也跟着跑了起来。跑着跑着，孩子回过头来向我挥手，不知道大声说了几句什么，然后又往前飞跑，小小的红色身影在绿草间像是一只小鹿一样蹦跳，那样活泼的身影啊！

她跑到了一棵大树前面，就转身站在树荫下等我，到我赶上的时候，她又叽叽咕咕地说了一大串，然后又往山上跑去了。

我是追不上她的。站在山脚往上看去，这是一片比较陡峭的山坡，在我正前方，裂开了一条浅浅的山沟，长满了许多丛灌木。那个小女孩在树丛间跳来跳去，不知道在寻找什么，还向山下的我招手，说的话在风里也听不见。

我在松动的石块之间慢慢寻找落脚的位置，有时候还要攀扯着手边的灌木丛才爬得上去。坡度真的很陡，有几只羊还从山沟的上方伸出头来端详我。看起来，它们好像是在安静地等待着，离我只有咫尺之遥。可是，等我好不容易爬了上去，这些狡猾的家伙又早已退到更高的山坡上去了。

它们真漂亮！安静地站在高高的山坡上，天空在它们背后，那样蓝，给云朵缀得满满的，阳光从云层的缝隙之中射下来，把每一只羊的背上和头上都镶嵌出一层透明发亮的细细的金边。靠着山沟，手里还抓着灌木的枝叶，我不禁也呆呆地端详起它们来了。

小女孩跑了过来，把手伸到我眼前，在她的手掌心里，躺着许多颗鲜红的像豆子那样大小的果子。原来她刚才在山沟里跳上跳下，就是为了摘这些小果子来请我吃的。

我吃了，有点甜，像是放久了的软苹果的味道。我向她微笑点头，她把手里的都给了我，又去另外一边的树丛中翻寻。

这个时候，山坡下有人在向我们挥手，叫我下去。也有人骑着马从家那边过来，再细看，更远处来时的山路上，有吉普车扬起的灰沙。大概又有新的客人到了，还是乖乖地回家去吧。

重新坐回屋子里去，再开始敬茶，再开始敬酒，又是热热闹闹的一屋子人。然后，我注意到一个小小的红色身影，就站在门边悄悄对我微笑，这不是刚才那一只小鹿吗？

我站起来，把她带到我身边，问我的堂哥："这是谁家的孩子？这么可爱！"

我的老堂哥呵呵地笑了起来，他说："这是我们自己家的孩子啊！她是你的亲侄孙女，你是她的姑奶奶啊！"

原来，她是我的侄孙女，是我第三个侄子的大女儿，蒙古文名字叫做萨如拉，就是光耀和明亮的意思。

萨如拉，这个名字果然照亮了我的心，我不禁把孩子搂进我的怀里。萨如拉，原来我们是一家人！

一直到了这一刻，我才踏踏实实地有了回家的感觉。家，不只是屋子外面那一大块辽阔的草原，还要有屋子里面忙进忙出的亲人，更要有我怀里这个娇憨可人的小女孩，将来会一天一天慢慢长大起来的小女孩——有了这一切，我梦里的家才终于落到真实的生活层面上来，有了光，有了热，有了色彩，有了生命，也终于和我有了温暖和甜美的关联。

这种快乐持续了很久一段时间。但是，到了傍晚，当我跟着亲人从山的那边探看了故居回来之后，情绪却怎么样也提不起来了。吃过了晚饭，我向尼玛说，我只想去草原上走走，希望大家能够了解，让我单独一个人出去走一走。

尼玛帮我转达了，果然他们都能体谅，没有人再来与我同行，只是嘱咐我天黑前一定要回来，省得大家惦念。

虽说已是晚饭之后的时刻，太阳还在天上斜斜地挂着，草原还很亮，我说我只是在附近走走，不会走远的。

我这次是选择了家门的正前方。大概这是一条通往外间常走的路，虽说依旧是草地，可是马车和吉普车的轮子已经在草上轧出了许多道痕迹，顺着这些痕迹，我信步往前走去。

我依旧是走在自己的梦土上。但是，几个钟头之前的那种亢奋与悲欣交集的感觉好像都已经过去了。

傍晚的风带有寒意，此刻，我的心仿佛在一片空茫茫的雾里。说不上来是郁闷还是悲伤，我只能一步一步地往前走着，夕阳正一寸一寸地在我背后坠落，除了眼前的丘陵还反映着金红色的余光之外，猛然转身回头望去，西面的山丘都已经沉到暗影里去了。黑色剪影般的棱线上，整片天空是一大块蓝中透着青绿的土耳其玉。

有一个小小的身影从暮色中向我奔跑过来，是萨如拉，从家里又跟着我走过来了。我站定等她，忽然想到了几个蒙古文单字，是我小时候听过也说过的。于是，等她到我跟前，我就低头问她："其，洗赫日，以得诺？"

汉文的意思就是："你，糖果，吃了？"

因为在晚饭之后，我给了她和她的妹妹弟弟一人一包糖，她这么快就跟着我过来，不知道尝了没有？

萨如拉笑了，把小手伸到我的手中，让我牵着她，然后很爽快地回答："以特拉！"

我也懂这个字，就是："吃过啦！"

我不禁哈哈大笑，把她抱了起来，飞快地转了一圈再放下。我终于和我的侄孙女用蒙古话交谈过了，事情好像并没有那样绝望嘛！

跋涉了一天，我真有点累了，就和萨如拉一起，在路边的一块大石头上坐了下来，面向着不远处的村落。整个村子都在越来越深的暮霭里，每一扇窗内都有人点起了烛火，天色越暗，那小小的烛火就变得越来越亮，远远地向我们闪耀着。

又有一个小朋友顺着大路向我们跑过来，萨如拉眼尖，叫了一声：

"通戈拉格。"

是她的妹妹。通戈拉格就是"清澈"的意思，和萨如拉只差了一岁。听堂哥说这个小家伙很爱唱歌，所以，当她跑近我们的时候，我也叫她坐到石头上来，靠在我身边，然后，我用蒙古话说："其，多勒。"

多勒就是汉文里的"唱歌"，我刚刚才在晚饭桌上学会的一个单字，现在就用上了。

通戈拉格马上张开了小嘴，细声细气地唱起歌谣来。我一句也听不懂，不过，孩子的歌声本身就是天籁，一样能令人觉得快乐，并且为它的单纯和美丽而屏息。

萨如拉靠在我的另一边，也跟着唱了起来。两只小黄鹂鸟唱到高音的地方几乎是金属一样的声音轻轻在草原上回荡，好像也在把我心中的暗影一点一点地往旁边推开。

这世界好像真的并没有那样绝望。

萨如拉，我明亮的光。

通戈拉格，我清澈的盼望。

我该怎么样向你们道谢呢？多少年来的憾痛，没有办法让自己生在这块草原上、长在这块草原上的憾痛，似乎都在你们的歌声里得到了抚慰。多少年来,心中最深处的煎熬与渴求只能在黑夜的梦里反复出现,那个穿着红衣服在草原上奔跑的小女孩,原来应该是一个永远无法实现的梦境,如今却温暖而又甜蜜地紧靠在我身边,还带着一个更温暖更幼小的妹妹。

天色终于转成暗蓝,我牵起两个孩子的小手往回家的路上走去。我还要要求什么呢?土地还在,亲人还在,幼小的孩子们在这块土地上还会一天一天地慢慢长大,我们此刻无法实现的许多梦境,也许在将来会以不同的方式由他们实现也说不一定。

我得承认,这个世界虽然并没有我们盼望的那么好,可也真的并不像我们想像的那样坏啊!

风里的哈达

一

我此刻将这上天降下的华物"哈达"呈献给您,希望永保福泽绵长。

二

这次回家,对我来说,是生命里面的一件大事。在几十年的渴望之后,终于可以踏足在祖先遗留下来的土地上,是珍贵的第一次。

所以,我在事前非常谨慎地定了计划,为了避免任何不必要的干扰,我蓄意把时间安排得极短,只有十几天。也蓄意把要去的地方减到最少——只去探望父亲的草原和母亲的河。

一切其他的活动,我都准备放到下一次再去考虑。对这一生里极为重要的时刻,我不敢多有贪求。

因此,给尼玛的信上,我也再三强调,希望不要让太多人知道这件事,我只想一个人安安静静地回家。

可是,在刚到北京的那个晚上,尼玛就告诉我,家乡的人仍然要欢迎我,他说:

"老家的人不愿意照你的意思,这么多年以来,你是第一个回来的亲人。他们说,老祖先传下来的规矩,从那么远的地方回来的孩子,有许多欢迎和祈福的仪式是一定要举行的。"

有些什么开始缓缓地敲击着我的心。我望向尼玛,望向他诚挚

终于来到乡关之前。

1989 年 8 月张家口大境门外 （王行恭 摄）

的面容和眼神，慢慢开始有点明白，祖先遗留下来的，不仅仅是土地而已，还有由根深蒂固的风俗习惯所形成的，我们称它作“文化”的那种规矩。

我一直以为我是蒙古族人，但如果在亲身面对着这些规矩的时候，我拒绝了，那么我就不可能成为蒙古族人了。

绝对不能让事情变成这样！ 绝对不能！

这么多年以来，可以因为战乱，可以因为流浪，可以因为种种外力的因素，让我做不成一个完完整整的蒙古族人。但是，却绝不能在此刻，在我终于来到家门前的时候，让自己心里的固执和偏见毁了这半生的盼望。

我一定得明白，一定得接受，如果，如果我想要成为真正的蒙古族人，就得要照着祖先传下来的规矩"回家"。

三

在蒙古族传统的礼俗中，到内蒙古最远的边界上来迎接客人，是最尊贵的大礼。

为了表示对我的归来非常喜悦和重视，我的亲人决定先派代表在内蒙古与河北交界处来接我。听说他们要开很久的车才能抵达边界。

我们这边在清晨四点就起床，五点多抵达北京西直门火车站，挤上六点多从海拉尔开到北京的草原列车，经过了四个钟头左右的车程，在张家口下车。

这次回家，有三个朋友与我同行。一位是尼玛，一位是沙格德尔，两人都是在北京做事的蒙古族同乡。另外一位是王行恭，是在台北工作的东北男子，知道我的计划之后，临时决定与我一起回来。他是我多年的好友，年龄只比我小几岁，所以，我们两个人的境遇都差不多，都是在身份证上有着一个遥远的籍贯，却任谁也没见过自己的家乡。

一出了站，阿宝钢旗长和苏先生已经在等我们了。阿旗长是父亲的好友，所以他一直强调，他不是以官方身份前来，而是受朋友之托来接我这个第一次回家的内蒙古女儿。

第一次回家的女儿，想去看她父亲当年从北京回家时，常要经过的大境门。

大境门上面有一块很出名的匾额，题着四个漂亮的字："大好河山"。

前两年，林东生——我的好友把这张幻灯片放给我看的时候，我一直以为，从这个方向出去，就是内蒙古，心里很感动。真的，一出塞外，可不就是我们的大好河山？

要等到自己走到了大境门的门楼之前，才发现，原来写着字的这一面是对着内蒙古的，也就是说，要有人从塞外回来的时候，才会面对着这几个字，要从这个方向走进去，才感叹于中原的大好河山！

我转到城楼的另外一边，从这里出城往前行才是塞外，我抬头往门墙上仔细端详，没有一个字。

忽然想起了长春真人丘处机的那几句话。约八百年前，十三世纪初，他应成吉思汗之聘，从华北经蒙古前去阿富汗，也好像走的是这个方向（只是不知道有没有大境门）。

第一眼望到蒙古草原的时候，他说：

> 北度野狐岭，登高南望，俯视太行诸山，晴岚可爱，北顾但寒烟衰草，中原之风，自此隔绝矣！

四

深藏在我们心中，有一种很奇怪的"集体的潜意识"，影响了每一个族群的价值判断。

心理学家说它是"由遗传的力量所形成的心灵倾向"。

也就是说，去爱自己的乡土，原来并不是可以经由理智或者意志来控制的行为。

一上了路，来接我们的两辆吉普车就加足马力往前直奔，后来才知道这两个年轻人是地方上出了名的快车手。公路两旁植满好几行的行道树，已经成林，远远的山脊残留着古长城的遗迹，每隔一段路程，就会是一处平顶的高坡，必须要换成慢速挡攀爬上去，再接着前面的公路。尼玛告诉我，这里的人称这种高坡叫“坝”，他说，再多上几次坝，就是蒙古高原了。

等到终于抵达了内蒙古的疆界的时候，我的心情可是和八百年前那位长春真人的心情完全不一样，越往北走，越觉得前方美景无限！

有风迎面吹来，带着强烈的呼唤。

五

看到他们了！

应该是他们吧？就在公路旁边，在那几块大大小小零乱矗立着的路程指示牌下面。

太阳很大，风也很大，那几个人站在路旁，都用手挡住阳光，往我们这边看过来。

这里就是边界了吗？还算是汉人居住的区域，宽广的公路，稀疏的电线杆，没有什么绿的颜色，公路旁低矮的土墙围着的是农人的房舍，土墙和土地都是一种灰黄黯淡的浅色调。那几个站在路旁的人，衣服的颜色也是灰灰的，在他们中间，只有一个人与众不同。

他穿的是蒙古族衣服。

一件宝蓝色的袍子镶着金边，腰间扎着一条金黄耀眼的腰带，头上戴着黑色毡帽，脚下是长马靴，靴套处还绣着花边。

下了车，我向他走过去，他的身材并不高大，却很粗壮结实，应该是成年人了，眼睛黑亮，鼻子高而挺直，被风霜染成红褐色起了皱纹的脸上，却有着像少年一样羞涩的笑容。

有人过来给我介绍，说这就是我的侄子乌勒吉巴意日，从家乡前来接我的。

我的侄子用带着奇怪腔调的汉语叫了我一声："姑姑。"

我这个做姑姑的竟然只能用笑容和握手来回答，刚刚听到的蒙古名字根本学不出正确的发音，很早就准备好了的话也都忘了。

幸好这时他已经转身忙着到车上去拿东西准备行礼，没有注意到我的窘态。有人帮着他，把准备好的东西一样一样取出来，有奶，有酒，有镶银的蒙古木碗，还有一条淡青色的哈达。

风很大，淡青色长长的丝质哈达很轻，在风里不断上下翻飞。

六

我们此刻将这上天降下的华物"哈达"敬献给您，希望永保福泽绵长。

七

在家里，每年除夕祭祖，爷爷奶奶的遗像上都会轻轻地放上一条哈达，是从老家带出来的，父亲说那是由一位活佛祝福过的圣物。

父亲和母亲跪拜之后，就轮到我们这五个孩子按着顺序一一叩首，每次当我脸红红地站起来再向供桌一鞠躬的时候，都觉得供桌上的烛火特别亮，香燃烧着的气味特别好闻，再加上苹果和年糕还有其他供品混杂在一起的香气，充满了平安和幸福的保证。

我也记得在烛火跳动的光晕里，那一条哈达闪耀着的丝质

父亲少年时。

1935 年北京

光泽。

过完年，母亲就很小心地把哈达折起来，和爷爷奶奶的相片一起，收到大樟木箱子里面去，要等到下一个除夕才再拿出来。

即使是这样小心收藏，哈达也一年比一年旧了。有许多地方已经开始破损，颜色也变得灰暗，烛火再亮，再跳动，它也不再有反映的光泽了。

几十年的时间就这样过去。母亲去世以后，我在那年除夕从樟木箱子里找出这块哈达，虽然轻轻软软的，拿在手里一点重量也没有，却怎么样也挂不上去，几次试着把它放到母亲的相片上，几次又拿了下来。

终于还是含着泪把它收进箱子里面去了。

八

先敬奶类的饮料。

我的侄子面对着我，用双手捧着装满了牛奶的银碗，在银碗之下，垫着那块哈达。

照着祖先的规矩，我先用双手捧碗，再用右手无名指触及碗中的牛奶，然后微微高举右手，用无名指和拇指向前方弹指三次，敬了天地和祖先之后，才能啜饮故乡的牛奶。

等每一位朋友都像我一样，喝了乌勒吉巴意日献上的牛奶之后，仪式再重新开始，这次碗中注满的是草原白酒。

依旧是要在接过来之后，先敬天地和祖先，再恭敬地双手捧碗，啜饮故乡的醇酒。

每一位客人都不能忽略，每一个人都要领受祝福。太阳很大，风也很大，站在宽广而又荒凉的公路旁，站在踏一步即是故乡的边界上，我们这几个人一遍又一遍地反复着同样的动作。

四周很安静，偶尔有卡车运货快速呼啸而过，然后又归于沉寂。我可以听见不远处土墙里面有鸡群在咕咕觅食，有飞鸟细声叫着飞掠过去。

太阳很大，风也很大，哈达的中段是摆在乌勒吉巴意日往上平放的双掌上，他用大拇指将两端紧紧夹住，剩下的哈达就在风里随意飞扬，淡青色逆光之处几乎是透明的，每一翻动，都闪耀着丝质的光芒。

九

回家的路还有一段要走。

按照计划，我们要先在旗办公处的招待所里住一夜，这次是米旗长亲自来接待我们了，他是教育界的前辈，人非常开朗。

有几位家里长辈从前与我们家是世交的朋友，知道消息，也都赶了来。我们的父母或者祖父母彼此都是好友，可是到我们这一辈相见的时候，却要一点一滴从头来解释。虽说是第一次认识的陌生人，晚餐桌上举杯互祝的时候，有几位蒙古族男儿却哽咽不能成声，为了怕人误会，还得赶紧哑着喉咙解释："我只是想起了自己的长辈，心里难过。"

连王行恭在举杯的时候，也有好长一段时间说不出话来，我认识多年的朋友，平日那样冷静沉着的朋友，心里也是有碰不得的痛处罢？

我一一举杯向他们祝福和道谢。祝福你们，我应该熟识却又如此陌生的朋友，愿前路上再无忧伤与苦恼。谢谢你们，每一个人都从那样遥远的地方赶来，陪我一起回家。

十

第二天早上出发的时候,已经变成有六七辆车的车队了,领头的两辆,依旧是那两位快车手来驾驶。

听说家乡的亲人会到草原的边界上以马队来迎接我,我把相机给了王行恭,请他到时候帮我拍照。

我知道自己已经开始紧张起来。天有点阴,层云堆积,有人劝我加衣,我却觉得心中燥热难耐,离家越近,越想回头,一切即将揭晓,我忽然不太敢往前走了。

车子开得飞快,经过一处又一处不断起伏变化的草原。差不多开了四十多分钟之后,爬上一段山坡,在坡顶最高处往前看下去,下面是一大片宽广的山谷,芳草如茵,从我们眼前斜斜地铺下去,一直铺到整个山谷,铺向左方,铺向右方,再往上铺满到对面的坡顶,再一层一层地向后面的丘陵铺过去,一直铺到天边。

在这样一处广大碧绿芳草离离的山谷中间,有一小群鲜艳的颜色,因为远,所以觉得极小,因为颜色,又觉得非常夺目。

尼玛在我旁边惊呼:“看啊!慕蓉,他们在等你。”

这应该是一生里只能享有一次的美丽经验!

前面就是我的家了吗?

这一大片芳草鲜美的山谷,就是我家园疆界的起点了吗?

几十年来,在心里不知道试着给自己描绘了多少次,可是,眼前的景色,却是从来也想象不出的辽阔与美丽!这真是一生只能享有一次的狂喜啊!还有他们,那正在家园前等待着我的族人,就在我眼前,在山谷的中间,有几十个人穿着鲜红、粉紫、宝蓝的蒙古衣服,扎着腰带,有的骑在马上,有的站在草地上,围成了如半圆一弯新月的队形，远远地安静地等待着。

车子开得飞快，我只能在坡顶高处看到那么短暂的一瞥，相机不在手上，也拍不下来。

不过，没有相片并不表示没有记录，这记录已经在那一瞥之间深深地镌刻在我的心中。就在那快乐与幸福都沸腾了起来的一瞬间，我忽然看到队伍里面，有人双手捧着一条哈达站了出来，草原上的风一吹过，淡青色的哈达就在风里飘动，闪耀着我熟悉得不能再熟悉的、丝质的光芒。

十一

我们此刻，将这上天降下的华物“哈达”呈献给您，欢迎回到故乡。

源

——写给哈斯

一

“一个蒙古族青年所面临的民族文化危机”是你这篇文章的标题。

这篇文章发表在一九八九年十二月台北出刊的一本文化通讯季刊上，我仔细地读了两遍。

哈斯，我不知道我们彼此是否相识。

我的意思是说，许多年前，我就认得一个叫哈斯的蒙古族女孩，我们两家父母都是好朋友，她长得高高的，性情爽朗，笑容很甜。不过，我们有很久没通音讯了，我只知道她去国外读书，并且以后定居了下来，已经结婚又有了孩子了。

你就是那个哈斯吗？

还是说，你是另外一个蒙古族女孩，更年轻一些，更急切一些，而名字刚好叫做哈斯？

不过，不管我认不认识你的人，我想，我都能认识你的心。

因为，你的困惑与挣扎也曾经是我的。

因为，哈斯，我们都是这样长大的。

希喇穆伦河河源。

1989 年 9 月克什克腾旗

二

一开始，你就击痛了我，你说：

“这不是一篇有学理根据、有条理的论文，它仅代表我个人在成长过程中所遭遇的感受。希望在这篇文章中所提及的困惑与挣扎，能让有相同感受的同乡，感到自己并不寂寞……”

是的，在我年轻的时候，我曾经非常寂寞过。

第一次强烈的感受，是在初中二年级的地理课上。

那时候，我刚从香港来到台湾，考上了北二女初中部的插班生。地理老师是我们的导师，人很温柔诚恳，上课又认真，我一直很喜欢她。

但是，在那一天，教到了“内蒙古地方”这个单元，她竟然完全变了，不再是我心中可敬可爱的导师了。她用着非常武断的字眼来描述那个遥远的地方，并且不停地取笑生活在那块土地上的蒙古民族，取笑他们的语言、他们的信仰、他们的风俗习惯。她所举出的例证有些是实情，有些肯定是道听途说，可是她丝毫没有想要加以分辨与澄清的意思，反而面不改色滔滔不绝地说下去，说到高潮的地方，听得全班同学眉飞色舞，哄堂大笑。

从小在家里，不管是外婆或者父母给我的教育，都在处处提醒我不要忘了自己是一个蒙古族人，可是我总是浑浑噩噩的，并不觉得自己和其他的人有什么不同。

一直要到了这一天，在全班同学喧哗的笑声和不断回头注视的目光里，我才第一次感觉到我是“异族”，第一次感觉到被分类被排斥的寂寞与悲痛。

我终于刻骨铭心地意识到——我是一个离开了族群的蒙古

族人。

哈斯,想必你成长的经历也和我的差不多吧?

三

奇怪的是,对于少年的我,这一堂地理课是我生命中最初和最深的一道刻痕。但是,对于当时在场的其他人来说,却不过是一堂很有趣的地理课而已。下了课之后,同学照样过来对我有说有笑,老师又恢复了温柔和诚恳的面貌,没有一个人觉得,也没有一个人知道我心中的伤痛,对她们来说,什么事情都没有发生过。

后来,这样的遭遇不时出现,我心上的刻痕虽然越来越多,却也越来越浅。这是因为,在成长的过程中,我逐渐察觉,在我周围绝大多数的汉人朋友,其实并无意要伤害我,也不知道这样就会伤害了我。

因为,对于人数众多、历史悠久、文化辉煌灿烂的汉民族来说,从很久以来,就习惯了以自己这个民族作为中心去思想、去判断、去决定一切的标准。

这种习惯如果只表现在日常生活中,其实也无可厚非,每个民族都有权利假想自己是这个世界的中心。但是,如果在政治上也坚持这种心态的话,伤害就是无可避免的了。

四

哈斯,我知道,这也是你害怕的事。

所以你说:

“所以我们面临的最大危机,就是为了在这个大环境中不被排斥，我们必须接受这个环境中的文化，但是又因为人数太少，我们逐渐明白，不但会接受，甚至可能会完全地接受，忘了我们的根。”

哈斯，不要害怕，让我慢慢告诉你。

这次我回到故乡，一位当地的朋友告诉我，在她年轻的时候，参加过一个内蒙古马术队到南方去的表演。在四川乡下，被一群特别热情的观众围了起来，老老少少一面欢喜地拥抱着他们，一面流着泪不断向他们说：

“我们是蒙古族人啊！我们原来的祖先都是蒙古族人啊！”

已经不知道是第几代的子孙了！说的话都已经完全是当地的四川土语。其中有许多人在前一天赶了好几十里的路过来，只是想要看一看从遥远的故乡来的同胞青年，只是为了要告诉他们：

“我们也是蒙古族人。我们从来没有忘记自己的根！”

哈斯，你要知道，“血源”是一种很奇怪的东西，她是在你出生之前就已经埋伏在最初最初的生命基因里面的呼唤。当你处在整个族群之中，当你与周遭的同伴并没有丝毫差别，当你这个族群的生存并没有受到显著威胁的时候，她是安静无声并且无影无形的，你可以安静地活一辈子，从来不会感受到她的存在，当然更可以不受她的影响。

她的影响只有在远离族群，或者整个族群的生存面临危机的时候才会出现。

在那个时候，她就会从你自己的生命里走出来呼唤你。

五

哈斯，就是因为这一种强烈的呼唤，才让我急切地走了那么多的路，去追寻那一条河流的源头。

希喇穆伦河在我的心中已经流了很久了。在黑夜的梦里，我总是会听到河水浩浩荡荡流过原野的声音。

原野无边无际，那天，我和朋友们乘坐了两辆吉普车，在草原上寻找了一整天，都找不到河谷的入口。带路的朋友从前去过好几次，但是草原实在太大了，而每一座指路的山峦又长得极为相似。我们一路走走停停，再爬到隆起的丘陵上向远处张望，听得见河流在远处流过的声音，哈斯，那声音就像从我的心中流过的一样。

在渺无人烟的草原上终于遇到了一个骑马的青年，他从斜阳的光晕之中向着我们慢慢走过来，知道了我们的困难之后，这个年轻人把手臂伸直向右前方微微一举，河谷的入口就赫然出现在眼前。

当我们穿过了小树林子，走下了长长的陡峭难行的沙丘，终于下到河谷深处的时候，天色已经很晚了。

这里是一处三面有山，地层突然深陷的山谷。在最接近山壁的那块沙土地上，一片泥泞，仔细看过去，才发现有水不断从地面渗出来，把沙土地都染湿了。

渗出来的水在短短两三米的距离里就汇成流泉，有了声音，再流出十几米之后就变成一条浅浅的溪流，岸边杂生着矮树丛和野花，再继续往前流着，水声越来越大，在稍远的树丛之间一转弯，就俨然成为一条小小的河流往远方流过去了。

我赤足走进浅浅的溪流之中，虽然是九月初温暖的天气，溪水却冰冽无比，我的脚好像是站在冻结的冰块上一样，一会儿就疼痛起来，可是，哈斯，你可以想象我心里沸腾的热血。

哈斯，你该知道，我是多么以自己的血源而自豪啊！父母的家乡虽然遭到了许多人为的破坏，可是，只要这块土地还在，生命里的许多渴望仿佛都在这个时候挣扎着拥挤着突围而出。站在希喇穆伦河的河水之中，只觉得有种强烈到无法抵御的归属感将我整个人紧紧包裹了起来，那样巨大的幸福足以使我们泪流满面而不能自觉，一如在巨大的悲痛里所感受到的一样。

多年来一直在我的血脉里呼唤着我的声音，一直在遥远的高原上呼唤着我的声音，此刻都在潺潺的水流声中合而为一，我终于在母亲的土地上寻回了一个完整的自己。

生命至此再无缺憾，我俯首掬饮源头水，感谢上苍的厚赐。

六

可是，哈斯，我真正想要告诉你听的，是我在这之后的心情。

在这之后，我回到了克什克腾旗，在当地同乡接待的晚会上，他们送给我一条纯白的哈达。有几位年长的父老告诉我，我的外祖父母曾经为这块土地尽了多少心力，也有人过来告诉我，他们还记得我的母亲。

洁白的哈达披在肩上，仿佛母亲轻柔的抚慰，举杯向大家道谢之时，我忽然发现，我和面前的这些朋友长得多么相像啊！

我终于回到了自己的族群之间，哈斯，在我面前的人和我长得多么相像！许多人都仿佛是从镜中映照的熟悉的轮廓，在人丛之中，远远的，我甚至好像看到了外祖父年轻时候的面容。血源在这一刻，竟然变成了非常具象的线条和颜色，清清楚楚站到我的眼前来，告诉我，这里原来就是我真正的来处，是我生命最最初始的根源。

在半生的惶惑之后，这一刻，是怎样令人心安和喜乐的相逢！

就好像饥渴的人忽然在丰盛的筵席上看见了自己的名字，我，终于狂喜地找到了自己的位置。

哈斯，你还有什么好害怕的呢？

希喇穆伦河河源。

1989 年 9 月克什克腾旗

哈斯，请你相信我，就算有一天，你也许会忘记了蒙古的历史，你也许会忘记了蒙古族的语言，但是，哈斯，你绝不会忘记自己的来处，“血源”不是一种可以任你随意抛弃和忘记的东西，也没有任何人可以从你的心里把她摘取下来。

她是种子，是花朵，也是果实；她是温暖，是光亮，也是前路上不绝的呼唤；而有一天，当你终于与她迎面相遇的时候，你会发现，她竟然也可以是一泓清澈澄明如水般的鉴照。

哈斯，我年轻的同胞，你还有什么好害怕的呢？

礼物

起程的前夕，终于还是不能免俗地去买了“探亲表”。

平日在晚饭之后和丈夫出来散步，人行道上的夜市总是东一个西一个的摊贩在卖手表，摊位边上挂着块小小的硬纸板，上面用夸张的字体写着“探亲表”，丈夫有时候会问我：“要不要看一看？听说很便宜，大陆人也很喜欢。”

我从来也没听他的话停下来看上一眼。几十只表杂乱地堆在一个小小的摊位上，灯光下冷冷的金属光泽很刺眼，是有不少人在挑拣，可是我不想挤进去。

那个时候一切计划都还没定妥，也不知道走不走得成。而且，我想，就算走得成的话，行李也是越轻便越好，如果要送礼，就送美金或者是外汇券，不是更实用？

可是等到真的要走了，在临走的前一天下午打开箱子开始收拾的时候，又觉得好歹总是得装点“见面礼”进去才行。于是，等到吃过晚饭，丈夫还在看新闻，我就一个人匆匆下楼沿着人行道走了过去。

夜市已经开始了，民生东路接近大圆环这一带，摊位都摆了起来，奇怪的是却偏偏见不到一个卖手表的，于是，我决定再往前走几步，到孩子们常去的那间表店看看。

老板刚好一个人在店里，对我笑脸相迎，我问他：“有没有‘探亲表’？”

“有啊！有啊！这边上面的几排都是，你慢慢看。”

我快速浏览了一遍，就坦白地告诉老板，我对手表的品牌与品

小女孩要送花给我们。

1995 年 8 月蒙古国中央省

质毫无概念，请他做主帮我挑选就好了。

老板一面打开柜子的玻璃门一面问我："要几只？要多少钱的？"

这两个问题非常简单，但是我一时之间竟然都不能回答，就在柜台前面呆住了。

老板并不见怪，他开始笑了起来，再换一种方式来问我："你打算送给几个人？是不是很近的亲戚，如果很亲的话，就送好一点的。"

我向他点头，是的，我要去探望的这几个人应该是我在大陆最亲的亲人了。可是，我对他们毫无了解，甚至不知道他们确切的人数。

母亲是独生女，父亲上面虽然有四个哥哥和三个姐姐，但是到今天在大陆也只剩下他三哥的儿子是最近的亲人了。我的这位老堂兄已经年近七十，父亲告诉过我他有儿子也有女儿，但是我忘了到底是三个还是五个？

老板说："那就这样，买多总比买少了好，如果多出来了，反正也可以送给别的朋友，他们都会喜欢的。既然是近亲，我劝你买好牌子的，比较靠得住。"

于是由老板做主，给我挑了四只男表，四只女表，每一只表又都帮我调好了当地时间，并且向我保证，它们都可以保用五年。然后，老板又说：

"这些是送给他们的，另外，我劝你再去买些小东西准备送给其他的人。你知道，大陆的人，街坊邻居不知道有多少！听说谁家有亲戚从台湾回来，都会来看，你总不好让人家空手回去，可是人又多到让你怎么送也送不起。我劝你去一趟饶河街的夜市，那里有的摊位每一包东西都只卖十块钱，你用几百块钱可以买一大堆带回去，皆大欢喜……”

八只手表并不太重，但是从他的店里出来之后，我整个人就站在街头难以举步，怎么办？是相信他还是不相信他？在十字路口踌躇再三，终于决定还是坚持我自己的原则，行李应该越轻便越好，我对大陆的亲人一点也没有概念，反正到了那里还是给红包比较实用。

第二天在机场见到王行恭，他的行李比我的还小还要轻，羡慕之余更觉得我的原则是正确的。

在香港停留了一个晚上，去逛了一下旅馆附近的“屈臣氏”，买了许多我小时候很爱吃的水果糖，还买了一些漂亮的发夹，几盒彩色铅笔。我的计划是这样的：如果在广大的草原上遇见了一些放羊的小朋友，我就上前去送他一小包糖。如果他们年纪稍稍大一点，就给女孩子一对发夹，男孩子一盒铅笔。

抱着这一袋五颜六色的东西回到旅馆，我忍不住还是先拆开了一小包蓝莓水果软糖给自己吃，那种又甜又酸的味道还是和记忆中的一样，舌间在霎时变得饱满柔软并且充满了汁液，躺在沙发上，我不禁微笑揣想一个小牧童或者一个小小的牧羊女把糖放进了嘴里之后的惊喜。

当然，我的行囊里还是带了几本书、一些首饰和丝巾，总还是有一些自己喜欢也想要送给朋友的礼物，所以，当我从香港飞往北京的时候，我自认应该算是准备周全了。

在北京住进王府饭店，旅馆的楼下也有一间“屈臣氏”。第一天我好奇地进去逛了一圈，店面不算小，却没有几个客人。想想也是，除了迫不得已来添购牙膏或者肥皂之类的需要，有哪一个傻瓜旅客会千里迢迢坐飞机到北京的“屈臣氏”来买东西的？

想不到，这个“傻瓜旅客”第二天就出现了，拿着塑胶的购物篮拼命往里面装东西，也想不出来有些什么东西可以算作是礼物的，只好依旧是买糖、买巧克力、买发夹、买别针、买梳子，还有大盒小盒的彩色铅笔，并且在中午买了一次之后，晚上又再去采购了一批。

我真的慌了，因为尼玛的一句话："听说光是你的亲戚就有三十多个人吧，都到老家去等你了。"

要怪就只能怪自己粗心大意，只想着堂哥有几个孩子，却没想到堂哥的孩子也还会有孩子。大陆虽说厉行一胎化，倒是对少数民族网开一面，每家最少都会有三四个，如果再加上媳妇或者是女婿家里的亲人，可不就是这个数目了吗？

我真的慌了，一方面是害怕让他们失望，一方面也是害怕我会对他们失望。如果我以前看过的报道都是真的，如果钟表店老板的经验是对的，那该怎么办？

可是我对那块土地毫无了解，我对生活在上面的亲人毫无认识，我怎么知道他们缺什么？要什么？除了这些糖果和铅笔之外，我怎么知道我该买些什么？

在草原上遇见一个陌生的小孩子，送给他一小包糖，是一件想起来都很快乐很浪漫的事。但是，如果是在自己的家里，只能从行囊里拿出糖果和铅笔来分发给自己亲人的孩子时，那会是一种多么难堪和痛苦的感觉？

可是，我已经别无选择，北京王府饭店的"屈臣氏"里，东西也就是那几样。第二天一大早，五点多钟就要赶到西直门火车站上车，我只好硬着头皮上路了。

我不知道我是在恨自己还是在恨别人，在把糖和铅笔分给高高低低站了一屋子的小侄孙和侄孙女的时候，心里很慌张，只好不断向他们说对不起，东西实在太小和太少了，对不起啊！真是对不起！

一屋子的面孔都在向我微笑，我却连正眼也不敢看他们一眼，我想过一阵子他们就会开始生我的气了罢？他们心里要怎样失望呢？

和侄孙辈的见面就这样混乱地过去了。晚饭之后，我一个人躲到草原上去，小小的萨如拉和通戈拉格跟了过来，倚在我的身边。大地逐渐转黑转暗，我们三个人安静地坐在路旁的一块大石头上，这个时候，从家那边的方向慢慢驶来一辆马车，赶车的人开口向我轻声招呼："姑奶奶，我要回去了。"

我们站起来向他迎过去，原来是我的大侄孙，他说："姑奶奶，我要早点回去，家里还住着喇嘛，明天我再陪他一起过来。"

所谓的马车，不过是一匹马拉着由几块长板子和两个车轮所凑成的车体而已，两个小女孩已经笑着跳了上去，我也童心大发，对他说："我坐上去跟你走一段好吗？"

我的大侄孙笑着说好。于是，我也斜斜地坐了上去，靠近他的背后，两只脚还垂挂在车外，就这样任由他驾驭着马儿慢慢向前走去。

天空像是一座巨大无比的天幕覆盖下来，草原是天幕下起伏不定微微动荡的海洋。我和大侄孙轻声交谈，他虽然读的是蒙古文学校，汉话也还可以。谈话间才知道他已经二十五岁了，初中毕业之后就留在家里帮忙，前两年结了婚，现在也有一个小婴儿了。

那么，这样的一个青年也只是收到了我给的一盒彩色铅笔而已吗？

在那一刻，我心中的歉疚真是到了极点，在黑暗中忍不住对他说了出来："对不起！给你们的东西实在太少了。我没准备好，什么东西都没给你们带来，真是对不起！"

他安静地听我说完，才转过头来微笑着对我说了一句话，他说：

"姑奶奶，不是这样。真的，你能回来我们就很高兴了。"

他的话语很简单,可是,语气之间有着一种和他身边的大地很贴近的坦荡和真挚,暖烘烘地进到我的心中。

在这两天之间不断困扰着我的烦恼,那紧紧相缠让我变得虚假而又丑陋的咒语都在刹那间消失了。大侄孙的一句话解开了我的心结,让我能重新面对我的亲人,终于感受到了人与人之间原该有的质朴亲情。

我不禁微笑向他靠近,干脆把双腿盘了起来坐进车子中间,两个小的也挤到我身边来。大地无边静寂,惟有好风如水,带着清凉的草香。马儿向前路慢慢行去,周遭的草原像海洋一般在我们车下缓缓涌动,在这个时候,有些什么感觉开始漂浮了起来,这一种单纯而又平安的和亲人团聚着的感觉,我想,应该就是幸福了吧?

后记

回来以后,发现自己有时候会想他们想得厉害。走在街上,看见什么都觉得应该买下来带回去。

有一次在电话里告诉了林东生,他笑了起来,说我已经染上了"还乡病"。他说:"完了! 你没救了! 你没看到我们香港的这些老先生老太太,一到年节,再重的行李也拖着拉着地往家乡带回去,恨不得吃的用的全替他们买齐。只要回去过一次,心就被牵住了。我看哪! 你是得了这种病了。"

梦镜

开始的时候，是王行恭先激动起来的，车还没停稳，他就一跃而下，手指着前方，几乎是语无伦次地转过头来，向还坐在车中的我大声喊叫："完全一样！完全一样！和我梦里见到的完全一样！和我那个梦完全一样！"

认识王行恭也有许多年了。在我的印象里，他一直是个说话不多，处事很理智的朋友。他的专业是美术设计，也在东海开课，我是领教过他在工作和教学上要求的严格，几乎可以说是个冷静到近乎一丝不苟的完美主义者。

我从来没有看到他这样激动过。

我们刚刚才在一位牧民家的屋前把车子停住。

在我们眼前，是一片辽阔的草原，就在极远的正前方，草原与天空交界之处，有两座一左一右缓缓隆起的山丘，山丘的中间凹处，有一幢小小的孤单的房子。

整片天地再没有任何其他的线条，只有像波浪一样缓缓起伏的这两座并列的丘陵，和两山之间那一幢孤单的小土房子。

王行恭站到我身边来，声音不再那么大了，可是语尾处却有些微微的颤抖："我一直做这样的梦，从很早开始，从我有记忆之后开始，几乎是每隔一段时间，就会做这样的梦。梦里什么都没有，只看见一模一样的这两座山丘，和这样的一间小房子刚好在两座山的中间。结婚之前，我就跟我太太说过了，那个时候，我们两个人想了很久，一直想不出到底是因为什么原因……"

他只比我小了几岁，都是幼小的时候就跟随着父母到了台湾

水草丰美的天山山腹。

1992 年 7 月巴音布鲁克草原

的。原籍东北，但是，当然，他从来也没有见过自己的故乡，像我一样。

决定和我一起回来，也是偶然的机缘。

去年夏天，七月底，在楚戈嫁女儿的宴席上遇见了他们夫妻，本来是坐在邻桌，我一直招手，要他们坐过来。这一对夫妻，是朋友们公认的金童玉女，就笑嘻嘻地把位子换到我们这桌来，也就是在那个时候，王行恭才知道我要回内蒙古的计划，他马上说："我也想去，我一直都很想去。"

事情就这样决定了。第二天，我先照预定计划去了欧洲，他就在台湾赶办去大陆的手续。

我带着慈儿去了荷兰、比利时、法国和瑞士，然后就直奔德国，在波昂停留了下来，探望我的父亲。我们祖孙三人欢聚了一个星期，父亲也为我的返乡之行做了许多心理上的准备。八月底前，回到台湾，王行恭已经拿到了所有的证件，于是，我们两个人就一起出发了。

因为他是临时加入的，所以原先订好的行程并没有因为他的参加而有所变动，他也很能体谅，对我说："没关系！这次就算我陪你回你的家乡好了，至于我自己的家乡可以留到下次再去。"

没想到的是，就在刚刚进入内蒙古的疆界不久，刚刚才开始踏上了草原不久，王行恭就遇见了他梦中的土地，那在生命里面最深的地方珍藏着的，一次又一次忍不住向他显现出来的画面。

站在他身边，我能够感觉到朋友激动的心情，却说不出什么话来安慰他。

要如何来解释这样的遇合？

这个东北男子，也是这一大块高原上的居民的后代。从我们此刻站立的土地往东北方向一直一直走过去，想必一定还有许多处和这里相似的景色罢？

这样的景色，也许曾经是辽代一个弯弓射雁的武士在一回身之间所看到的天地；也许是更早更早，早到唐朝，一个随军远戍在塞边的汉家少年所眺望的视野。无论是哪个时代，无论是哪一个人，这样的景色一定在他们心里留下了无法忘记的温柔的印象，终于随着血脉传留了下来，安安静静的、时隐时现的，在不知道隔了多少代之后，进入了一个离家千里万里的子孙那颗敏感的心中。

大概就是这样了罢？不然的话，你要怎么样来解释这件事呢？

王行恭的家乡现在属于兴安盟，就在我母亲家乡昭乌达盟的东北方，再往东走，就该是那黄金的兴安岭了。迢遥的山啊迢遥的路！迢遥的梦里乡关！千年的记忆，原来也可以一直深藏在血脉里，固执而又难解，恍如谜题。

恍如谜题，总是在黑夜里，在睡梦之中，在生命挣脱了一切桎梏悄然对镜自照的那一刻出现。

恍如谜题，其实已经提供给你一切的线索，却又守口如瓶，绝不点醒你。一定要等到谜底揭晓的时候，才能了然于所有的真相早已历历在目。

解答的时刻总是来得如此突然，让我们总以为自己还没有准备好，所以不免会有震惊和激动的反应。其实，如果在这之后安静了下来，细细回想一下，我们会发现，在这个揭晓的时刻来临之前，我们已经用了几十年的时间、用了整个前半生来做准备的了。

对于王行恭来说，除了这一个时隐时现的梦以外，在他的初中时代，就已经对有关辽代的历史和地理发生了兴趣。读艺专的时候，还有后来去西班牙和美国留学的时候，甚至一直到了今天这一刻，他都随时随地主动去搜集一切有关辽金元史的记录。

一直到了今天这一刻，他都说不出来是为了什么，他只觉得那一块高原和那一个时代都非常迷人。他会从蒙古骑士马上的小小标志找到西方基督教东来的影响，也会从一座厚拙而又刚猛的石雕佛像里看到游牧民族对美的解释。在他走过的每一间博物馆和图书馆里，最吸引他的那一部分总是属于辽金元那个时代里的东西。恍如磁石于铁的召唤，不管走了多少路，不管翻了多少书，到了最后，他总是会发现，自己正站在一座雕像或者一本翻开的书页的前面，站在一千年以前的那个时代所留下来的线索前面，恋恋不舍，总不肯就这样离去。

原来，为了这揭晓的一刻，他其实还是在不断地准备着的，只是自己预先并不能知道罢了。

那么，对于我来说，好像也是这样的。

当然，在我的故事里，有一点不同，就是我是蒙古族人，对于和自己民族有关的种种，很早就有了一种近乎偏执的爱惜的心情。

但是，在欧洲读书的时候，有时候会在许多古玩店里或者小小的摊位上，观看他们的收藏，几乎每一次被我看中的首饰，都是来自故乡。不论我买不买得起，心中总是一惊，怎么可能？在毫无成见

高原初秋。

1991年9月蒙古国中央省

的情况之下,在千挑万选之后,拿起来的那一件东西,总有人会回答我:“它是从蒙古高原来的。”

几乎每一次都是这样。那是一种很奇异的感觉,我自己都无法置信。甚至到了最近这几年,在香港挑选了一块印石,在克什米尔买到了一件银饰,东西都很小也很便宜,然而在付钱的时候随意地问了一下来处,竟然也都是来自蒙古高原。我还记得,当时那位克什米尔银饰的店主,把银饰从我手中拿过去,戴在他头上,用口音很重的英语,一边比划着,一边告诉我:“你看,这就是蒙古族妇女发上的装饰品,从两边长长地垂下来,和发辫一起,有多迷人!有多美丽!”

我向他微笑点头,是的,对一个蒙古族人来说,来自家乡的一切器物,果然有种与众不同的光彩,不论是以多么陌生的面貌出现,总会对我显现出它无可抗拒的美丽来!

在那一刻,心中真是又惊又喜,仿佛那遥远而又模糊的家乡就近在眼前,就在这一串长长的银饰的雕工之间。

然而,要等到真的回到了家乡,才知道,原来还有更强烈的惊奇与欢喜在等待着我。

在开始的那几天,我还没有发现这之间的关系,只是在进入了内蒙古牧区的草原之后,才恍如进入了一场美丽的梦境,周围的景象是那样熟悉与亲切,虽说是此生从未见过的土地,却又像是从来也没有离开过的地方。

那种感觉很难说清楚,在奔驰的车中,我只是不断地向身旁的尼玛说:“好像做梦一样。”

真的,好像身处于一场美丽的梦境,心中无限雀跃,又有一种微醺微醉的暖意在全身缓缓流动,禁不住地想微笑,想大声喊叫。

就在那个时候,前面的车子慢了下来,王行恭从车中向我们这辆车打手势，要我们也停下来，然后，他远远地对我笑着说：

“席慕蓉，快看！这不就是你的画吗？”

在我们前方，原野无边无际，天与地之间只有一条微微起伏的地平线，有一棵孤独的树，长在漠野的正中，西落的斜阳把树影画得很长很长。

这一次，轮到我激动起来了。

多年来，我养成了一种习惯，每次在画完了一幅大画，觉得很累的时候，为了休息，也为了愉悦自己，总会画些小幅的风景。构图上每次虽然都有些不同，不过总是会有一条长长的地平线，有几棵疏落的树，拖着长长的影子，我喜欢那一种简单的线条和安静的光影，人就会整个放松了下来。

后来，在我的素描插图里，也常会出现这样的画面，好几次，有朋友说：“你画的影子未免太夸张了罢？”

我也承认，树影确实太长了一点，在现实世界里，好像不可能这样。不过，尽管如此，每次画的时候，总还是忍不住要把影子尽量拖长。

等到今天回到了家乡，才知道，原来真有这样的画面，真有这样的原野，真有这样的地平线，真有这样的树，真有这样的斜阳，把树影在漠野上一直延伸到几乎无限的长！

面对着我心中的风景，这一次，轮到我震惊和激动起来了。

谁能告诉我？人生长路上到底还会有几番曲折的反照？还会有多少谜题？多少谜底？

还会有什么样的答案在路上等着你？

原来，这就是揭晓的一刻，在这恍然了悟的时刻里，我仿佛真的进入了梦境，在梦中对镜自照，看见生命在镜里正对我静静地展颜一笑。

母亲的河。

1989 年 9 月希喇穆伦河

母亲的河

——纪念先母逝世周年

一

前几年，孩子还小，放假的时候，常带着他们去逛书店。

有一次，我很清楚地记得，是在重庆南路金石堂的楼上，在售卖儿童读物的那些书架旁，我从架上抽出一本颜昆阳博士编选的《少年诗的世界》，那一套书实际上有四本，我刚好拿了"词曲"的那一本，又刚好翻到了韦应物的那一页：

> 胡马，胡马，远放燕支山下。跑沙跑雪独嘶，东望西望路迷。迷路，迷路，边草无穷日暮。

在这一首唐朝的词之下，有两幅印刷得很精美的图片，画面上是一片辽阔的大地，燕支山下正放牧着成群的胡马。我是第一次读到这首词，第一次见到这些图片，却像是有个深知我心的人为我唱出了一首我等待已久的歌，当时就止不住泪水滚滚而下。

和我约好了在这个角落里见面的孩子们准时来到了，两个人目瞪口呆地注视着我，我只好指一指手上翻开的这本书，算是向他们做了解释。

女儿看了一眼就明白了，她又气又笑地把我手中的书合起来，轻轻放回书架上，再轻轻地对我抗议："唉！你就是这一点上最麻烦！"

还在读小学的儿子也好像明白了，又去把那本书从书架上拿了下来，对我说："那今天我们就买这一本好了。"

那天我们就把那一套书都买了下来，放到孩子的书架上去。晚上他们的父亲回来了，当然免不了要向他形容一下我在书店里流泪的情节。女儿的结论是："妈妈其实是自找的，不然，放宽了心，像我们这样高高兴兴地做个中国人，不就好了吗？"

"对呀！"他们的父亲也是这样对我说："既然已经嫁给了我，就简简单单地做个中国人，不就得了？"

我也承认他们的话很有道理。其实，在平日我也一直是以中国人自居的，该气的、该恨的、该快乐的，我有哪一点不是跟身边的中国人一样呢？

只是，让我对那遥远的家乡释怀，却是一直无法做到的。并且在年龄日渐添增之后，也逐渐发现了那是一处无法治愈的伤痛。

流泪与疼痛，是因为逐渐感觉到了，即使是百般挽留，属于那个古老民族的一些珍贵的特性依然在逐渐消失，并且终于一去不回。

二

在逐渐逼近的"工业化"与"现代化"的强大压力之下，几千年以来的古老传统，一直是生龙活虎般的游牧民族，终于不得不面临她自己的文化悬崖。

而在另一方面，内蒙古地区的人口总数已接近两千八百万，蒙古族牧民接近三百万。这就是说，还有两千五百万都不属于游牧文化系统的居民也来此定居了。他们也同样都是生命，同样需要在这一块高原上生活，他们大多数是农业民族，惟一知晓的生活方式，就是耕田、种庄稼。

带我们找到源头入口的族人。

1989 年 9 月希喇穆伦河河源

“可是，只要是深耕过一次的土地，就没有办法再长出青草来了。”

我的父亲在告诉我这一项常识的时候，带着极深的惋惜。

那时候他手上正拿着内蒙古地方的相片，相片是我的朋友为了我千里迢迢去拍了回来的，据说那一片草原极靠近我的家乡察哈尔盟明安旗，那里千年以来都是以出产良驹驰名的大牧场，但是朋友回来之后告诉我说，那一处地方早在几十年前就更改了名字，并且在几十年之后终于变成一块半耕半牧的土地了。可以预料的是，在不久的将来，耕地的范围将只会更加扩大而不会缩小。

这两种文化互相纠缠了许多世代，为了求生存，在历史上两者其实都深受过无数次惨痛的伤害。当然，文化与生活上的转变并不一定会陷蒙古民族于绝地，在今天，她一定会再找出一条路来继续生存下去的。但是，在这条困苦的长路上，必然还会有许多牺牲，许多不得不忍痛舍弃了的美好事物。

如果有一天，如果我可以回去探望她的时候，我的心情，会不会正如同一千两百年以前，诗人在词中所形容的那胡马的困境呢？

——迷路，迷路，边草无穷日暮。

三

可是，我相信一定也会有一种力量前来帮助我，帮助我面对这一切，帮助我去选择那正确的方向。

因为，我是我母亲的女儿，是我母亲的母亲极为疼惜的外孙女，在我的身上奔流传承着她们的血液。

在我幼小的时候，她们都曾经把我抱进怀里，在我耳边轻轻地唱过许多美丽的歌谣，轻轻诵读过许多美丽的诗篇，她们是我的心灵最初最慎重的启蒙老师。

我的新书在最近出版了之后，常会有朋友问我，为什么在画页的第一页上，选用了那一张希喇穆伦河的相片。

我回答他们说，因为那条河流是我母亲的河。

那条河流发源在我母亲的家乡，流过我母亲的年轻岁月，也是我外祖母最最珍惜的记忆。

那块土地，就是历史上有名的松漠之国，是金色日光和银色月光交替照耀着的辽阔大地，是我的母亲和我母亲的母亲生前从来没有一天忘记过的家园。

因此，在我这一生里，我也永远不敢忘记。

昨天晚上，接到父亲从德国打回来的长途电话，提醒我在母亲周年忌日那天，要请喇嘛去为她念经。

父亲还告诉我，说我的诗在内蒙古已经被翻译成蒙古文了，父亲说："把这个消息在那天去告诉妈妈吧，妈妈一定会觉得高兴和安慰的。"

我一时哽咽着不能应答，妈妈温柔的微笑仿佛就在我的眼前。

母亲在去年的五月逝世之后，似乎一直就舍不得我们，她分别在不同的时间里，微笑地进入我们的梦中。

梦醒之后，虽然依旧是泪如泉涌，却好像逐渐能感觉到母亲那不舍的爱意了。母亲的爱不就是那一条川流不息的河流吗？在她去世之后仍然没有干涸没有消失，仍然在我们的梦里在我们的血脉中静静地流动着。

我渴望能做一些事。

我希望我能够溯流而上，一天比一天更真切地去了解那个属于我父母的古老的民族。我希望能多知道一些，更希望也能向另外一个我同样热爱着的民族多介绍一些。

我多希望我能是一座桥梁！如果命运将我放置在这两种文化之间，我多希望我能做一座桥梁。

即或是非常简单的文字，即或是非常粗浅的开始，请让我慢慢地写下去吧。

我渴望能做一些事，让母亲觉得高兴和安慰，让每一个读过我文字的朋友都知道，母亲的河，是我心里永恒的家乡。

圣祖爱将木华黎国王黑纛的供奉之地。

1993 年 7 月鄂尔多斯高原

我手中有笔[①]

一

虽然是生在抗战末期重庆的乡间，不过，我比较完整的童年记忆，还是要从南京开始。

我们住在一幢乳白色的大房子里，前院种的是什么花已经忘了，后院那块空地上满满地种着的玉蜀黍却让我印象深刻。最漂亮最大的玉米留来做种，连着深紫色的穗子挂在厨房墙上，粒粒金红饱满。

那时候的我，大概快有五岁了吧？总喜欢拿着一截短短的红色蜡笔，钻到任何一张桌子底下，在木质的桌腿上涂鸦。

家里常有蒙古族同乡的聚会，在父亲的书房里，躲在宽大的书桌之下，我不止一次听到那些客人叔叔压抑着的哭声。

都是些很高大的成年男子了，从家乡或者更北的地方跋涉前来，聚在父亲身边，神色激昂地用蒙古话向父亲诉说着什么。说着说着，有的就忍不住哭了起来，低垂着头，双手掩面努力想要止住泪水，宽厚的肩膀微微颤动，幼小的我每次都不能明白，那样高大强壮的叔叔，还会有什么他抵挡不了的委屈呢？

父亲总是一遍又一遍地安慰着客人，说的大概总是些温柔而又充满了希望的句子吧。父亲是诚心诚意地说着，客人也逐渐平静下来，到了最后，当他抬起头来，和父亲再继续着先前的交谈的时候，

① 本文为台湾圆神版《我的家在高原上》序。

我总是会感觉到屋子里的气氛似乎有些不太一样了。

从桌子底下望出去，刚哭过的那位叔叔眼睛特别清亮，有人来到他身边，伸出手来轻轻拍了拍他的肩膀。

幼年的记忆只有这么多了。可是，好像也就是在那个时候，有一种模糊而又温暖的讯息也传进了我幼小的心中。

长大了以后才逐渐明白，那种讯息里带着的是几分鼓励和几分祝福，意思是在说："让我们永远保持信心，让我们一起来努力罢！坚持下去，前面总还是会有希望的！"

长大了以后，在这个南方的海岛上，每年总还会有一两次同乡的聚会，只是在人群里父亲都不再说什么话，有几位叔叔伯伯的头发都全白了。

旁观的我每次都只能静静地转身走开。

二

八九年以前，当我的诗集和散文刚开始出版的时候，有几位认得的或者不认得的朋友都以为，既然是蒙古族，就该要多写一些带有边塞豪情的文字。当时，我对这些善意的劝告并没有多少回应。因为我心里很明白，朋友所想象的蒙古民族，与我所知道的，这中间有很大的差别，如果有一天我真要提笔来写这个民族的时候，是不能忍受任何人前来更改一个字的。

在许多不同的年代里，一直有人在做着更改的工作。就拿我的籍贯——"察哈尔盟明安旗"这七个字来说吧，就是不断更改之下的产物。

这个名字只有十几二十年的寿命。在这之前，明安旗有过一阵子叫做镶黄旗，更早在清朝的时候又是别的名字。据说察哈尔盟这一带民风强悍，清朝初年就因为抗拒管辖而被削了封号。到了今天，又换了一个名字了。

有一次，学校里一位已经退休了的人事主任对我说：“席老师，你的籍贯是乱写的吧？我查了很多书，从来也查不到有什么明安旗的。”

当时的我实在无言以对。因为，我也查过了许多书，也真的从来查不到“察哈尔盟明安旗”这七个字。

可是，那块土地还是在的，这么多年并没有消失，消失的只是一次又一次更改过的历史。没有人愿意用一个只有十几二十年寿命的名字来称呼自己的故乡，不过要从头来解释的话，到了最后总是会令人厌倦，还不如把一切都锁在心里算了。

把所有的伤痛都锁在心中，就像我的父母和白发的叔叔伯伯他们那一代一样，用沉默的态度来维持一个流浪者最后的尊严。

那时候的我是这样想的。

三

但是，在刚回到故乡，踏上内蒙古土地的时候，却忽然发现，自己竟然有了一种完全不同的心情，是我从来没能预料到的心情。

好奇怪的感觉！

当我第一次看见了辽阔高原上的日出日落，第一次听到马头琴奏起悠扬的牧歌，第一次读到了内蒙古现代诗人所写的美丽诗篇，在最初的狂喜之后，紧跟着的念头就是想要在回去的时候说给台湾的朋友听，好像只有在告诉了他们之后，心中所有的感动才能稳定，才能成形。

好奇怪的感觉！

我是来到故乡了，来到我一直渴望相见的土地上，也因此而感受到强烈的悲喜。然而，就在这个时候，我才发现，这种悲喜的情怀，好像只有远在台湾的朋友们才能明白。

在四十年的时光都过去了以后，一个小小的南方的岛屿，从来没有像这个时候这样清楚而又温暖地向我显示了她的意义。

原来，我和父母那一代虽然血脉相连，我和那一大块高原上的族人虽然都是同胞，但是，我毕竟还是有些不一样了。生命中的四十年都与这个岛屿有了关联，使得我今天一切的悲喜，竟然也必须要再透过她，透过在这四十年间和我一起成长的朋友们的胸怀之后，才能够显示出一种完整的面貌来。

我原来真的永远是一个只有在回顾的时候，才开始明白自己的所得与所失的人！

只有在终于来到了一块无边无际的高原上之后，才开始发现，有一个小小的南方的岛屿是怎样亲切地端坐在我的心中。

我有许多许多的悲喜想要说给她听。

四

回来之后，发表的欲望非常强烈。九月十三日回到台北，九月十九日就写出了如鲠在喉的第一篇《还我河山》，九月二十八日在《中国时报》的人间副刊上发表。

然后，陆续地，从一九八九年九月一直写到一九九〇年的六月，到今天晚上，我终于把这一系列文字分成十篇写完。感谢季季这位朋友，在这一年之间，给了我如许宝贵的篇幅让我尽情发表，并且也真的没有更改这个蒙古族人所写的每一个字。

在发表期间，读者的回应让我很感动，原来竟有这么多汉族的朋友不但能够了解并且愿意同情，原来民族与民族之间的沟通并没有想象中那般艰难！

还是说，这四十年间，还是有了很大的不同。当年，父亲与那些哭泣的客人叔叔所遭逢的时代，真的没有给过他们任何的机会。而在今天，在我们这一代里，沟通的机会还是越来越多了。

我庆幸能够生在这个时代，而手中刚好有笔。上一代最后终于失去的信心，也许可以在我们这一代里逐渐恢复也说不定。

也许，所谓的“希望”，它的光芒其实并不在实现的终点，而是在坚持的过程中这一条长长的路上罢？

五

其实，心里还有许多没说完的话。不过无论如何，第一次回家的感觉，到了这里非得告一段落不可了，否则我没有办法恢复正常的生活。

在这一年之前，写作原只是我生活中即兴的乐趣，平日的工作重心还是放在油画上。想不到，从故乡回来之后，这几篇文字，还有一本内蒙古现代诗选的编选工作，几乎占据了我全部的创作生活，所有课余的时间都放在这两件事情上面，再没有余力去画油画了，原来定好了的画展展期只好一直向后延去。

然而，写出来的东西依然不能遂我心意，总觉得真相还没有完整地显露出来。一年来，心里想得很多也很杂乱，顾虑也多，有时候就算写出来了，再看的时候又怕会伤害了无辜的朋友，只好整篇重新改写。这样的事情总是反复再三，进度变得非常迟缓，从前那种一拿起笔来就独来独往理直气壮的心情全都没有了。

朋友也察觉到我的转变，D从远方来信，告诉我不要着急，一定

额济纳的黑城城区。

2005 年阿拉善盟

要慢慢地写下去。C在电话里常常给我打气,他说这样的挣扎与困惑都是必然的,因为我所接触到的并不仅只是一个初初相识的故乡而已,一定还有许多到现在都无法清楚察觉的情结横亘在其中。

还有许多朋友都给了我非常热烈的关怀和鼓励,他们都替我高兴,终于见到了故乡。最记得A那一句温暖的话,那是在回来之后第一次和他通电话的时候,诗人低沉宽厚的声音从话筒那端传了过来,他说:“多好!原来真有这么一个内蒙古!”

六

去年夏天,老家那一带苦旱,从春天开始就没有雨水,草都没能长起来。远看虽然仍是一片绿意,走近了以后脚下却只有稀疏的小草,让人从心里发急。那里也靠近同行的朋友沙格德尔的家乡,他一直强调,平日草长得好的时候,高度最少都会超过膝盖,羊群躲在草里都不容易发现,所以才会有诗中所说“风吹草低见牛羊”的景色。

回来之后,心中一直惦记着那块土地。前天晚上,在淡水的画室里给我的老堂兄写信,在信里我就问了他两次:今年春天有没有雨水?草长得好不好?

写完之后封起来准备第二天回台北投邮,把信封放在桌上,正要站起来的时候,一个念头忽然掠过心中——我刚刚写了一封从来也没有写过的家信。

这是几十年来的第一次,我写了一封不一样的家信。几十年来,第一次,我在信中向亲人殷殷询问一块土地的消息:春天下了雨了吗?草有没有长起来?

几千年以来,在每个中国人的家信里,想必也都有这几句非常

额济纳的黑城城内。

2007 年 9 月阿拉善盟

普通的问话吧？所谓的乡愁，所谓的家园之思，在太平的年代里，也不过只是随时渴望知道有一块特定的土地在四季中如何慢慢变化的消息而已；也不过只是问一问田里的桑麻，或者是窗前的一株梅花。

然而，这样普通的幸福，为什么对今天的中国人说来却是如此珍贵难求？站在我深夜的桌前，想到有多少人曾经渴望写出这样的一封信而始终不能如愿，想到这几十年间，在天涯海角，有多少远离乡关最后也只能默默逝去的苦难的灵魂，我的泪水怎样也止不住地奔流了下来。

窗外开始下起细雨，深夜里的雨声特别清楚，我把窗户打开，清凉的雨丝随风拂到我的脸上。夜色深暗，只能看到一些模糊的轮廓，但是我知道就在不远处的山边，月桃花正是怒放的季节，此刻在细雨里，漫山遍野的白色花串，一定更加晶莹饱满了罢？

静静地站在窗前，呼吸着雨中山林的芳香，品味着眼前这个时刻里难得的幸福。用四十年的时间，换得了眼前的这一刻，这真是我从来也没有预料到的遭逢啊！

库布苏固勒湖畔一户牧民的夏营地。

1991 年 9 月蒙古国库布苏固勒省

辑三　宝勒根道海

阿拉善盟额济纳旗。

2000 年 9 月

故居

七月的正午，在新疆的戈壁滩上只剩下酷热君临一切。

我们的越野车就像是一只干渴的小甲虫，正脚步蹒跚地沿着塔里木盆地的边缘往前缓缓爬行。车窗外是我从来也没见过的奇异风景！一片荒寂大地无边无际，寸草不生的岩砾间满是些黑色的巨大石块，虽然已经被风沙侵蚀得千疮百孔，却依旧矗立，并且像漩涡一般地往四周延伸分散，远远望去仿佛是置身于干涸的海底，又像是超现实画家笔下所描绘的世界的尽头。

而酷热实在逼人，不仅从外面煎烤，就连身体最里面的血管都开始燃烧起来，让我坐立不安。

巴岱先生从前座回过头来对我说："热吧？再忍耐一下就好了，到前面的绿洲就会好多了。"

巴岱先生是世居新疆的土尔扈特蒙古族人中的长者。他精通蒙古文、维吾尔文、哈萨克文和汉文，不但可以同时用这四种文字来写作，且更用尽心力来维护这一块土地上的珍贵文化。我对这位长者仰慕已久，这次能够和海北一起来新疆拜望他，并且在此刻能够与他同行，实在是我求之不得的机缘，总该表现得好一点才对。所以，我赶快坐正了回答："还好！还不算太热。"

海北却在旁边取笑我了："你当然不能叫热！不是还立志要去横越塔克拉玛干大沙漠的吗？"

是啊！我的丈夫是知道我的。塔克拉玛干、楼兰、罗布泊都是我的梦！是从小就刻在心上的名字！是只要稍微碰触就会隐隐作痛的渴望！要怎么样才能让别人和自己都可以明白？那是一种悲喜交缠却又无从解释的诱惑和牵绊啊！

巴岱先生忽然问我："你知道塔克拉玛干这个名字的意思吗？"

我不知道。但是海北说他知道，去年，他曾经从甘肃进去过，向导说这个名字是"死亡之海"，也有人说直译应该就是"无法生还之地"的意思。

巴岱先生却说："解释有很多种，每个民族都说这是用他们自己的文字起的名字。我倒是比较喜欢维吾尔文里的一种翻译，说'塔克拉玛干'的意思就是'故居'。"

我的心在猛然间翻腾惊动了起来，原来谜底就藏在这里，这是多么贴切的名字！

今日荒寂绝灭的死亡沙漠原是先民的故居，是几千年前水草丰美的快乐家园，是每个人心中难以舍弃的繁华旧梦，是当一代又一代、一步又一步地终于陷入了绝境之时依然坚持着的记忆，因此，才会给今天的我们留下了这一种在心里和梦里都反复出现的乡愁了罢。

故居，塔克拉玛干，在回首之时呼唤着的名字。此刻的我在发声的同时才恍然了悟，我与千年之前的女子一样，正走在同样的一条长路上。

有个念头忽然从心中一闪而过，那么，会不会也终于有那样的一天？

几百几千或者几万年之后，会不会终于有那样的一天？仅存的人类终于只好移居到另外的星球上去，在回首之时，他们含泪轻轻呼唤着那荒凉而又寂静的地球——别了，塔克拉玛干，我们的故居。

经 卷

一

陪着远客到台北故宫博物院参观，得到院方的热诚款待，给我们展示了院藏的蒙古帝后画像。

在小小展览室的一角，还放了两部刚从库房里拿出来的经卷。像这样的手抄经卷，通常是用泥金或者珊瑚粉写在黑色或者蓝色的底上，做成连接的册页。最外部是两块夹经板，雕刻师与画工就在这两块板上大显身手。有的更是用丝线一针一针绣出来的，光彩夺目，令人不敢逼视。

展览室外站着警卫，展览室内的温度湿度都有各种仪器来监控，每个人在进入的时候，还要戴上一层薄薄的白色纸质口罩，讲话只能轻言细语，心情也诚惶诚恐了起来。

后来和一位在台北故宫博物院工作过的朋友聊天，说起那令我印象深刻的口罩，朋友却说："戴口罩除了是要保护文物，避免受到参观者呼吸里的湿气影响之外，也有保护参观者的作用。因为，就算设备再好，长年放在库房里的文物，还是会藏着一些霉菌的。"

二

一九九〇年的秋天，第一次到乌兰巴托的甘丹寺拜谒，同行的蒙古族朋友向喇嘛请求了之后，我们得以参观寺中的藏经室。

那天天气虽然寒冷，阳光却很好，透过玻璃窗照进来，满墙的佛

第一次祭祀父亲家族的敖包。

1989 年 9 月锡林郭勒盟正镶白旗 （王行恭 摄）

幡和满室的经卷都光芒灿烂,仿佛走进了一个千彩万色的世界。

接待我们的喇嘛举止从容,他先为我们大略介绍了一下院藏经卷的内容,然后再从架上拿下一卷,平放在我们眼前的长桌上。

经卷外面包着的是一种金黄色的锦织方巾,要先把这层织锦打开,里面才是经卷,打开经卷的夹经板,那雕工繁复、精致华美到无法形容的艺术珍品就展现在我们眼前了!

我注意到喇嘛在拿取经卷的时候非常慎重,一层一层打开的时候,也非常仔细,可是,他向我们展示的时候却毫无戒心,就像是在向我们展示一件他日日都会用到的物件一样。

在回去旅馆的路上,我把心中的疑问向朋友说了,朋友是这样回答我的:

“本来这就是他们日日都会诵读的经卷,藏经室就是寺里喇嘛的图书馆。当然,这些经卷都是宝物。可是,你要知道,常常有人诵念的经卷才是活的,是有生命的宝物,不容易坏的。”

布里亚特蒙古的文化节庆。

1995 年 8 月乌兰乌德市

顿 悟

一九八九年的夏天，还乡之前，台北一位同乡好友拿了一件蒙古袍子给我，他说：

“这是我前不久才从呼和浩特买回来的，是当地人穿的式样。你要不要带上？一到家就可以穿起来？”

我微笑婉谢了他的好意。

其实，拿这件衣服和我后来在自己家乡草原上穿的比较起来，前者无论是色彩和样式都已经含蓄和细致多了，应该算是城市人的品位。但是，初次见到，也难免震惊。受过多年美术专业训练的我，真的无法忍受这样伧俗浓艳的配合。即使我血源来自内蒙古，即使我一直深爱着那块陌生的土地，还是无法接受。

可是，当我终于踏上草原，有些感觉就开始改变了。

整片草原一望无际，天地间除了苍空的蓝、云朵的白、青草的绿和远处丘陵上一些土石的褐黄以及几株杂树的灰绿之外，就再也没有其他任何任何的色彩了！

天似穹庐，笼罩四野，对我这初次还乡的游子来说，当然是极新极美的经验。但是，在同时，我也开始察觉到了那种在单一与悠长的空间和时间里所累积下来的疲倦，整个天地之间空荡到没有任何可以依附的慰藉。

在这个时候，我和身旁的亲人所穿着的鲜红、翠绿、金黄、宝蓝的镶着金边的衣裳忽然变得非常必要了起来，所谓“顿悟”，就是在这个时候发生的。

是在这个时候，我才明白了这样的色彩在民族美学上的意义。

布里亚特蒙古的文化节庆。

1995 年 8 月乌兰乌德市

在旷野里，我们一无所有，那么，请容许我用自己的色彩来感动和安慰我自己罢。生命在此，是明朗和温暖的。在整个天与地之间，我用鲜艳夺目的色彩来宣告自己的存在，你看！我，我在这里！

在有节庆的日子里，从前的蒙古族妇女更是用尽心力把自己装扮起来。每个妇女都有她的头饰与珠宝，珊瑚、玛瑙、松石、琥珀，还有银制的项链与手镯，凡是一切可以找得到的，可以串得起来的都拿出来挂在身上。在无边无际欣欣大草原上，没有任何灯火与牌楼，甚至也没有一棵树可以装饰起来。所以，我就把自己装扮成一棵开满了花朵的美丽花树，用自己的生命来装饰这个难得的节庆，向你表示出我内心无法抑止的热烈与欢欣，生命就是此时与此地，温暖就在这里，幸福与光耀也就在这里，都是我们自己。

这样一棵用珊瑚和玛瑙打扮起来的开花的树站在草原上，有哪一个蒙古族男子不会一见倾心呢？

蒙古话里有个称赞的语词“霍乐唉”，就是可爱而又可怜的意思。这个民族其实早已知道，凡是可爱之处就必有可怜之因。美的定义在心中既然是温暖、丰富、热烈与饱满，实在是缘于空间的太辽阔和时间的太悠长了啊！

而我，一个返乡的游子，也是要到了真正踏足于这块土地之上的时候，才开始体会出这些美的要求后面藏着的忧愁与孤独。

四十多年来，我不管是在东方还是西方，所接受的城市美学的要求总不外乎是脱俗与淡雅。在拥挤和困顿的文明都市里，充塞着种种干扰。因此，越是所谓的高级知识分子，越是要求色彩与形象的淡出，几乎要公认淡雅是一种美德，是生活上的必要了。仿佛只有在这种宁静与空白之处，才是我们可以稍稍喘息的角落。

就是我自己，这几年来也一直嚷着美术教育应该也可以是一种“减少”的教育，让生活里多留空白。而如今，回头望过去，这不就是生命的一种放弃与退让吗？一个社会到了不得不如此的地步，确乎是在宣示着存在的虚妄与悲凉了。

原来，所谓的“美的标准”真的只是在不同时间与空间里自定的规则而已，依旧要从每一种生命的自体内发出，旁人无法改变分毫。我是站在故乡的土地上这样开始思索起来的，所谓“顿悟”，大概也就只能止于此了罢。

戈壁上千年的冰川。

1991 年 7 月蒙古国南戈壁省

夜渡戈壁

再也没有比这天晚上更好的月色了。

傍晚六点整，月亮就已经低悬在前方的天边，巨大、圆满、色泽润黄如古老的琥珀，并且毫无瑕疵。

惟一的遗憾也许是因为方才贪看落日，同时火车行进中方向的转变，使我错过了观察月出之时如何自地平线上慢慢升起的机会罢。不过，此刻的我，实在不能再有任何非分的要求了。

整个行程的安排原本就极端复杂，又因为时间匆促，我几乎都已经准备放弃了。想不到在每个关键时刻都有朋友相助，难题一一迎刃而解，到了最后，我所得到的竟然远远超过了我所能冀望的。

再也没有比这天晚上更好的月色了。

是农历八月十六，一年之中月亮最圆满的一夜，我乘坐的这列乌兰巴托开往北京的国际列车正缓缓横过戈壁，横过千年以来我的祖先一寸一寸走过的大地。

大地无边无际，天空也浩瀚无垠，一大块云彩从左向右横扫而过，笔触狂放极了。作为背景的天空是一丝皱褶也没有的整块从灰蓝逐渐下降为青玉色的帐幔，和地平线交界之处仿佛透明有润光。

月亮初升之时，大地颜色深暗，等到它逐渐升高之后，只剩下靠近地平线的山色是一抹暗黑的细线，整片戈壁滩变得越来越亮，到了月在中天的那一刻，光芒照耀四野，所有近处远处的沙丘、砾石，还有坚持生长着的草丛都清晰无比。这里的草好像比别的地方短，可是草根依然浓密，并且四处蔓延。在原野中间，沙丘的阴影里，偶尔还会看到一些小水潭像镜子一样的反映着月光。

同车厢的伙伴们早已入睡，和走道相通的门已经关上，灯火全部熄灭，只有月光从车窗外流泻进来，只有我一个人坐在月光里静静地朝窗外望去，心中思潮起伏，毫无睡意。

就是在那个时候，我看见了那一座蒙古包。

在月光之下，在无边无际的漠野中间，立着一座小而孤单的圆形毡帐，在初见的刹那，我不禁轻声欢呼，心里翻涌起一阵温暖而又亲切的情愫，就好像当年每一个横过大漠的蒙古族人一样。

千年以来，每一个横过大漠的蒙古族人，当他在旷野上遇见了这样一座毡帐的时候，心里都会有和我现在相同的感觉罢。知道在不远的前方，在那座小小的毡帐里，他会像回到了自己的家一样，在其中得到温暖和饱足，得到全心和热烈的接待。

火车慢慢驶过，圆形的毡帐在月光下安静地伫立着，帐中的人想必已入睡。

是谁睡在里面呢？是个孤独的旅人还是个安静的牧民？

不管是谁，我都要感激他。虽然我并不曾驰马前去伸手轻叩他的家门，但是，我仍然要感激他，因为他终于给了我一幅完整的画面，让我看到戈壁。

这是戈壁，这是一块有生命的土地。深夜沉睡中的旷野在别人眼中也许不过只是砾石与荒漠，然而到今天为止，依然是蒙古族人血脉深处无限丰美的宝藏，依然有牧民生活于其间，千年以来，从无改变。

火车慢慢向南驶去，我向月光下的漠野轻声道别：

“再见了！戈壁。”

四十年

去年夏天，在蒙古高原上，我听到一个故事。

那天，风特别大，把天空里的云朵吹得追来赶去的，好像是乱了阵脚的羊群，不得不向四面八方仓皇奔逃。

我们乘车横过草原，吉普车的驾驶员是个年轻人，兴致很高，一面开车还一面不断回过头来和我们说话。

转过了一处隆起的山丘，他指着右前方隐约可见的村落对我们说："就是前几天的事。"

就是前几天的事，不过，整个故事还得要从四十年以前开始说起。

是个妇人的故事。

不知道她是蒙古族人还是汉人，反正是世代都居住在这块高原之上的人。四十年前，和其他许多女人的命运一样，新婚不久，丈夫就随着军队走了，从此再无消息。

她没有孩子，在此后的二十年里，侍奉着公婆，守着这个家。

后来，公婆都去世了，丈夫的哥哥是个老实人，就要嫂嫂来劝她，要她改嫁。嫂嫂说这么一直守下去也不是个办法，也许，她的丈夫早就战死了。

妇人不肯听，她说她总觉得自己的丈夫应该还在什么地方好好地活着，并且，她相信有一天他一定会回来。

就这样又拖了十年。最后，那位哥哥实在看不下去了，就说好说歹硬把她许给邻村的一个老先生，那人待她不错，日子过得也还平坦。

草原上的相遇。

2002 年 8 月东乌珠穆沁旗

想不到，过了十年（不！应该说是过了四十年），她从前的丈夫真的回来了。就在前几天，千里迢迢地从台湾找回老家来了，听说这么多年还是独身一人，满头白发地回到家门。

妇人从邻村赶来与他相见，却一句话都说不出来就昏了过去。

讲到这里，年轻的驾驶笑了起来，他说："听他们说是一见了面，还没打声招呼就昏过去了。大家又叫又唤又给她灌药什么的折腾了好半天哩！其实，在这之前已经告诉过她了，又不是没有心理准备。"

一阵狂风突然从草原尽头对着我们呼啸而来，好像要把眼前所有的东西都撕裂开来一样。

车子在风中挣扎前行，年轻人手握着方向盘暂时安静了下来，别的人也都没再说话。在那一刻里，我想，我们每个人都不禁要在自己的心里暗暗称量和揣摩一下那个不知名的妇人所感受到的憾痛罢？

那该是怎样难以承受因而也难以言说的憾痛？

听到这个故事以后，一直想把它好好地写出来，可是，在这一年里，试着起过几次头，总是接不下去。今天晚上，下了决心就这么一字一句照实重述一遍，却又怎么写怎么看都嫌太老套了，很怕被别人列入所谓"还乡八股"的范围里面去。

灯下的我，踌躇再三，终于还是决定把它写完，尽管这四十年间，同样的故事真的已经多到让我们开始觉得沉闷和乏味了。

可是，无论如何，这也是那个高原上的妇人仅有的一生啊！

黑森林

在起初，并没有料想到会变成这样。

"还乡"虽是我生命中的一件大事，但是毕竟也只能算做是个人单纯的梦想，与他人毫无关联，就算再怎样波涛汹涌，依旧应该只是自己要单独去面对的一段心路历程而已。

陌生的故乡，既然是四十多年来的一份牵挂，那么一旦见到了也熟悉了之后，就算是还了愿、圆了梦，从此以后，牵挂就可以放下，整个人应该也就可以安下心来了。

想不到，事情的发展并非如此。

想不到，一旦碰触到那块土地，愿望竟然永无止境，梦想化为深渊。

一切都因为我参与了那些"仪式"。

那些经由代代相传，每个蒙古族人都愿意相信的仪式。

仪式的过程很简单，所用的器皿也非常粗陋，那曾经横跨欧亚的大帝国已经消逝无踪，牧民的身边再无长物。可是，他们的心意无限诚挚，他们的动作无比庄重——献乳、献酒、献茶、献哈达，仪式中的每一项细节都不肯省略，在对你祝福的时候是如此，在向上天祭拜的时候也是如此，只因为这些规矩是由父祖亲自传教，所以子孙至今无人敢忘。

许多仪式就在旷野上举行，没有装饰华丽雕砌精美的殿堂，没有灯烛辉煌香烟缭绕的神坛，有的时候甚至没有歌声也没有琴音，更没有人站出来讲些什么特别的话，喇嘛翻读的长长的经文大概除他自己以外无人能够了解。

从康熙年间就禁伐禁猎的宝格达山(圣山)。

1991年7月乌兰巴托近郊

可是,所有参与仪式的人都知道该在什么时候跪下,该在什么时候深深叩首。就跪在辽阔的大地之上,跪在沙砾或者草丛之间,向苍天祈祷,一如他们千年又千年之前的先祖所祈求过的所遵循过的那样。

在回到草原的第二天,我就参与了一次祭典,那是家中的老堂兄为了我的归来而献祭的。族人一起登上敖包山,感谢诸神护佑四十年来第一个从远方平安归来的游子。

山冈坡度很陡,登临之后,可以看得极远,然而不管看出去多远，都只见丘陵起伏，芳草遍野，天与地之间只有一条空荡荡的地平线，安静并且寂寥。

可是，当敖包祭典开始之后，只觉得风刮得越来越紧，怎么也不肯停息。浓云在空中聚集，一波接一波撼人欲倒的强风从四面八方铺天盖地而来，仿佛天地神和祖先的英灵都从遥远的源头，从莽莽黑森林覆盖着的丛山圣域呼啸前来，我的心不禁战栗，而在畏惧之中又感受到一种孺慕般的温暖。

就是在那个时候，我开始察觉，“还乡”原来并不是旅程的终结，反而是一条探索的长路的起点，千种求知的愿望从此铺展开去，而对这个民族的梦想，成为心中永远无法填满的深渊。

那该是来自黑森林的召唤罢？

在远古的年代，蒙古族人的先民原都是山林中的狩猎者，“自春徂冬，旦旦逐猎，乃其生涯”。一直到了大多数的人都西迁到广大的草原上，并且已经成为见诸史乘的游牧民族之后，依旧还有少数部落留居在这些山地森林之中，终生不肯走出一步。

远在成吉思汗统一诸部之前，整个贝加尔湖周边莽莽几千里的原始森林，还有黄金兴安岭的丛山之间，都是他们的家乡。

那是何等美丽而又神秘的家乡！

在那里，人和自然是如何互相依赖又彼此伤害的呢？

在那里，有些什么时而幽暗时而清新的思绪在山林中逐渐汇聚成形？

畏惧与不安从此开始，信仰与祈求也从此开始。远古的萨满教起源于对生存环境的敬畏和对祖先的崇拜，在许多古老的文化里都有遗迹。然而，所有这一方面的学者都承认，最具典型的、非常完整的，并且到今天还依然有部分是活着的萨满教，就要数这一块土地上的文化了。

敖包祭也是源自其中。

蒙古族人一直相信，祖先的灵魂代代栖息在长满了参天巨木的山中，因此，山林既是生命之源，也是死后灵魂必要归返的故里。

那是何等美丽而又神秘的家乡！

所以，即或在千年又千年之后，即或是大多数的蒙古族人都已经生活在草原之上，有的地方往往周围几百里地都既无高山也无林木，牧民依旧要在较高处叠石成堆，成为象征“圣山”的敖包，也总会在敖包上插上一丛树枝，象征森林。

那是远古的初民遗留下来的记忆，深藏在后代血脉里的莽莽几千里的美丽山河，是每一个蒙古族子孙都无法抗拒的呼唤啊！

撼人的强风不断袭来，我们就跪在砾石间，山冈最高处，是我们家族世代祭祀的敖包。半圆形的石堆之上，只插有一根独木，在风云急涌的苍穹之下寂然屹立。这就是曾经在这块土地上兴兴旺旺生活过的那个骄傲的家族最后和仅有的坚持了吗？跪在几经浩劫的族人之间，我不禁泪下。

天地山川的神，请赐给我们坚持下去的力量。当子民跪在砾石之上献祭的时候，请俯听我们的祈祷，请相信我们发自深心的，千年以来从未改变的虔诚。

那天，祭典一结束，立刻风停云散，阳光普照，大地重新恢复寂静。族人微笑前来邀我下山，他们纯朴的笑容仿佛在告诉我，腾格里神虽然已经又回到了长青的天上，却把温暖和安慰都留在我们中间了。

在下山之时，我频频回顾，苍天寂寂，诸神静默。从那一刻开始，我的愿望竟然永无止境，对这个民族的梦想，成为心中永远无法填满的深渊。

巴达拉先生(左)、普日布道尔济(右)与普日布扎布(中)，在台北的“中国广播公司”录音。

1992年4月台北

大雁的歌

这是蒙古草原上的一首歌，据说是从十七世纪末就开始流传的民谣。

老人在草原上看见飞过的大雁，觉得似曾相识，不禁仰首问它："大雁啊！大雁！那有着碧蓝海洋围绕的南方，是多么温暖和美丽，你为什么不在那里长久停留？非要千里迢迢地飞回来呢？"

大雁听见了，就低飞下来回答："春天花开了，草原就是幸福的天地，有一种呼唤带领我们回到家乡。"

老人俯首行礼，表示欢迎和祝福。大雁正要展翅飞离，忽然又回头轻声询问："我记得你原来是个多么年轻的少年啊！怎么变得这么老了呢？"

老人长叹一声说："大雁啊！大雁！不是我自己愿意变老的，实在是这时光无止境地循环，让我不得不老去的啊！"

我是在前年春天第一次听到这首歌的。在台北"中广"的录音室里，从蒙古国来的巴达拉老先生应邀演唱几首蒙古民谣。每唱一首，他都要先向我解说歌词的大意，好让我能向听众作简短的介绍。帮我们两人翻译的杜布兴巴雅尔，在翻译到这首歌最后一段的时候，忽然停顿了下来，哽咽不语。

这位朋友处世一向沉稳，我很少看到他这样失态过，不禁有点讶异。可是，在几秒钟之后，等到他终于把最后一段歌词翻译出来的时候，我也有了相同的感受。

"大雁啊！大雁！不是我自己愿意变老的，实在是这时光无止境地循环，让我不得不老去的啊！"

老先生站在录音室中间，穿着蒙古长袍，仰首高歌，好像就是那个站在草原上的老人，仿佛空中真有大雁飞来与他应答，高亢苍凉的歌声，唱出了生命的疼痛与无奈。

每一首会流传下来的歌，应该都是从我们心里最痛的地方唱出来的罢？

巴达拉老先生几乎用了一生的时间，在草原上采集与传授蒙古民谣。他说："我想，人活着总有些天真的理想。这么美丽的歌谣既然是祖先从心里面唱出来给我们听的，那么，就让我们再把它唱进子孙的心里面去吧。"

去年八月，巴达拉老先生因为急病在乌兰巴托逝世。我一直想向他表达的谢意，以及台北的朋友们想为他录制专集的心愿，如今都再也没有实现的机会了。

当大雁再飞回到北方去的时候，草原上有谁能够再回答它呢？

父亲教我的歌

从前，常听外婆说，五岁以前的我，是个标准的蒙古族娃娃。虽然生长在中国南方，从来也没见过家乡，却会说很流利的蒙古话，还会唱好几首蒙古歌，只可惜一入小学之后，就什么都忘得干干净净的了。

隐约感觉到外婆语气里的惋惜与责备，可是，我能有什么办法呢？

对一个太早入学，智力体力都不如人的孩子来说，小学一二年级可真不好念哪！刚进去的那些日子里，真可以说是步步惊魂，几乎是把所有的力气，把整个的童年，都花在追赶别人步伐，博取别人认同的工夫上了。

要班上同学愿意接受你并且和你做朋友，并不是一件容易的事，偏偏还要跟着父母四处迁徙。那几年间，从南京、上海、广州再辗转到了香港，每次都要重新开始，我一次又一次地更换着语言，等到连那些说广东话的同学也终于接纳了我的时候，已经是小学五六年级了。我国语标准、广东话标准，甚至连他们开玩笑时抛过来的俏皮话，我也能准确地接招还击。只是，在这样长时间的努力之后，我的蒙古话就只剩下一些问候寒暄的单句，而我的蒙古歌则是早已离我远去，走得连一点影子也找不回来了。

那以后外婆偶尔提起，我虽然也觉得有点可惜和惭愧，但是年轻的我，却不十分在意，也丝毫不觉得疼痛。

那强烈的疼痛来得很晚，很突然。

一九八九年夏末，初次见到了我的内蒙古原乡。这之后，一到

身在外曾祖父广大无边的故园之中。

2002年秋克什克腾旗 （护和 摄）

暑假，我就像候鸟般地往北方飞去。有天晚上，和朋友们在鄂尔多斯高原上聚会，大家互相敬酒，在敬酒之前都会唱一首歌，每一首都不相同，都很好听。当地的朋友自豪地说：鄂尔多斯是“歌的海洋”，他一个人就可以连唱上七天七夜也不会重复。

那高亢明亮的歌声，和杯中的酒一样醉人，喝了几杯之后，我也活泼了起来，不肯只做个听众，于是举起杯子，向着众人，我也要来学着敬酒了。

可是，酒在杯中，而歌呢？歌在哪里？

在台湾，我当然也有好朋友，我们当然也一起喝过酒，一起尽兴地唱过歌。从儿歌、民谣一直唱到流行的歌曲，可以选择的曲子也真不算少，但是，在这一刻，好像都不能代表我的心，不能代表我心中渴望发出的声音。

此刻的我，站在原乡的土地上，喝着原乡的酒，面对着原乡的人，我忽然非常渴望也能够发出原乡的声音。

不会说蒙古话还可以找朋友翻译，无论如何也能把想表达的意思说出七八分来。但是，歌呢？用原乡的语言和曲调唱出来的声音，是从生命最深处直接迸发出来的婉转呼唤，是任何事物都无法替代也无法转换的啊！

在那个时候，我才感觉到了一种强烈的疼痛与欠缺，好像在心里最深的地方纠缠着撕扯着，忽然间全都浮现了出来，空虚而又无奈。

因此，从鄂尔多斯回来之后，我就下定决心，非要学会一首蒙古歌不可。真的，即便只能学会一首都好。

但是，事情好像不能尽如人意。我是有几位很会唱歌的朋友，我也有了几首曲谱，有了一些歌词，还有人帮我用英文字母把蒙古文的发音逐字逐句地拼了出来。但是，好像都没什么效果。看图识字的当时，也许可以唱上一两段，只要稍微搁置下来，过后就一句也唱不完全了。

一九九三年夏天，和住在德国的父亲一起参加了比利时鲁汶大学举办的蒙古学学术会议。在回程的火车上，父亲为朋友们轻声唱了一首蒙古民谣，那曲调非常亲切。回到波昂，我就央求父亲教我。

父亲先给我解释歌词大意，那是个羞怯的青年对一位美丽女子的爱慕，他只敢远远观望：何等洁白清秀的脸庞！何等精致细嫩的手腕！何等殷红柔润的双唇！何等深沉明理的智慧！这生来就优雅高贵的少女，想必是一般平民的子弟只能在梦里深深爱慕着的人儿罢。

然后父亲开始一句一句地教我唱：

采热奈痕查干那！
查日布奈痕拿日英那！
……

在起初，我虽然有点手忙脚乱，又要记曲调又要记歌词，还不时要用字母或者注音符号来拼音。不过，学习的过程倒是出奇的顺

去探望父亲，在莱茵河的渡轮上写稿子。

1997 年夏　（刘海北　摄）

利，在莱茵河畔父亲的公寓里，在那年夏天，我只用了一个晚上的时间，就学会了一首好听的蒙古歌。

回到台湾之后，好几次，在宴席上，我举起杯来，向着或是从北方前来做客的蒙古族客人，或是在南方和我一起成长的汉人朋友，高高兴兴地唱出这首歌。令我自豪的是，好像从来也没有唱错过一个字，唱走过一个音。

一九九四年春天，和姊妹们约好了在夏威夷共聚一次，有天晚上，我忍不住给她们三个唱了这首歌。

是在妹妹的公寓里，南国春日的夜晚慵懒而又温暖，窗外飘来淡淡的花香。她们斜倚在沙发上，微笑地注视着我，仿佛有些什么记忆随着这首歌又回到了眼前。

我刚唱完，妹妹就说："这个曲调很熟，好像听谁唱过。"

然后，姐姐就说："是姥姥！姥姥很爱唱这首歌。我记得那时候她都是在早上，一边梳着头发一边轻轻地唱着这首歌的。"

原来，答案在这里！

姐姐的记忆，填补了我生命初期的那段空白。

我想，在我的幼年，在那些充满了阳光的清晨。当外婆对着镜子梳头的时候，当她轻轻哼唱着的时候，依偎在她身边的我，一定也曾经跟着她一句一句唱过的罢？不然的话，今天的我怎么可能学得这么容易这么快？

我忽然安静了下来，原来，答案藏在这里！转身慢慢走向窗前，窗外花香馥郁，大地无边静寂，我只觉得自己好像刚刚走过一条迢遥的长路，心中不知道是悲是喜。

一切终于都有了解答。原来，此刻在长路的这一端跟着父亲学会的这首歌，我在生命初初启程的时候曾经唱过。

夏日莱茵河岸。

1991 年 6 月德国波昂

此身

四月香港

四月的早上，有雾，有细雨，我一个人站在九龙尖沙嘴海边长廊的楼上，往前眺望。这是条狭长的露天平台，四周全无遮拦，所以对岸的香港就隔着拥挤的海湾横列在我的正前方。

海与天都是一片朦胧的灰蓝，但是对岸岛上那些高耸密集的大楼，依旧可以在雨雾中显出一些深深浅浅的轮廓来，好像是雾中的森林，而我的童年就穿梭在云雾深处那些狭窄的街巷之间，若隐若现。

那短短五年，却是多么悠长温暖永远铭记在心的童年。

还记得在皇后大道中上和姐姐走失了的我，是怎么样惊恐绝望地站在路边号啕大哭，那些不相识的行人围成一圈微笑地端详着我，有人好心地为我找来警察，高大的警察牵着我走上一层又一层的石阶梯，不时还低下头来给我擦眼泪，说些不相干的话来逗我开心，他那厚实温热的手掌总在我的记忆里，几十年来都不曾消逝。阶梯高处那个警察局也好像还在，每次路过，都会仔细端详一番，觉得可能不是，也可能是。

而从皇后大道东上的圣佛兰士街走上去，秀华台就在高坡上的左手边，在一棵新种下去的凤凰木后面，我们全家三代九口人搬进去的那栋全新的四层楼公寓，如今已经消失了。在这个四月的旅程中，我再一次重履旧地，故居已经完全拆除准备盖新的大楼了。可是，当我转身背对着它的时候，总觉得在身后的空地上，还是有一栋楼房矗立在那里，公寓里的每一户邻居都还在，那些和我同龄的友伴们还在凤凰树下抬起头来向三楼窗边的我笑着呼唤：

“席慕蓉，出来玩！”

那短短的五年，却是多么悠长温暖永远铭记在心的童年。

因此，每次路过香港，总忍不住想要停留一两天。我不知道为什么有些朋友会说她人情太薄，我却知道这个小小的岛屿曾经厚待过我，在那个流离颠沛的时代里，她曾经多么温柔亲切地接纳了我。

因此，尽管眼前这个城市在几十年间不断地改换着面貌，可是好像也总有一个永生的城市叠印在她的上面，从来不曾改变，在每一个迎面而来的街角处，所有的记忆依旧活得熙熙攘攘，鲜明灿亮。

就像此刻，在这个四月有雾有细雨的早上，隔着拥挤的港湾，在对岸那些像雾中森林一样的高楼之下，我好像依旧能够看见那个年幼的我，正在皇后大道东和大道中之间的狭窄街巷里来回行走，好奇、兴奋、东张西望，却又忐忑不安。

好像童年的那个岛屿那座城市那段时光恒在，一直飘浮在眼前这灰蓝色的海洋之上的什么地方。

十月波昂

秋日下午和父亲牵手走在波昂市郊，天气不错，路旁人家院子里的大树金灿灿的，白色的细秋千安静地垂挂在绿草地上。

我对父亲说，我喜欢这种秋天的感觉，清凉却不寒冷，好像可以怎么走也不觉得烦累，空气又这么干净，每吸一口都好像在吸着提神的薄荷一样。

父亲的脚步迈得很大，所以每走几步，我就要小跑一下，跟上他的速度。有车从我们身旁经过，父亲用力牵我靠向路边，那种感觉

母亲逝于1987年春末，父亲逝于1998年初冬，我于1999年夏从台湾带了一条白色的哈达，敬献于父亲家族世代祭祀的敖包之前，祈求双亲之灵平安团圆于故乡山河之间。

（白龙　摄）

就好像很久很久以前，走在香港街头，父亲紧紧地牵着我时一样。

忽然在心中自问，为什么似乎只有在童年时期和成家之后，只有这两段时间里才有与父亲同行的记忆呢？

中间那一段时间去了哪里？

是不是因为在那段时间里，我急于成长，不肯和父亲共处？还是说，我急于摆脱，不想和父亲共处？

要来德国之前，和大学的几位同学有天相聚，提到这次旅行，有人问我是不是要来开会，我说不是，只是想来陪父亲散散步。坐在我旁边的宣广笑着说："坐飞机去德国散步，多奢侈！"

是啊！眼前是多么奢侈的时光！这清新灿亮的秋天，父女俩可以手牵手走在市街上，走在森林里，走在莱茵河边，有微风迎面吹来，清凉却不寒冷。

可是为什么我的心中忽然隐隐作痛？是谁在提醒我，告诉我这已经是秋天了，前面的每一个日子都只会逐渐地冷下去，绝不会比此刻更加温暖。

为什么在这样奢侈的时光里，却总会有一个戒慎恐惧的我，静静地跟在身后，如影随形，在黄金般的秋日里，蹑足而行？

山坡上

气象预报说今年夏天的第一个台风已经接近南部海面。晚饭后，出门散步，山坡上果然颇有凉意。池塘对岸的相思树丛在风里摇来晃去，暗黑的山影之后，天空上还残留着一层紫红青绿有点诡异的霞光，正是那种典型的台风前夜的场景。

如果对一位初临此地的旅客来说，这样的景象是有点阴森可怕。可是，对我这个久居于岛上的人，却是久违了的熟悉感觉。这天光、风声、气味、周围的温度和湿度，都是多年来的旧识，许多细微独特的变化都收藏在记忆里，此刻一一涌上前来，里外会合。好像我的眼、耳、鼻、发，甚至肌肤，都在同时准确地接收到了大自然对我所发出的讯号，我整个身体和内里因此不由得回应一种久别重逢的亲切和欢愉。

甚至还带着些许的自豪。是啊！不枉在这个岛上过了这么多年，我几乎已经可以算是个生活得很习惯的本地人了。

但是，在短暂的欣喜之后，忽然闪出来一句问话："怎么几十年就这样过去了？难道真的就要在这个热带的小岛上过完我的一生吗？"

这问题如光速般飞驰而过，我忽然吓了一跳，因为在那极短暂的一刻里，我很清楚地意识到，问这句话的人并不是我，起码不是那个在平日生活里的我，不是在上一刻里还有点沾沾自喜的我。

好像是另有其人。

好像在我所熟悉的身体和内心里，还住着一个另外的人。

是他在发问。

怎么回事？我在山坡上站住了，心里有一种很难形容的感觉。

是怎么样的一个人住在我的身体里面？藏在我的心的背后？为什么在我已经觉得十分亲切的土地上，他却依旧若有所失，依旧忍不住要发出一声无奈的喟叹？

为什么？是不是因为他收藏着的记忆和我的不同？对他来说，四季的变化应该是在北方一片辽阔的高原之上罢？那里的风霜雨露才是让他觉得亲切和喜悦的旧识，是千百年来在他身边不断重复出现的场景，而只有那块土地，才能让他的身体和心灵都可以得到安顿罢？

原来，自初生之日就认定是只属于我自己的生命，却也有一部分是属于他的。

这固执的灵魂盘踞在最深最暗之处，跟着我东奔西跑了这么多年，从来没有说过一句话。要到了此刻，到了我终于欣喜满足地把这座岛屿认作是自己家园的时候，他才现身，万般无奈地告诉我，对于他来说，这里依旧是异乡。

然后，他又静静地消失了，重新回到那个深暗的来处，只剩下我一个人站在山坡上，不知道是谁家的庭院里栀子花开得满树，在越来越深的暮色里，传送着浓郁的花香。

达·纳察格道尔济铜像。

1990 年 9 月乌兰巴托

父与女

——关于达·纳察格道尔济

"阿依达，我亲爱的宝贝，来，靠近妈妈，让妈妈告诉你，仔细听好，你的亲生父亲是蒙古人，他是个伟大的诗人……"

这是阿依达·希拉的母亲在临终时刻对她说的最后几句话。久病的母亲双眸中忽然焕发出热烈的光彩，但是，还没来得及说出她父亲的名字，那光彩就顿时消失，母亲的眼睛缓缓阖上，带着深藏了半生的秘密离世而去了。

阿依达年轻的生命就从这一刻开始有了转变。

在这之前，阿依达只是模模糊糊地觉得自己和其他人有些不同，但是也说不上来到底是些什么。母亲是俄罗斯人，父亲是拉脱维亚人，从有记忆开始好像就是住在拉脱维亚偏西的这个小城里。父亲对她并不凶暴，只是总不像他对其他弟妹那样亲昵。母亲尼娜很爱她，常常把她搂在怀里，揉着阿依达那一头浓密的黑发久久不语，阿依达从小就喜欢这样母女相依相偎的安静时刻。

原来，谜底就藏在这里。可是，那从来也没有出现过的亲生父亲到底是谁？现在又在什么地方呢？这是少女阿依达非常想知道的答案。

她的养父简略地回答了她，阿依达的生父在她三岁的时候就去世了，在这之后母亲才改嫁过来的。

但是，这其中有许多关键性的细节，养父还是没有告诉她。一直到了一九六五年，阿依达三十一岁了，过往的一切才清清楚楚地摊开在她眼前。

蒙古国乌兰巴托的使者从迢迢千里之外寻来，站在她门前，恳请她以诗人独生女的身份，前去参加一九六六年蒙古全国为了纪念达·纳察格道尔济六十冥诞的大会，并且主持诗人铜像揭幕以及博物馆的奠基典礼。

要到了那个时候，阿依达才知道她父亲在蒙古国人心中的位置。

要到了那个时候，阿依达才读到她父亲为蒙古国人所写的诗。

一九六六年的夏天，诗人达·纳察格道尔济的铜像端坐在乌兰巴托的苍空之下，遥望着远处的宝格达圣山。铜像的水泥底座上镶嵌了每个蒙古国人都会背诵的那首长诗《我的祖国》的第一段，用美丽的蒙古文字写成的诗句：

肯特、杭爱、萨彦的那些耸立高峰
连结成北方锦绣的那些雄伟群山
玛浓、夕日嘎、诺敏的那些广袤戈壁
覆盖成南方屏障的那些似海沙漠
这就是生我育我的国土啊　美哉蒙古

阿依达不识蒙古文，要透过了俄文翻译，才终于明白了她父亲的心和那悲惨的命运。

纳察格道尔济生于一九〇六年，他的父亲对艺术与文学都有着很深的修养，也是诗人自小的启蒙者。他七岁入学，很快就展现出聪颖的天赋以及对文学的兴趣。十一岁的时候他的父亲就送他到乌兰巴托去读书。

一九二五年，诗人在列宁格勒军校就读，一九二六年转到德国莱比锡大学攻读新闻。秋季写出诗作《从乌兰巴托到柏林》，在其后的数年间，陆续写出歌剧《三座山》、小说《白月与黑泪》（又名《正月与眼泪》）、长诗《我的祖国》，以及其他许多脍炙人口的作品，他可说是蒙古国现代文学的奠基人，也是新文学形式与内容的创建者。

但是，回到蒙古国以后，由于读者与拥护者不断增加，诗作中的民族情绪竟然也在政治上产生了微妙的影响，而这是俄国政府最不能忍受的事。于是，用了一个莫须有的罪名，斯大林就下令把这位深得人心的文学家打入狱中，同时也将他的妻女遣送到苏联去。那时阿依达不过才是个稚龄幼儿，纳察格道尔济怀中带了一张爱女微笑的小相片，与狱中的他相伴。

后来虽然又将他释放了，但是狱中岁月已经严重损害了诗人的健康，他常常精神恍惚地一人独行。一九三七年七月中的一个晚上，终于孤独地死在乌兰巴托街头。当有人发现的时候，他的身体就靠在国家剧院的墙角，往日，那里就是他的歌剧《三座山》演出的场地。

在那个可怕的黑暗时代里，蒙古国人只能在心中暗自为诗人悼念，也为自己的民族悲伤。坊间纳察格道尔济的诗集虽然极少，同时《我的祖国》长诗的最后一段也成为禁忌，一切出版的诗集里都只剩十二段，最后一段永远被删除，不见天日。但是，这一首诗却因此成为口传的地下文学，每个蒙古国人都能背诵，深记不忘。

斯大林死后，政权几番变换，二十世纪五十年代末期，赫鲁晓夫当政，纳察格道尔济终于获得平反，蒙古国人民用了所有的热情来还报给他们深爱的诗人。但是，诗人已死，而他的尼娜与阿依达也不知道流落何方。

寻找阿依达与尼娜就成了蒙古国人的心愿。在同时，他们也积极地筹备为诗人塑像，为诗人建造纪念馆。

一九六五年，经过长期的寻访之后，他们终于来到阿依达的门前。

一九六六年夏天，纳察格道尔济的铜像揭幕，数以千计的蒙古国人从不同的城市与牧野之间长途跋涉来到乌兰巴托。他们一方面是为了向诗人致敬，一方面也是想看一看阿依达，想看一看蒙古国丢失了多年的女儿，想向她微笑致意，想轻声告诉她，就像她母亲所说的一样：

"阿依达，亲爱的阿依达，让我们来告诉你，你的父亲是蒙古国人，他是个伟大的诗人……"

一直到今天，前往纳察格道尔济纪念博物馆参观的人都可以看到阿依达稚龄时微笑的相片，放得大大地挂在玻璃橱窗里面，据说它的原版就是曾经在狱中与诗人为伴的那一张小照。

而在纪念馆外面的公园里，诗人巨大的塑像安静地端坐着。纳察格道尔济在三十一岁那年死去，实在是离开得太早了。而阿依达在三十一岁那年才开始真正认识她的父亲和蒙古国，却又不得不承认是回来得晚了一点。

如今，阿依达已是五十多岁的妇人了，还是要住在对她来说比较熟悉的俄语世界里，只有在父亲的周年纪念日里才会再回来几天。在纪念仪式上常安排有青年诗人朗诵《我的祖国》，阿依达已经知道了整首诗的内容，但是，那样的内容离她何其遥远！如果不是自小就远离家乡的话，那些原本也应该是她的感觉、她的爱恋、她的生命和她的语言。

年轻的父亲用了非常美丽的音韵，写在每一个蒙古国人心中的诗句，却是今天的阿依达永远无法接近的梦想，她只能孤独地聆听，那遥远而又模糊的乡音：

“蒙古”这个名字久为众人所仰望
“为了蒙古”是将我们紧紧相连的思想
从小学会的母语是文化命脉绝不可以忘记
最后要安息于此的生身故土绝不离弃
这就是生我育我的国土啊　美哉蒙古

阿拉善盟的巴丹吉林沙漠深远浩瀚，美如仙境。

2005 年 9 月　（陈素英　摄）

我的愿望

高中读的是省立台北师范学校艺术科，记得是在高二那年，上台去参加演讲比赛，规定要先做自我介绍。在我说出自己是“内蒙古察哈尔盟明安旗”人的时候，台下有好些位听众忽然哄笑起来。

那时候，大部分的同学都已经知道学校里有我这么一个蒙古族了，所以应该不是对我的籍贯有什么惊讶的反应才对。但是，他们的笑声那么大，确实使我有点困惑，不过还是能继续照着演讲内容说下去。等到鞠躬下台之后，才有同学告诉我，那些哄笑的人是认为我连自己的籍贯都说得乱七八糟的，口齿这样不清，怎么还敢上台参加演讲比赛？

他们认为我犯了个很大的错误，先说“内蒙古”，又说“察哈尔”，这两个地方相距十万八千里，怎么可能又是内蒙古人，又是察哈尔人呢？而且，大家从来都只知道“察哈尔省”，什么时候又跑出个“察哈尔盟”来？站在台上这样随便乱说话，连自己的籍贯都说不清楚，真是要让人笑掉大牙了！

少年的我，当然不服气，当然要解释，可是，我所知有限，能说出来的，也不过就是这几句话：

“我爸爸说的，台湾的地图上是只写了察哈尔省，可是，如果我们是蒙古族的话，就可以说那里是察哈尔盟。因为，这是当初民国要设省的时候，和蒙古族讲好的条件。”

我的同学愈听愈糊涂，我自己也愈讲愈糊涂，最后不了了之。

这已经是多少年前的旧事了，那次的演讲到底得了第几名，我早就想不起来了。但是，努力解释自己并没有错的那种无奈与无力

丛林中的鹿群下山去草地上觅食。

1991 年 7 月蒙古国乌兰巴托近郊的国家公园

感，到现在还从来不能忘记。

前几年，参加了一次中小学教师的“蒙藏文化研习营”，我带了幻灯片去介绍蒙古高原的风光和风俗。在休息时间里，一位胖胖的男老师问我：“你们蒙古民族的语言，足够表达日常的喜怒哀乐吗？”

这是位年近五十岁，有着很和善的面孔的老师，他的语气也很和善，是认真地在问我问题，同时也想得到回答。

当然，我也要清楚回答：“蒙古民族有共同的语言和通用的文字，蒙古文是拼音文字(或称音素文字)，有三十个字母，其中有七个母音，二十三个子音。字形是由上而下竖写，字行是从左向右排列。在世界语言分类上，属于阿尔泰语系。不但足够表达喜怒哀乐，并且这几百年来，也出了不少文学家，写出许多动人的文学作品哩!”

但是，一面回答，一面却觉得少年时那种无奈与无力感好像又出现了。

怎么回事？几十年都过去了，怎么这个“内蒙古”还是毫无改变？还是被放置在一片模糊的空白里呢？

前面的岁月也许可以说是“江山阻隔”，但是，如今处在资讯爆炸的时代里也有十年了，台湾的居民对地球上任何一个角落的细节都能仔细了解，应该也可以重新看待蒙古高原了吧？

我自己并没有什么高明的办法可以来填补这片空白，不过，至少可以去拍几张相片，写几行字，一点点地来描绘出一些简单的轮廓，这就是“高原札记”这个小小专栏的由来。

我想再去多走一些路，多读一些书，也许以后可以写出更完整一点的报道也说不定。这就是我此刻的愿望。

牧马人亲手做的马鞍。

2002 年 8 月东乌珠穆沁旗

辑四　七个夏天

慈儿在贝加尔湖湖畔。

1995 年 8 月布里亚特共和国

贝加尔湖湖畔水鸟。

1995 年 8 月布里亚特共和国

记 忆

旅行的时候，我习惯在行李中放一本随时可以重读的薄薄的书。那天下午，在南西伯利亚森林边缘的小木屋里，刚好有段空闲时刻，就打开刘森尧译的《布纽尔自传》，再重读第一章——记忆。

布纽尔的母亲在生命的最后十年，逐渐丧失了记忆。健康还在，亲人还在，但是，她的“自己”却已经不在了。一个与周遭毫不相干地生活着的个体，使得“存在”变成了一种让他人无法进入的僵局。

布纽尔的记忆力很强，从小在背诵熟记上自认都不错。但是，年轻的时候他却不怎么看得起这种记忆力，认为对于实际人生并没有太大的意义。

然而，在伴随着失忆的母亲的时候，布纽尔才深切地体会到：“没有记忆，我们就什么都不是了。”

没有记忆，我们就什么都不是了！读到这里，不禁打了个寒颤。

那天下午，房间有些暗，我打开台灯，把书凑到灯下，在灯光所及的小小范围里，一切物件的色彩忽然都变得特别鲜活起来。压着书页的左手，肤色丰润，有一层淡粉淡红的光泽，无名指上那枚镶着琥珀的银戒指也显得更加精致。我还注意到书页纸张的平整细滑，横排铅字的浓淡适中，在行与行的空隙间，微微透出背页的字迹。而刚才摘下来的那串珍珠项链正在灯下，每一颗浑圆的珠子都自成一个光影迷离的世界，好像正呼应着书上的标题，不断地重复闪动着那两个字——记忆、记忆、记忆……

说到记忆，从眼前这盏台灯灯光映照出来的小小范围延伸出去，应该还有更多的关联与更多的细节罢。这枚戒指，是在柏林东区一间专卖琥珀饰品的商店买下来的。小店紧邻亚历山大广场，广场中心有座喷泉，我到现在还记得，在六月的阳光下，那些雕像的沉暗拙重和水珠的灿亮轻盈，两者之间的对比是那样强烈，完全不像我从前在巴黎或者在维也纳所看过的那些喷泉，雕像与水流之间的线条总是可以互相重叠互相融合的。不过，也有可能是我对柏林东区有了先入为主的成见。那年，柏林围墙才刚倒塌了不久，终于可以自由出入了，分裂的天空与大地都已经复合，可是，相对于那在几十年间横亘在心中的巨大而又沉重的创伤，对于德国人来说，自由此刻的分量好像是太轻太不可捉摸了。即使是旁观者如我，在那个夏天也感染了一种惶惑与浮生如寄的悲哀。

说到记忆，应该还有更多的细节。那天下午，在灯下阅读的我，是刚从南西伯利亚的原始森林里走了一大圈回来的，那林中的阴凉与潮湿还紧贴在我的肌肤上。

冻土层上的夏日时光何其短促！永远是匆促仓皇的日照，永远是匆促仓皇的生长，那林中的绿色总是觉得有点虚弱，不像台湾南部的树木那样绿得厚重。可是，森林深处的蚊虫却太可怕了！成群聚集，凶猛地叮咬，我和女儿从来没有经历过这种铺天盖地的攻击，只能尖叫着逃出密林，跳进路边的车子里。当地的朋友微笑着从前座上回过头来说："现在明白了吧，我刚才叫你们别再往里头走，你们不肯听。这两个多礼拜，是蚊子的狂欢节，原谅它们罢！再过几天，一切就都会消失，就只剩下你这段'密林历险'的记忆了。"

那天下午，灯下的我想起刚才的惊慌狼狈也不禁失笑。屋外，女儿在娇声呼唤，要妈妈快出来看落日。合上书，推开门，眼前就是那一望无际的贝加尔湖，一望无际的靛蓝与灰紫，在夕暮里变幻着千层万层像细鳞一般的波光。

这里是布里亚特蒙古人的家乡，是几千几万年以来游牧民族深爱的美丽湖泊，也是中国历史上苏武牧羊时所眺望的北海。时光在这里几乎是静止的，只有日升日落时那无法描摹的光影在不断地变幻。

女儿从湖边岩石上回头向我招手，浓黑的长发衬着红色的大毛衣，那笑容多么灿烂！我想，对于她来说，这样的旅程，这样的土地，这样的夏日，想必也应该是不会忘记的了。

这就是生命吗？每个人撒他的网，得到他自己的收获。在一生里，去走上几千几万里的路，去捕捉几千几万种变幻的景象，去感受那几千几万种不同质感的细节，把所有的一切都放进柔软的心中，不断地重复回想、重复品尝，一次次地用追怀与疼惜的情愫去抚摸，一层层地为记忆添加上透明的光泽，最后所得到的，就是生命的精华了吗？

在生命里，每一个值得追怀的时刻都自成一个光影迷离的世界，似乎是各自独立却又相互映照。

布纽尔的母亲早已逝去，布纽尔也已经离开了，可是他的这本自传却将许多美好时刻都放了进来，即使文字经过再三传译，从法文转成英文，再从英文转成中文，却依旧不减那饱满的光泽，他仿佛依旧在理直气壮地向世人宣告："我凭我的信心、我的迟疑、我的重复、我的过失以及我的事实和谎言为自己刻画图像，这就是我的记忆。"

那天傍晚，在贝加尔湖畔，在逐渐黯淡下来的暮色里，我想，以后，每次重读布纽尔的自传的时候，就会想起了此刻的波光与霞光了罢。

最远处，可以看见萨彦岭积雪的群峰。

1991 年 9 月蒙古国库布苏固勒湖畔

朋友

一开始，因为小娜杀价太低，伤了他的心，所以扭头就走开了，不再搭理我们这三个游客。

我的蒙古话只有幼稚园的程度，听不懂，但是看他的表情，还是知道这位先生大概是生气了。小娜有点不好意思，她向我解释，其实这个导游开价还算合理，因为，整个湖边只有他的一条船，也没见他太漫天要价。

怎么办呢？

我们三个人，小娜、恩可与我，都很想去游湖。小娜与恩可虽然都是蒙古人，对这蒙古国北部美丽的库布苏固勒湖，也是初见。

这令人惊艳的蓝色汪洋，不坐船去绕一绕，实在不能安心。于是，再由恩可上场，非常谦恭有礼地去商量商量。

两位男士大概相谈甚欢，不到五分钟，恩可就招手要我们过去。打了招呼之后，才知道这位船长名叫尼玛苏荣，是本地土生土长的猎户，买了一艘小船，夏天旅游季节就在湖边兼任导游，可以增加些收入。

这艘鲜黄色摩托小艇是苏联造的，最多大概可以容纳六七个人，他说是二手货，用了两个夏天，还挺顺手的。

游客上船之后，身手矫健的船长就起航了。他也真尽责，一路还向我们介绍湖的面积、水深、注入的九十九条河流的名字、岸边原始森林内的树种，还有一些关于库布苏固勒湖的故事和传说等等。当然，到了我这里都是已经翻译过了的片段，因为小娜只能用英语，恩可倒是可以用比较流利的中文帮我解释。有时候实在找不到恰当的字,大家就比手画脚地想办法沟通。这个时候尼玛苏荣就会停下来,笑嘻嘻地看着我们。

他其实长得很瘦小,不像一般蒙古国人那样的高大,脸庞也是瘦削的,长着蓬松的微带金黄色的头发和胡须,两只眼睛狭长微眯,瞳孔是极浅的棕色,不笑的时候好像总是心不在焉若有所思的样子,但是一笑起来就显得非常孩子气,好像整个脸都亮了起来。

他的笑容里有种什么特质触动了我的心,让我愿意靠近他。我说不上来那是种什么感觉,只觉得非常亲切,想要这样的时刻多停留一下。

那天游湖的时间原来说好是两个钟头,只在近处转一转的。可是后来大家谈得高兴了,尼玛苏荣说更远的湖边有一处人迹罕至的浅滩,水鸟比较多,又有许多漂亮的鹅卵石,他要带我们去。

这一去就不知道有多少里!湖面一望无际,湖水湛蓝,除了波浪碰触到船舷以及马达单调的声音之外,周遭一片静寂。早上的气温虽然低到零下,湖边的水草都结了冰霜,可是,此刻正午时分,九月中旬的阳光直射下来仍然非常温暖,把我们晒得暖洋洋的,全身都放松了,斜依在船边,我竟然不知不觉地睡着了。

是小娜推醒我的,睁开眼坐直了身子往四周一看,几乎以为人在仙境。这就是从不知道几千几万年以前留下来的没有被污染过的大自然的原貌了罢!

是一处浅滩,湖面从深蓝转为如绿玉一般温润的颜色,湖水仍然很深,但是低下头去可以一直一直看进湖底那光影流转似迷离而又清澈的美丽世界。几块巨大纯白的礁石平平地铺在湖面上,可以一直带引着我们走到岸边。岸上是高耸浓密的原始森林,那树干的粗壮高大,即使是从湖心这样远的距离观看,也令我胆战心惊。我想,真正的"黑森林",应该就是这样了!

在库布苏固勒湖旁享受新交的朋友尼玛苏荣炊煮的风干羊肉面，是人间美味！

1991 年 9 月

这湖光山色又原始又巨大又气势磅礴，让我几乎喘不过气来。我的惊喜之情大概是太溢于言表了，感动了我们的船长，于是，尼玛苏荣先生郑重宣告，等一下送我们回到原来出发的湖边之时，他还要继续工作，招徕游客游湖，不过傍晚下班以后就自由了，他愿意到旅馆来找我们，带我们去另外一处好地方晚餐。

于是，傍晚时分，我们四个人再加上一位司机先生，开着一辆吉普车，从陆路绕着湖边往西北方向行去，尼玛苏荣是向导，带我们从林间小路上曲折绕行。大概有四十多分钟之后，来到了一处宽广的长满了青草的湖岸，我们可以很容易地走下到湖边取水，然后再登高几十步，坐在平坦的青草地上生火做饭。从身后的树林里捡来枯枝，用刚刚打来的湖水放进小锅里，烧开了之后，先冲茶，再煮面。面条是尼玛苏荣从家里带来的，还有晒干了的羊肉，一起放进锅里，煮成了一锅甘美可口的羊肉面。只有碗，没有汤匙，尼玛苏荣就把树枝截断，用小刀削成匙状给我们使用。

吃完了饭之后，天色稍稍有点暗下来，我打开带来的威士忌酒，斟进小酒杯里分给大家。营火正旺，远处北方的萨彦岭积雪的峰顶在暮色中绵延伸展，在这样温暖美丽的气氛里，我们开始一首歌一首歌地唱了起来。

歌词都只能翻译个大概，可是，每一首歌好像都深深打动了我们的心。也许是因为喝了酒，嗓子松了；也许是因为在这样空旷洁净的大自然里，人的心也放松了。在薄暮时分，歌声传过灰蓝色的湖面，好像分外动听。而每一个人唱歌的时候，好像都觉得有些什么原来是藏在胸臆间的东西，也随着歌声抒发出来了一样。

把最后一杯酒饮尽，把营火的余烬慢慢往里面聚拢，等到夜色更深的时候，尼玛苏荣说，霜已经降下了，可以回去了，我们才站起来依依不舍地准备往回走。

就在这个时候，尼玛苏荣对我们说了几句话，他说："很快，秋天就会过去了，等第一场雪下来了之后，我就会去山上打猎。我知道，以后，每次当我经过这里的时候，我就会想起你们来。"

短短的几句话，没有什么形容词，也没有什么惊叹号，只是述说一段事实，然而却是这样真诚动人的事实。

经过了这样一天的相聚，尼玛苏荣这位在蒙古国北部库布苏固勒湖边生长的猎人，从此慎重地把我们放进他一生的记忆里，作为在他一生的时间中，每次经过这处湖岸的时候都会想起来的朋友。

我央求小娜和恩可尽量把我的感动传译给尼玛苏荣知道，我多么高兴能够认识他，多么荣幸能够与他为友！

在分别的时候，我们互相拥抱，互相祝福，互相都传达了能与对方为友的快乐和欣喜，虽然我们心里也都明白，要再相见，恐怕也并不是很容易的事情。

但是，我们真的已经是一生的朋友了。此刻，我提笔的时候，离我们相遇的那一天已经隔了快有五年的时间，我仍然没有忘记他。我相信，终我一生，我都会记得这一天，记得这一个晚上，记得名叫尼玛苏荣的这位猎人所给予我的友谊。

"朋友"，不就是这样的意思吗？

“资料”与“经验”

一九八八年三月，圆神出版社为我出版了《在那遥远的地方》，这是一本散文与摄影的合集。散文是我写的关于原乡的种种乡愁，而六十张精彩的摄影作品，则是摄影家林东生先生在前一年专程为我去内蒙古拍摄的。

那时候的我，还从来没有见过内蒙古地方的原貌，再加上“公教人员”身份的限制，也实在不知道究竟到哪一天才可能解禁。林先生是香港人，比较自由，所以，与我相识之后，就自告奋勇地要去替我拍摄故乡。他用了四十天的时间，长途跋涉，从内蒙古的东北走到西南，拍了许多美丽的幻灯片，让我非常感激。书出来之后，彩色图页也印刷得很漂亮，我就很高兴地带了几本到学校，送给我们系里的同事。

过了几天，在办公室里遇见李老师，他对我笑着说：“席老师，我有几个朋友，他们都认为这本书应该只是刚好有了些图片，就由你配了些文字，并不是真的有人特意去内蒙古为你拍的。因为现在这个世界是不太可能会有这样好的事、有这样好的人的！”

李老师平日说话就比较有趣，我知道他是在故意开玩笑，想看我红头涨脸急着辩白的样子，所以我就沉着应对，慢慢回答：

“信不信由你！要我拿证据来吗？”

他看我反应并不强烈，就又说了第二段话，他说：“我觉得你整本书里的‘内蒙古’都是听来的，不是你外婆怎么说，就是你父亲怎么说，所以你写出来的等于都是‘二手’的资料。你自己没有任何直接的经验，没有任何第一手的资料，对不对？”

草原上的孩子,三岁就能骑马了。

1991 年 7 月乌兰巴托近郊

这次他成功了，我果然只能整个脸涨得通红地对他苦笑，一句话也说不出来了。

观察敏锐的他，真是三言两语就把我这本书的“缺点”挑明了出来，在这之前，连我自己也还不曾清楚察觉。原来，在我书里（其实也就是在我的生活里），所有关于家乡的知识，都是从长辈那里听来的，不能算是我自己获得的经验。

我原来是这样生活过来的。

因此，在这天之后，每次提笔想要写些关于原乡的题材时，就不禁有点心虚了。一九八九年三月，整整过了一年，我的散文集《写生者》出版，里面没有一篇说到“内蒙古”这三个字。

在那个时候，想着也许自己的一生都要这样过下去，是觉得有点奇怪，仿佛是一种时空错置，总有点隐约的遗憾与慌张。

想不到，世事多变，那年夏天，禁令竟然解除。一九八九年八月底，离《写生者》出版不过五个多月，我竟然身在蒙古高原了。

奇怪的是，明明是第一次见到原乡，可是却恍如旧识。

刚上路，在火车上听说宣化站到了，就想起母亲常说的：“宣化的葡萄最好吃了！”然后，那个接着抵达的张家口，更是熟得不能再熟的地名。外祖父和二伯父都在张家口出版了许多蒙古文书籍，二伯父更在这个城市里办了个学社，请察哈尔盟各旗的七八位学者来执笔，翻译蒙古文或者汉文的书，这个城我认得。

等到进入蒙古高原之后，穹苍之下，只有起伏的丘陵、起伏的草原、无边无际的天地，果然真如父亲所说的：“一无阻挡。”

到了父亲的家乡，见到陌生的亲人，刚刚坐定，晚辈献上奶茶，举起来喝了一口，心中忽然觉得童年的滋味全部重回，这不就是和每个冬天的早上，外婆给我们喝的那一杯，一样的温暖，一样的香醇吗？

怎么回事？为什么我所见所闻所感受到的一切，依然充满了从前所听说过的那些“资料”的影子？

我是回到原乡了，如今所有的景象、所有的事物，应该都是属于自己的第一手资料了。可是，为什么在同时，那在过往的岁月里所听说过、所揣想过的“内蒙古”，却也都争先恐后地从我的脑海里从我的胸怀中一一浮现？仿佛是不断地回溯和印证，无限惊喜又无比亲切？

是要过了很混乱的一段日子之后，我才能慢慢明白，原来，在四十多年的过往岁月里，从外婆从父母那里所听来的“内蒙古”，并不仅仅是知识上的“资料”而已。经过了这么多年，它们其实早已经转化成我的滋养，变成了我的血肉，进入我全部的感觉系统，成为我生命里不可分割的一部分，好像也就是我自己的一种经验了。

原来，关于原乡，所有的资料与经验好像并不能真正分清楚哪些是“第一手”，哪些又是“第二手”。当我踏上了蒙古高原，开始搜集那真正属于我自己的体验的时候，在每一种喜怒哀乐的感动里，那曾经属于我外婆属于我父母的体验也都会在场，与我分享。

“文革”之后，草原上的妇人再无“嘉丝勒”可佩戴了。

1989 年 9 月在父亲的草原上

嘉丝勒

蒙古族妇女的头饰，是在出嫁那天，才由父母给她戴上去的。这一份贵重的“嫁妆”，一方面是代表父母给她的祝福，一方面也是表示她如今的身份，她已成为人妇，以后，如果遇到节庆，或者家中有贵客来临，她都必须把首饰戴上，表示欢迎的郑重。

父亲告诉过我：“蒙古族妇人是不能给客人看见黑头发的，如果不打扮好了就出来见客，是很没有礼貌的行为。”

这从顶上一直垂到胸前的头饰，蒙古话叫做“嘉丝勒”，是总称为“装饰品”的意思。其中的每个可分开的细部，又各有各的专属名词和佩戴时的规矩。

在蒙古高原上，从东到西、从南到北，每个部族妇女的“嘉丝勒”都各有不同的款式，差异还颇大的。

不过，款式虽有差异，所用的珠宝材料却大致相同，她们都喜欢用雕工精美的金丝和银饰衬底，镶嵌上许多色彩丰富的宝石，如玛瑙和绿松石等，另外还有三样宝物虽然不是宝石，光泽却更加璀璨神秘，就是珊瑚、琥珀和珍珠。蒙古族妇女几百年来都对这三样宝物情有独钟，再加上从灰绿到青蓝的绿松石，她们真的在配色上逐渐发展出一种非常独特的趣味来了。

也许，我们这些在城市中久居的“文明人”，实在不能了解为什么这些蒙古族女人会喜欢戴上这样繁复沉重的“嘉丝勒”，几乎像是舞台上的装扮一样。但是，如果我们肯静下心来设身处地去替她们想一想，终年生活在那样辽阔的大地之上，人与人之间距离那么遥远，是多么寂寞的日子！一旦有节庆，也没有更好的方式来表达出内心的欢欣，那么，把自己慎重地打扮起来，就是最快乐的事了。不单能让自己得到安慰，还更可以鼓舞周边的亲人，是一种精神上的圆满和饱足。

一九八九年的秋天，第一次去探访蒙古高原的时候，好友王行恭愿意与我同行。

他是得过许多项大奖的美术设计家，喜爱摄影，平日又深研辽金元史。这次陪我回内蒙古，除了想拍摄草原的风景之外，他还另有心愿，就是要去观察蒙古族妇女的“嘉丝勒”，因为，在许多资料上，都曾经记载着她们所拥有的是多么丰富与美丽的艺术品。

想不到，王行恭却大大地失望了。

在我家乡那片广大的草原上，在每次族人团聚的集会上，触目所及，竟然没有任何一位妇人戴有任何一件装饰品！

老规矩还在，因为是盛会，所以每位妇人都在黑发上包着色彩鲜艳的纱巾，以免失礼，可是，也就是这样的装扮而已了。不要说那整套的“嘉丝勒”，就是连一对小小的耳环，连一只简单的戒指也不见。

原来，四十年之前还存在着的饰物，在每一次的政治整肃运动中都遭到了批判和没收的对待，说这是“封建思想”的余孽。到了“文革”时期，更是专门针对着这些“嘉丝勒”而来，有时候是来义正词严地低价收购，有时候干脆来声色俱厉地没收，然后再交给在北京的机构，把它们成堆成篓地贱价卖到香港或者澳门去。

多年之后，我在香港和台北的古董店里都看到一些。混杂在几把西藏小刀或者几只蒙古银碗之间，那些已经散乱了的“嘉丝勒”，远离家乡，静静地躺在灰尘满布的橱柜角落里。有些古董店的老板识货，还能说出他手中的这件是属于鄂尔多斯的款式，或是属于察哈尔盟的。但是，大部分的售货员也只能告诉我这些是少数民族妇女的首饰，再多问就什么都说不出来了。

可是，对于一个蒙古族妇人来说，“嘉丝勒”怎么可能只是装饰品而已呢？这些从顶上一直垂挂到胸前的珊瑚、松石、珍珠和琥珀，其实就是她的完完整整的一生啊！

十六岁或者二十岁，离家的那天，它是她从父母的手上与心中接过来的祝福，戴上了它以后，就表示要把花样的青春和十几二十年父母的养育之恩都抛在身后了，只有这一套“嘉丝勒”是和娘家仅有的牵连。而在她有了自己的家庭以后，与夫君儿女共度的每一个欢乐节庆，都会逐年逐层地增加着“嘉丝勒”的光辉。在美好的记忆里，让珊瑚更红、珍珠更润、琥珀更透、绿松石更亮，只要能够戴上这一顶“嘉丝勒”，保有这一套“嘉丝勒”，就好像生命里所有的辛酸和沧桑都能得到补偿、得到安慰。

而在被掠夺了之后的后半生，每一个蒙古族妇女心中的痛楚与空虚，有谁能够明白？又有谁能够真正体会呢？

远处的星光

从年少的时候就喜欢读诗，又因为自己是蒙古族，所以一遇到描写塞外的诗句总是特别敏感。

古诗里，有许多咏边塞的诗，不过几乎都是汉人的笔在写着汉人的心情，一直到有一天，读到那首《匈奴歌》：

> 失我祁连山，使我六畜不蕃息；
> 失我焉支山，令我妇女无颜色。

少年的我，第一次通过汉文的翻译，才了解到原来在战争中，每一个民族其实都有自己的悲苦。

从那个时候开始，我就常常去搜寻探问，还有没有蒙古族人写的诗？还有没有蒙古族人自己提笔写出来的心情？

有一次，一位老师被我问烦了，回了我一句："蒙古族人怎么会有诗？骑马打仗都来不及了，哪里还会写诗？"

当然，老师只是故意开玩笑而已，因为，他和我都明白，事实并不是这样的。

他和我都明白，每一个民族都会有诗。

每一个民族都会有诗，也都会有他们喜爱的诗人。

只是，千年的战乱，使得汉族与蒙古族几乎一直处在为了生存而不得不对立的状态之下，汉人的悲苦还倾诉不尽，如何还会将蒙古族人的诗作翻译过来呢？

所以，在古老的岁月里，找不到什么汉译的蒙古文诗文是可以

宝格达山上的野鹿，不太畏人。

1991 年 7 月乌兰巴托近郊

理解的。

可是，后来的几十年里，依旧是一片空白。

在我所能读到的书里，这方面的资料少之又少，有的也多是一些民歌。而我一直希望能够读到蒙古族人写的诗，更希望是现代的蒙古族人写的现代诗。

这样的渴望几乎已经变成了一种不可实现的梦想，恍如在夜里眺望那远处的星光。

几十年来，一个不通晓本族语言和文字的蒙古族人，一个远离族群、从来也没见过故乡的蒙古族人，在有限的资料里，只能得到一种模糊的概念而已。

在黑暗的夜里，总忍不住要仰望星空，心中充满了渴望，渴望能够亲近那些星光，那些对我来说，是怎样遥远而又可望不可即的光芒！

所以，当我终于如愿以偿，开始接触到他们的作品的时候，真是一种无法形容的狂喜。

这一切都要感谢尼玛。

感谢我的朋友尼玛，去年夏天，他不但陪我回到家乡，并且，这一年来，也陆续寄给我许多内蒙古诗人的作品，让我的心灵也回归到自己本族的草原上。

真是一片开满了花朵的大草原啊！

这一年来，我一直在读他们的作品，心中又惊又喜，原来真有这样一块土地！真有这样一处家乡！真有这样一个内蒙古！

真有这么多诗人，在这么多年里，一直不断地在创作！

用蒙古文字写出来的诗句，原来一直在这个民族中流传，当然，我更要感谢许多有心人，把它们翻成汉文。

感谢这些译诗的人，让不同的民族，可以走进彼此的心中。

民族与民族之间，要互相了解，最直接也最真诚的途径，就是去读彼此的诗，让心与心之间可以搭起一座桥。

一首一首地读下去，我几乎是迫不及待地在吸收着一切，像干涸的土地在吸收着春天的雨水一样，读完之后，我又迫不及待地想要把它们编选成一本书，给我身边的汉族朋友。

一直高悬在远处的星光如今近在咫尺，明亮而又炽热，这些诗里深藏着蒙古民族的渴望与梦想，亲爱的朋友，请你来读它。

在呈献出这一本诗选的同时，我也要向各位说明，在这本书里的二十位诗人，并不能包括所有蒙古族的优秀现代诗人。第一是因为篇幅的限制，第二是因为我手边的资料依旧不够完备，有许多诗还没有读，所以只能算作是一部分的面貌，这是我一定要先向各位致歉的。

不过，这只是个开始，我想大家也会原谅我，前面的路还很长，请容我慢慢地走下去。

在内蒙古自治区内，因为历史环境和生活经历的不同，就算是蒙古族人，也有只能用汉文创作的，当然这只占少数，百分之八十的蒙古族作家都是用蒙古文创作，其中也有兼用两种文字的作家。

在这本书里，比较偏重介绍用蒙古文创作的诗人和他们的作品，所以，都需要从蒙古文译成汉文。诗在翻译了一次之后，最先失去的，就是那种独特的音律和韵味，好在许多译者都是老手，也还能替我们留住一些美好的感觉，然而我仍然要请求各位揣想，揣想当这些文字用蒙古族人特有的音韵写出来的时候，该是一番怎样动人的光景！

所以，也因为如此，有些原该是美丽自然的诗篇，却被过于造作的译笔折损了光彩，没有办法选进来，实在是件非常可惜的事。

在这本书里，二十位诗人依着长幼的顺序排了下来，最前面的两位都已逝去，但是他们留下来的诗句，依然在草原上传诵，那种徐缓悠扬像牧歌一样的调子依然深得牧民的喜爱。所以，纳·赛音朝克图被封为“牧民诗人”；而其木德道尔吉被誉为诗中“散发着牛奶香”，有着草原传统风格。

在其后的十八位诗人中，最年长的是一九二八年出生的巴·布林贝赫，最年轻的是一九六三年出生的敖·潮洛蒙，三十五年的时光里有着很鲜明的变化。在这些诗人的作品中，我们除了可以感觉到他们个人独特的风格之外，更能够领会到一个民族在许多得与失的矛盾中挣扎，巴·布林贝赫在《故乡的怀念》中写那条小路，充满了困苦的童年渴望求知的那种急迫与疼痛：

弯曲的小路或许是青草杂芜，
但它毕竟是我一生中第一段路途。
“阿俄乙”的学习虽然半途而废，
但我毕竟尝到了穷人读书难的苦处。

两鬓之间不知不觉染上了白霜，
以往的事情梦一样渐渐模糊。
但是那一条赤脚跑过的小路呀，
在我的心坎里永远记得那样清楚。

而在年轻诗人康健(一九五九年生)的诗里，却是另外一种无奈，他用了许多篇幅描写那一种从天地初开的“顶天立地的辉煌劲射”：

不知过了多少年的一个黎明　一个老骑手的孙子
在绿草原上捡到了一支刻满咒符的箭翎

当他坐到高等学府将咒符破译后他哭了
那箭翎上刻的是三个字——
蒙古族

有许多线索是逐渐湮灭的，诗人的心里非常清楚，不管是人为的还是自然的影响，都在逐渐地使我们远离那些曾经是那样美好的事物。所以，勒·敖斯尔要说：

为了牧马人的名誉
不被山野的尘埃缠裹
为了生活的给予
不被人间的红尘湮没
从马背上抚摸山的脊背
唱着《云青马》——父亲教我的歌

这位一九四一年出生的中年诗人，对于民族的传承付出心力，父亲教唱的歌，他也传教给自己的下一代。这本诗选里最年轻的诗人敖·潮洛蒙，就是他的孩子，继续唱着《云青马》——父亲教他的歌。

哈·丹碧札拉桑和巴·敖斯尔的作品，有着《诗经》里才有的那种真挚和纯朴；后者的那首《美丽的姑娘》色彩鲜明，热烈的青春令人忍不住要载歌载舞，好像在诗句里都可以听到花开的声音。

查干的诗，是草原上的云，在温润的调子里藏着安静的哲思。

尼玛和纳·松迪的画面，颜色更加深沉，《在岁月的罅隙中》和《草原路》上，两位诗人的呐喊几乎是无声的，却令人泪下。

哈斯乌拉、齐·莫尔根、佐娜和满吉拉，都善于运用譬喻，写出了草原上许多不同的面貌。

阿尔泰更是在诗的草原上驰骋自如，他的《无题》只有短短四行：

无虎无鹿的山一般不易叫醒，
因为连它的梦都会睡得昏昏沉沉。
有虎有鹿的山不会轻易打盹，
因为它的砂砾都能时刻保持清醒。

我把这首诗读给朋友们听的时候，每个人都会不自觉地惊叹起来——唉呀！这真是一种完全不同的声音啊！也只有像蒙古族这样的民族，才会孕育出这样的诗人来吧！

是的，每个民族都有她与众不同的声音，也有她自己才能深刻感觉到的骄傲与痛苦。白涛、白·呼和牧奇、傲·赛音朝克图、波·宝音贺希格这几位年轻诗人的作品里，充满了矛盾与冲突，蒙古民族的遭遇在诗中欲隐复现，使诗的力量如弓弦又如箭矢，充满了张力，也充满了不安。白涛说：

我是不准备退到什么地方去了
尽管身后的草原无限辽阔
扔掉干涸的酒碗
以我的宽厚走向你，进入你
并占有你

白·呼和牧奇说：

风在说——
给你放牧一群狼
再让羊来追捕
看皮鞭怎么撒谎

波·宝音贺希格说：

也许——
属于你的那些
原先也许是属于我的

黑城落日。

2007年9月额济纳旗

是的，“有时，黄昏也许就是黎明”，在无论多么黯淡的时刻里，还要坚持信心。

辽阔的高原上还有多少嘹亮的声音，一代一代地坚持下来，此呼彼应。

也许，总有梦想成真的一日罢？

这本小小的诗选，只是小小的一步，前面的路无限漫长。可是，在这一刻，我多希望有人能驻足聆听，聆听一个民族心里的声音。

请让我们在心与心之间搭起桥梁，请让这世间不再有误解与偏见、不再有仇恨与争战，让我们待人如己，让我们确信——

每一个民族心里都有诗。

每一首诗都是穹苍上的一颗星光。

只要你肯读它，再远的星光也会向你靠近，炽热而又明亮，在闪烁间努力向你传递，有关于这个世界的一切又一切的讯息。

如果民族与民族之间肯去互相了解，也许，梦想也总会有成真的一日罢？

嘎仙洞

公元四四三年三月的一个早上，北魏拓跋鲜卑王朝第三代君王太武帝拓跋焘上朝接见使臣。来者是世居东北方的小国乌洛侯国的使节，他们带来的讯息令圣上身心震动。

乌洛侯国的使者是这样说的："称其国西北有国家先帝旧墟，石室南北九十步，东西四十步，高七十尺，室有神灵，民多祈请。"（《魏书・乌洛侯传》）

仿佛有远古的雷声从历史垂落的深幕之后隐隐传来。

那是多么遥远的年代！

太武帝年幼之时，就常听宫中长者叙述先祖旧事，如何在大鲜卑山的群峰密林之中生活，如何出现了有智慧的领袖，如何在历经六七十代的游猎生活之后走出丛林，南迁大泽，又如何在七代之后，经过"九难八阻"的艰险辗转来到五原，然后东移盛乐，再迁都平城。一代又一代的领袖带领着族人继续前进，这条长路上有着说不完的牺牲和收获。可是，那些原来应该是极为真切的往事，却在千年历代的传述中，逐渐变得模糊不清。所谓的列祖列宗，到了最后，不过只能是供奉在庙堂之上的缥缈影像而已了。

然而，就在此刻，却有人不远千里而来，告诉你："先帝旧墟犹在！"

这是多么让人欢喜振奋的讯息啊！

于是，经过了仔细的筹划，经过了四千多里路的长途跋涉。这一年的七月二十五日，太武帝拓跋焘所派遣的谒者仆射库六官和中书侍郎李敞这些官员，终于来到了东北方的大鲜卑山之中，在先祖

嘎仙洞。

1994 年 9 月鄂伦春自治旗

的石室旧墟前，按照王朝所定的最高祭祀礼仪，供奉马牛羊三牲，在祝祷声中，举行了庄严隆重的祭天祭祖大典。又把祝文刻在洞内石壁之上，再在洞外插立桦木的枝子，然后才起程回返代京大同。

史书上除了记载这段经过和祝文的内容之外，还说了一些后话："敞等既祭，斩桦木立之，以置牲体而还。后所立桦木生长成林，其民益神奉之。咸谓魏国感灵之应也。"(《魏书·礼志》)

日升月落，桦木在山中继续生长，时光在人间继续流转，几个十年之后，君王老去，几个百年之后，皇朝湮灭，而战乱从来不肯停歇。到了最后，所有的痕迹与线索都消失了，只剩下一段短短的文字，藏在书中，有如谜题。

多少年来，想要解谜的历史学者大有人在。要找鲜卑的旧墟石室，先要找到"大鲜卑山"，可是，这么大的一座山，到底在哪里呢？

有人说是大兴安岭，有人说是外兴安岭，更有人说，应该是在贝加尔湖附近的伊尔库茨克一带。

众说纷纭，而时光继续流转……

一直到了公元一九七九年的九月，当时是内蒙古自治区呼伦贝尔盟(现呼伦贝尔市)文物站长的米文平先生，在大兴安岭鄂伦春族人的协助之下，找到了一处穴洞，从各种情况看来，很有可能就是鲜卑旧墟石室。

这个高踞在峭壁之上的穴洞，鄂伦春语叫做"嘎仙洞"。"嘎仙"的字音和满语的"嘎姗"相通，据说是"村屯"的意思。

一九八〇年三月，米文平先生发表了一篇论文——《拓跋鲜卑石室考》，引起了内蒙古考古学界的注目，于是有人加入了米先生的队伍，一次再次地来到嘎仙洞。

但是，虽然许多条件都大致相合，却不见祝文。搜遍洞中石壁，也没有找到任何曾经有过人工凿刻的痕迹。

没有祝文，就没有证据。没有证据，任何的理论推断都不能成立。

一直到了那一天。

一九八〇年七月三十日，米文平先生和其他的学者又来到嘎仙洞前，那天天气晴朗，到了下午，阳光斜斜地照进洞口。

我们来看米先生怎么说："当天下午四时，阳光由西照进洞内，视度很好，我们沿洞内西侧石壁往里走不到一分钟，突然发现眼前石壁上隐约有个'四'字，我简直不敢相信自己的眼睛，大家仔细看确为刻石文字，下面并有'年'字，上面又看出'太平真君'等。在第二行又看出'天子臣焘'，第三行看出'中书侍郎李敞'等字。几个人反复辨认，确为《魏书·礼志》上所记之祝文。由是，这个学术界争论了多少年、我们调查了一年的悬案，终于得到了最后的解决。"（米文平：《鲜卑石室的发现与初步研究》）

从公元四四三年七月二十五日到一九八〇年七月三十日，这中间有一千五百三十七年的距离，千古之谜竟然会在一瞬之间得到解答，这是多少学者求之而不可得的奇遇！我想，米文平先生在那一刻的狂喜，恐怕是旁人无法想象也无法比拟的吧！

那是如何令人身心震动的狂喜啊！

不过，当然，这"一瞬之间"，也并不只是偶然的巧遇。在这之前，先要有大胆的假设，再要有小心的求证，然后还要有锲而不舍的毅力，最后，最后，还要有夏日午后那一线斜斜照上洞壁的阳光。

那一线阳光就有如舞台前方的投射灯一般，斜斜地照了进来，使得原本是长满了苔藓、面目模糊的石壁忽然间凹凸分明，在岁月垂落的深幕之后，有一些痕迹一些线索努力挣扎着站到了台前："维太平真君四年癸未岁七月二十五日，天子臣焘，使谒者仆射库六官、中书侍郎李敞、傅䇗，用骏足、一元大武、柔毛之牲，敢昭告于皇天之神:启辟之初,佑我皇祖,于彼土田。历载亿年,聿来南迁。应受多福,光宅中原。惟祖惟父,拓定四边。庆流后胤,延及冲人,阐扬玄风,增构崇堂。克揃凶丑,威暨四荒。幽人忘暇,稽首来王。始闻旧墟,爰在彼方。悠悠之怀,希仰余光。王业之兴,起自皇祖。绵绵瓜瓞,时惟多祜。归以谢施,推以配天。子子孙孙,福禄永延。荐于皇皇帝天,皇皇后土。以皇祖先可寒配,皇妣先可敦配。尚飨!东作帅使念凿。”

一千五百年前一位君王对自己的远祖以及那曾经庇佑过整个族群的天神,献上了他衷心的祝祷。在剥除了覆盖的苔藓之后,刻在石壁上的祝文清晰显现,除了少数字句有些出入之外,几乎和史书上记载的内容完全相同。这终于证明了大鲜卑山就是大兴安岭,是拓跋鲜卑远祖的旧居,也是许多游牧民族远祖的发源地。

学者说大兴安岭在四亿年前是古陆,在三亿年前沦为海洋,由于火山的喷发,开始形成褶皱山系,而在六七千万年之前,慢慢成为地表之上的崇山峻岭。气候湿润,森林密布,是孕育初民的最好的生存环境,是一位无比温柔又无比巨大的母亲。

这真是一座巨大无比的山岭!它的高度并不高,只有海拔八百到一千五百米而已,但是南北的长度却有一千四百公里,宽度从两百到四百五十公里。这样一片辽阔无边的土地上,长满了浓密的森林,森林间水流清澈,有鹿、狐、獐、狍,还有美丽的紫貂,只要人类学会了射猎,就可以得到温饱。

而像嘎仙洞这样的天然石洞,更是初民的美好居室。大兴安岭冬天气温有时候会冷到零下四十摄氏度,但是在石洞里最低只到零下十七八度,可以说是冬日的暖房,怪不得早早地就有人搬进来了。

一九九四年的九月,我也跟着朋友们来到嘎仙洞前。从岩壁下方望上去,并不觉得这个石洞有什么出奇之处,要等往上走到了洞

激流河春日冰融。

2007 年 5 月大兴安岭之上

五月的大兴安岭。

2007 年 5 月呼伦贝尔盟

口，才发现里面真是又深又宽又高！

阳光只能照到学者称作“前厅”的地方，往里面进去到了“大厅”那里就有些暗了，等到战战兢兢随着逐渐升高的地势走到“高厅”的时候，已经是伸手不见五指。朋友打开电筒照着脚下，我们才能继续摸索前进。到了“后厅”，猛一回头，才发现洞口变得又远又小，原来我们已经贴近洞穴的最深处了。

就在这个时候，电筒忽然灭了，大概是接触不良。朋友试了几次也亮不起来。

我们几个人几乎是贴着岩壁站着，没有光，一步也动弹不得，也没有人说话。

就在电筒重新亮起来之前，在那段很短很短的时间里，我忽然有了一种恍惚的感觉，好像那悠远的昔日正从每一处深暗的角落向我慢慢靠近。那感觉很难形容，并不会让我害怕，只是一种很安静很缓慢的恍惚，好像无法确定自己到底是身在何处。

电筒又亮了，大家好像都松了一口气，开始慢慢往来路走回去。

洞穴里最主要也是最宽广的部分，就是中间的“大厅”，据说面积大概有两千平方米。那顶上高高的石壁离地有二十多米，以一种优雅的弧度往四周倾斜，宛如穹顶。在“大厅”里有一块很大的天然石板，周边形状并不规则，但是因为是被一块半米高的岩石托了起来，怎么看都像一张特意摆设在那里的桌子。是领袖与族中长者用来聚会的吗？

他们是怎么商谈的呢？

“走”还是“不走”？“守在这附近”还是“无论如何都要出去看一看”呢？

这一带确实是个温暖舒适又安全的居住环境。峭壁几乎是垂直的，穴洞离地又这么高，野兽不能轻易上下。离洞穴不远的前方就有一条清澈的小河，取水十分容易，周围是取之不尽用之不竭的森林，随便砍几棵放在附近，取火也十分方便。夏天阳光照耀之时，躺在微风吹拂的洞口，听山鸟争鸣，远处传来袭人的花香，为什么还要离开呢？而到了冬天的第一场雪之后，狩猎野兽几乎是轻而易举的事。在严寒的冬日，大家厮守在火边，让穴洞之外的大雪把一切都覆盖起来，这样温暖的家啊！为什么还要离开呢？

在大兴安岭的丛山密林里长大的许多部族，虽然并不都是住在这样的洞穴里，但是自然环境大致相同。在悠久漫长的远古岁月中，每一个族群一定都曾经面对过这样的抉择罢。

是什么因素影响了他们的决定？是领袖的魅力？是长者的智慧？还是整个族群的性格？时间已经过去了这么久，我们对当日的会议内容一无所知，我们只知道结论——

有人决定要留下来！

即使这些部族已经离开了初民的混沌时期，学会了畜牧，知道用山羊驮载行李，知道用桦木皮搭成敞棚和茅屋作为居室，他们依旧眷恋着这巨大而又温柔的大兴安岭，整个族群的人终生都从不走出森林，世世代代在此定居，并且宣示：

“没有比这更美好的生活，也没有比他们更快活的人。”（拉施特：《史集 · 森林兀良合惕部落》）

有人决定要走出去！

譬如拓跋鲜卑，譬如蒙古族。这两个民族的远祖终于带领着族群走出了大兴安岭，千年之后，他们的子孙都成就了难得的功业，一位在公元三八六年建立了北魏王朝，一位在公元一二〇六年建立了蒙古帝国。

在还没有来到大兴安岭之前，翻读史书，我并不能说到底是哪一种决定比较正确，也不能说——谁比较快乐。

我当然知道，历史上横跨欧亚两大洲的蒙古帝国，她的疆土、她对世界文化交流的贡献，到现在依然是无人可以比拟的辽阔，无人可以比拟的荣耀，这种功业，岂是那些终生不出森林的部族能够揣想的境界！

可是，在我心深处，又会觉得，如果整个部族的人都只愿意保持着单纯的生活，拥有那样单纯的快乐，不也是令人衷心向往的境界吗？

而当我终于来到了大兴安岭，发现触目所及，都只剩下生长了二三十年的细弱的次生林，那些在四十年前据说还遍布四野的原始森林，那些粗壮浓密的树木都已经消失了。山上的野生动物有许多早已绝灭。如今只剩下不到两千人的鄂伦春族，全族都搬进了在低平之处政府为他们盖好的村落里居住，许多祭祀的仪式都被遗忘了，好听的歌声只能到文物陈列馆里的录影带中去搜寻。而大兴安岭之间到处都是曲折绵长的产业道路，鲁莽地扬着灰沙的运材卡车，日夜不停地在路上回转奔驰。

要到了这个时候，我才明白，原来，再彪炳的功业虽然在最后都只能走进历史，可是，再单纯的愿望、再卑微的请求，再怎么与世无争的快乐，到了今天，也只能是永不复返的梦境了！

站在嘎仙洞前，我不知道我还能祈求什么。此刻，山中依然有树木，河水依然清澈，山风依然清凉，空气依然湿润芳香。神祇在上，如果您愿意俯听我的祝祷，那么，请为我们挡住那就在眼前虎视眈眈的所谓“现代文明”的毁灭巨兽，请让这山中的一切就此停留。

请为那千年之后的寻访者，留下一些美好的值得珍惜的痕迹罢。

注：这篇文字中的资料部分，是从米文平、赵越、王大方三位先生发表在“呼伦贝尔文物”上的论文中借用的，在此谨致谢意。

敖包崇拜是人类信仰的活化石。

1992 年 7 月新疆天山

穹苍·腾格里

——敖包文化

如果有一天，你终于到了蒙古高原，一个人站在辽阔的草原之上，向天空仰望的时候，你就会明白，那几千年以来，在这块土地上生活的游牧民族对腾格里天神的孺慕和畏惧之心了。

在草原上，穹苍几乎是无边无际，没有比这更深远、更浩瀚、更仁慈或者更严酷、更永恒、更瞬息万变的了！

太阳和月亮在天上、灿烂的星辰在天上、洁白和乌黑的云层在天上，而风、雷、雨、雪，甚至那致人于死的闪电和冰雹也都是从天而降。

在草原上，在天与地之间，我们是多么渺小和无助。没有任何藏身之处，多风的春季，温暖的夏，和紧跟着秋霜前来的逼人的寒冬，一切的感受都是贴身切肤，紧紧跟随着、包围着我们，即使是任何微小的喜乐与哀伤也都无法隐藏，在高处，总有苍天在静静地俯视，无所不在也无所不知。

崇拜与祈求便是从此而起的。

现在我们都知道蒙古族人的宗教信仰是藏传佛教，也就是俗称的喇嘛教，但这已经是很晚、很近的事了。

当然，在说到宗教信仰的时候，我们必须先要了解，就是蒙古高原的地理形势造成了一个长期的文化走廊，许多民族的宗教与文化都曾经一次再次地经过与停留。

由于印度次大陆的北移推挤，所以整个亚洲大陆的山脉，大都是东西走向。因此，在昆仑山以北，形成了一条非常宽阔的走廊。

东起大兴安岭，西至里海。如果以天山作为中心点来看的话，东边就是高而平坦的蒙古高原，海拔大多是从八百到一千六百米的高度；而越往西走，地势越低，西边连接上一片连绵不绝的欧亚大台地，整条走廊几乎就是一座由东向西慢慢下降的缓坡。在这中间，没有任何南北方向的障碍与阻挡，几千几万里的大地之上都是草原与丘陵，气候干燥，草原植被适合游牧。几千年之间，游牧民族都可以顺着季节的秩序，在平行的山脉与河谷之间自由移动，也因此，东方与西方的文化和宗教，像是景教、摩尼教、天主教、伊斯兰教和佛教，都在不同的时期里，在这条宽阔的走廊上，开始了一次再次的接触与传播。

但是，比这更早，比这一切的接触更早，早在文化的萌芽时期，早在那最初的"清晨"，从初民心中自然萌发出来的信仰，便是对苍穹的崇拜与祈求。

在孤单寂寞无所依凭的游猎或者游牧生活里，初民相信，在天与地之间的万物，都有灵性，也都可能是寓神之所。日月星辰风雷雨雪都是神迹，也都缘于神意，是我们时时刻刻都要尊敬、膜拜、祈求和感谢的。

这最初的宗教，如今一般的学者都通称为"萨满教"。在蒙古高原周边的游猎或者游牧民族里，以满族、赫哲族、鄂伦春族、鄂温克族的语言来辨识，"Sa""Za"等音的词根，都是"知道"的意思，而"Sam"或者"Zam"都等于"知道"和"明白"。在满族的民间史诗《乌布西奔妈妈》里，认为"萨满"就是"晓彻"的意思，这是说"萨满"是沟通人世与神界的中介人。在南宋徐梦华的《三朝北盟会编》这本书里说："珊蛮者女真语巫妪也，以其通变如神。"

但是，在蒙古文里却没有"萨满"这个名词。在近几十年之前，蒙古族也从来不曾知道自己的信仰被称为"萨满教"。事实上，蒙古族一直都称男“萨满”为“孛额”(或作“博”),称女“萨满”为“伊都干”。要到了这几十年,要到了如今,为了研究与沟通上的需要,许多蒙古族的学者才只好把这种信仰也通称为“萨满教”了。

不过,不管称呼如何,蒙古高原上以及周边的游猎或者游牧民族,他们最初的信仰内容几乎是完全相同的,都是以对苍穹的孺慕和畏惧开始的。

在蒙古文里,“腾格里”这个字的意思是苍穹也是天神,也可以作为对“广大无边”的一种形容。

神灵化之后的苍穹,蒙古文里称为“孟克腾格里”,也就是“永生的苍天”的意思。

永生的苍天高高在上,是几千年来北亚游牧民族传统上最高的神,是生命与力量的来源。但是,在十六世纪末期,藏传佛教完全控制了蒙古高原,并且一直到十七世纪末期的百年之间,展开了对本土宗教“萨满教”长期和全面的迫害。

历史上以宗教的名义或者目的所进行的迫害,常常就是摧毁性最强、最可怕的行为。十七世纪之后,属于蒙古本土的“萨满教”信仰在表面上已经完全消失,而蒙古人原来那种活泼勇猛的生命力也完全不见了,变成了安静而又认命的一个族群。

十九世纪的时候,在内蒙古地区建有一千两百多座寺院和喇嘛庙,而在今蒙古国地区有七百多座。僧侣的人口几乎占了全蒙古人口总数的三分之一,每个家庭里都至少要有一个儿子去入庙成为终生的喇嘛。

用这样长期而又全面的方式来彻底改变一个民族,比政治上或者军事上的控制更为决绝,在三百年后再来回顾,是不得不令所有的蒙古族人怆然落泪的。

但是,也就是因为这样的疼痛,才让我们在回顾之时更加珍惜

林边的小小敖包。

1990 年 9 月蒙古国

与敬佩，那在佛教的形式里，顽强地存活了下来的萨满教精髓。

苍天在上，如果我们能够仔细阅读用蒙古文来编写的佛教经典，便会发现那与蒙古高原共生共存的古老神话从来未曾消失，只是稍稍改换了一些面貌。有的是作为贵族的先祖而得以继续供奉，有的则化身为佛教的神。

在民间，几百年来，也有些劫余的萨满借着佛教的形式，继续着婉转而又不露声色的祭祀，这些人我们称为“白萨满”。另有一些顽强分子，始终坚持着萨满教的本色，受尽迫害而始终不肯改口，民间称他们为“黑萨满”。

不管是用什么样的方式，不管是委婉还是顽强，古老的宗教终于借着他们的努力而传延了下来，那是历经千劫百难而存活了下来的生命啊！

而在蒙古高原之上，还有一样也是历经千劫百难却始终不曾消失的圣物——敖包。

“敖包”是蒙古语系民族的专有名词，是指堆积起来的石头，石堆的意思。用蒙古文发音近似英文 OBOO 的音，不过后面的母音是轻声，也有人译成“鄂博”。

在蒙古高原以及凡是有蒙古族群居住的地方，譬如新疆天山或者青海草原，都处处可见敖包的踪迹。

有学者说“敖包祭”与“敖包文化”应该是萨满教的源头，比萨满教还要更早。因为萨满教义内有三种信仰内容，一是大自然崇拜，二是图腾崇拜，三是始祖崇拜。而敖包祭是只以大自然崇拜为目的，因此可能来自比萨满教更早更为原始的一种信仰和文化形态。

也有学者说敖包几乎是古文化的活化石，是从初民时代留存到今天的信仰的见证。

是的，苍天在上，我们蒙古民族的信仰始终不曾改变，对天地山川、对日月星辰、对风雷雨雪、对水火、对万物，我们始终愿意相信与崇敬，始终愿意顶礼与膜拜，几千年来都不敢稍有懈怠。

在蒙古高原上，凡是在有纪念性或者风景优美的地方，尤其在山坡高处，常常会有敖包。一般都是用石块或者碎石堆成的圆锥体（只有在石块取得不易的草原上，才会有用木条围成框架，用柳枝编成围篱，再放进碎石而成的方形敖包）。在石堆中央再插上枝叶繁茂的树枝或者木杆，有时候还会在树枝上缀上红、黄、蓝三色的彩带。

在象征意义上来说，石堆可能代表着高山，树枝可能代表着森林，是天地山川神的栖息之处，也是祖先魂灵要回去的圣地。也有传说指称那插在石堆上的树枝是神树，借着它们才能与苍穹沟通。还有人说那神树就是传说里顶天立地的宇宙树。在神树上系彩带也是为了祭祀，红色祭火，黄色祭大地，蓝色祭天。

如果往源头回溯，我们也许可以一直追踪到早期在大兴安岭里游猎的初民。他们在狩猎途中的山口、山顶，在每一处需要留下记号的地方都堆积一些石块，也许是前有险阻，也许是在这一处得到了丰富的猎获物，堆积了石块之后就留下了记号，可以提醒自己，也可以警告他人。

在第二次经过的时候，为了祈求平安，祈求收获，便又再加上些石块上去。而其他的猎人因为这处留下的记号，也得到了适时的提醒与警告，在感激之余，就会再加上一些石块。时日推移，经过的人越来越多，石堆就会越堆越大，越来越醒目。

试想一下，在地广人稀的大兴安岭之上，在那么久远的从前，人与人之间的接触是那么稀罕和可贵。如果有个精疲力竭的猎人，在密林之中，忽然发现了一堆由前人亲手一次次逐渐累积而成的石块，提醒他前有猎物，或者警告他前有险阻。试想一下，在他看见了这座石堆的那一刻，心中应该是会充满了感激与鼓舞的幸福之感罢？这种沟通代表了一种关怀，足以让那原本是寂寞疲累的猎人在刹那间恢复了勇气与体力，因而获得猎物或者顺利地通过险阻。对他来说，那一堆石块岂不就是具有神奇的力量，让他衷心感激而不得不跪下顶礼膜拜的吗？

即使是现在，即使这最初的石堆已经成为敖包，加上了许多宗教色彩，走在蒙古高原上，如果远远看见山坡高处垒石成堆的敖包，旅人的心中依旧会有着相同的感动罢。在无边无际的天地之间，能够遇见前人亲手一次次逐渐累积而成的关怀和感激的记号，是应该会觉得无限亲切的。

因此，一直到现在，在旅途中，若是遇见敖包，旅人都一定下车下马，向敖包鞠躬或者叩首，然后顺时针方向绕行敖包一到三圈，相传可以得到庇佑。在祭拜之前或者之后，总会往远处捡些石块，再来堆放到敖包上。有时候，还会有人在石堆中放置些火柴，那也是源自久远年代的风俗——给可能经过的旅人留些火种。

在蒙古高原上，人与人之间的关怀不必一定只限定在相识的朋友之间，对那并不相识的，或者一生都不太可能会相见的陌生人，我们也赋予同等的关怀。怕他也许会迷途，怕他也许会饥寒，于是，在我能力所及之处，给他留下记号，留下火种，也留下了人类心中最可贵的情愫。

现在，在蒙古高原上，“敖包祭”已经演变成了一种群体的活动，各部族祭敖包的时间并不太相同，不过，通常都会选在六月或者七月，天气温暖的季节举行。在呼伦贝尔草原上，巴尔虎蒙古部，还有布里亚特蒙古部以及鄂温克人之中，每年都在农历五月二十三日前后举行，祈求风调雨顺，人畜平安。

而在大家族里，也会有自己家族专用的敖包，通常都是在居处周围最高的地方，最好是在家园的东方。有的家族敖包年代非常久远，走近的时候都会觉得一种凛冽的气势，令人不敢轻忽嬉笑。

一九八九年九月，出生在外地，从来没有见过原乡的我第一次回到蒙古高原。父亲家乡的族人就在我们家的敖包山上，为我举行了祭敖包的仪式，感谢天地山川诸神的护佑，让我得以在四十多年之后，平安抵达家园。

当时的认识不够，心中又有些慌乱，如今回想起来，那敖包所在之处，果然是全区最高的山丘上，也果然是在家园的东方。虽然是佛教的喇嘛前来诵经，诸如献乳、献酒、献茶、献哈达的种种礼仪，也是和藏传佛教中的许多仪式相混相合。但是，就在眼前那用石块堆砌而成的敖包，却真真实实是从远古初民一直传延下来的信仰。当我跪在砾石上，跪在狂风里，跪在族人之间，恭恭敬敬向敖包三叩首的时候，心里的感受，和几千年以来，草原上的牧民心中的感受应该是差不多的罢。

说也奇怪，那天早上的天空原来很晴朗，高处虽然总是有风，却也并不太强猛。但是，祭典一开始，风势就越来越大，从四面八方扑打过来。仰望苍穹，浓云似乎也越聚越多。虽然是置身在族人中间，应该并不会觉得孤单，可是我心中依然藏有畏惧，在苍天的注视之下，在狂风的呼啸声里，我好像还原为一个单纯、卑微而又渺小的个体。

祭典结束，风停云散，天空变得很亮，草原上的绿也有了起伏的光泽，远远地包围着我们，好像眼前的这个世界和刚才的一点也没有什么关联了。族人微笑着慢慢向我靠近，我也微笑相迎，但是，在同时，也小心翼翼地把刚才那种感觉收藏了起来。

那是我的第一堂课。第一次站在辽阔的大地之上，第一次真正面对穹苍，第一次感受到了生命深处的孤单畏惧与无所依凭。

请相信我，朋友。如果有一天，你终于到了蒙古高原，当你向天空仰望的时候，你就会明白，那几千年以来，在这块土地上生活的每一个牧人的心了。

注：本文引用资料出自（一）札奇斯钦先生著《蒙古文化与社会》商务版。（二）富育光先生著《萨满教与神话》，辽宁大学出版社。（三）德国海西希先生与意大利图齐先生合著《西藏和蒙古的宗教》，天津古籍出版社。（四）鄂·苏日台先生在一九九三年《呼伦贝尔文物》学报上发表的《论"敖包文化"的形成与演变》。谨此致谢。

胡马·胡马

五月底的北京，依旧是尘沙滚滚，好像整个城市都被压嵌在一个巨大混浊的半透明的模子里。太阳始终被排除在灰黄的天空之外，热力是传进来了，光亮却总是没办法清清朗朗地透过来。

幸好有朋友在！他们的笑容是那晴朗的阳光。

腾格尔从计程车的前座上回过头对我笑着说："可惜你没赶上。我们前几天在北京举行蒙古族的那达慕大会，晚上还放映了我那部得奖的电影《黑骏马》哩！"

《黑骏马》原是蒙古族的一首古老歌谣，一九八二年，作家张承志以这首歌谣开端，写出了一部小说，书名就叫做《黑骏马》。一九九四年，导演谢飞拍了电影，腾格尔是男主角，同时也是编曲、主唱与配乐。这部《黑骏马》的影片，在一九九五年五月份的第十九届蒙特利尔国际电影节上，得到了最佳导演和最佳音乐艺术奖。

第一次参与电影的工作，就得到了大奖，怪不得眼前的腾格尔欢喜的笑容真是像阳光一样灿烂！

他告诉我，这首歌的第一段大意是这样的：

漂亮善跑的我的黑骏马哟，
拴在那门外榆木的车上。
善良心好的我的妹妹哟，
嫁到了山外那遥远的地方。

胡马，胡马，远放焉支山下。

1990年10月蒙古国中央省

但是，他说，歌名译成《黑骏马》，其实还是不能把原来蒙古文里的那个意思完整地表达出来。原来的歌名《刚嘎哈喇》，意思是“非常漂亮的黑”“发亮的、有光泽的黑”，并没有提到一个“马”字，但是，蒙古族人一听就知道这是在形容一匹好马。

这让我想起了不久以前，在台北，陪一位从蒙古国来台湾政治大学讲课的教授去台北故宫博物院参观时，他在途中告诉我，在蒙古文里，单只是形容马的毛色的字词，就有上百种。

那天回到家后，刚好手边正有一本呼伦贝尔民歌的汉译，我好奇地翻查了一下，果然，只是这一个地区的民歌里，对于马的形容，就已经五彩缤纷了。

除了我们一般常用的白、黑、黄、红、花这些简单与概括的形容词之外，还有——铁青马、云青马、海青马、青红马、枣红马、枣骝马、花斑马、沙毛马、银鬃马等等的专用字词。

有时候这样还不够，还需要再细加形容，譬如——细腰的黄骠马、细纹的花斑马、碧眼的铁青马、粉嘴的铁青马、黑鬃的海骝马、白额头的金黄马、黑脊梁的栗色马、貂皮色的海骝马、鼬黄斑点的马、浅紫色的沙毛马等等。

对于蒙古族人来说，一匹马，不仅是供人乘骑的牲口而已，一匹好马，可以是伙伴、是战友，甚至也可以是知己。它不但能够洞察主人的心思，甚至它自己也有与别的马不大相同的脾气，所以，还可以用这样的方式来形容，譬如——秀丽的海骝马、可爱的花走马、机灵的枣红马、不肯驯服的黄骠马、烈性子的铁青马等等。

也因此，在蒙古族民谣里，有许多隐喻，是放在对于爱马的形容里，譬如这一首[①]：

---

① 《西山冈》为阿日布登先生采录、郭纯先生翻译的呼伦贝尔民歌。

为翻越西边的山冈，
要换乘深色的枣骝马；
对留下的亲人，
为什么不把去向讲出来？
为翻越宽阔的山冈，
要换乘高大的枣骝马；
对木然留下的亲人，
为什么不把真情讲出来？

又譬如这一首，是母亲劝诫马上要出嫁的女儿，如何去适应夫家的歌谣①：

秀丽的海骝马有脾气，
靠近身子去驾驭它；
你的年纪还小啊，
温顺地随和人家吧！
可爱的海骝马有脾气，
摸摸身子再骑它；
人家的儿子有傲气，
耐着性子习惯吧……
可爱的海青马有脾气，
勒紧缰绳再骑它，
人家的儿子有傲气，
一起过日子时就习惯啦！

---

① 《秀丽的海骝马》为阿日布登先生采录、郭纯先生翻译的呼伦贝尔民歌。

在腾格尔唱的老歌谣《黑骏马》里，那有着非常漂亮光泽的黑马，陪着主人千山万水地去寻找他失去的恋人，人与马的悲喜几乎是一体的。在歌词的最后一段，当青年举目眺望茫茫四野之时，好像在远远的山梁上看到伊人熟悉的身影，下一句就直写黑骏马一昂首飞奔到山梁上，待到绰约的背影转过身来，却不是心中的人。歌在这里戛然而止，而我们却似乎可以感觉到那骑士与骏马的同等的怅惘与悲伤。

蒙古族人真是个爱马和了解马的民族，而他们的坐骑，也从来没有辜负过它的主人。

父亲就对我说过，在他十七岁那年的深秋，一匹马曾经救过他的性命。

他说："那是一匹云青马，是我从它在小马驹的时候就挑出来常带在身边的马，真漂亮！也真爱玩！我们两个没事就会溜出去跑上好大一圈才回来。

"在老家草地上，那一阵子并不太安静。常有南方的农民，趁着秋收之后那段比较空闲的时间，找些枪、带些刀来抢我们蒙古族的牲口。

"那年，附近照样又来了一帮土匪。头天晚上已经交上手了，我们几个兄弟和侄子还有家里许多壮丁守在高处，把他们给打退了。可是，知道这些人并没死心，也没走远，所以，大家都在山冈上布了岗哨，随时注意土匪的动静。

"那天晚上，我是值后半夜的班。十七岁的我，精神很好，一直是睁着眼睛往暗处里看的，大概是太用心了，竟然在快要天亮的时候睡着了。

"是我那匹云青马，用它湿热的大舌头把我舐醒的。说也奇怪，平常爱叫爱闹活泼得很的这匹马，这个时候却一声也不出，四足立定，只管用它那大大的舌头舐我的脸颊和脖子。侧睡在草坡上的

如果能通马的语言，会有多少可以分享的心事？

2007 年 7 月鄂尔多斯高原

我，眼睛刚一睁开，它就不舐了，安安静静地，头还是紧贴着我的脸颊附近，眼光注视着山坡下，我顺着它的方向望下去，果然，有两个人拿着明晃晃的大刀趁着暗沉的微光往上攀爬过来，后面小树林里还有人影，这两个大概是先头部队，先来解决我这个哨兵的吧。

“那时候的我，可真是吓出了一身冷汗。赶紧一个翻滚，悄悄地溜回草坡后面，把大家叫了起来。有几个带着枪的大汉，先发制人，冲到坡顶就往下放枪，把那群土匪又轰了回去。那次之后，可能他们知道没什么机会，大概带来的弹粮也用光了，所以，没再僵持多久就离开了。

“事情结束之后，族里有几位壮士特地向我哥哥夸我，说这个小哨兵做得好，又机警又沉着，哥哥大概也高兴了，平常管我管得很严的二哥，那天回到家来对我特别温和，还假装着若无其事地把别人的夸奖轻描淡写地告诉了我。我可是一声也不敢出，只有自己心里知道，那真正当之无愧又机警又沉着的哨兵，应该是救了我性命的云青马才对啊！”

在蒙古高原上的游牧民族，几千年来，就与马匹相依为命。所以，在蒙古族的谚语中，常说人生的最大不幸，是“在少年的时候，离开了父亲；在中途的时候，离开了马”！①

其实，蒙古马长得并不高大，奔跑时的爆发力也不算是最好，但是，它却拥有一种世界上任何马也比不上的长处，那就是——无穷无尽的耐力。

曾经有学者说过，当年蒙古大军远征欧洲连战皆捷的原因之一，就是要归功于马队行军的速度。在行军的时候，军纪不仅只是施行于人，也同时可以施行于马。如果需要赶路，蒙古马就会采用

---

① 出自札奇斯钦先生所著的《蒙古文化与社会》，商务版。

一种特殊的"走马"步伐，可以日夜前行不需要长时间的休息，还能在三十天之内都保持同样的速度，没有丝毫改变。所以，当欧洲各国领地的君主以他们自己马队的行进速度来估计敌人的抵达日期时，总会发生错误，总是会在还没有准备好的时候，就被那不可思议真是疾如闪电一般来到眼前的蒙古大军惊吓到毫无招架之力了。

关于蒙古马的耐力，有许多传说和故事，我最喜欢的是下面这一则真"马"真事！

那是哈勘楚伦教授几年前在台北举行的"蒙古文化国际学术讨论会"上，所提出来的论文里的一小部分。

他那篇论文，主题是从各种不同角度，探讨马在蒙古文化里的独特地位。

而这则真"马"真事，是发生在二十世纪六十年代中期的蒙古国（那时候还叫做"蒙古人民共和国"）。当时的政府送了几匹马给南方的友邦北越政府作为礼物。

这几匹马是用专人专车护送到了目的地。可是，第二天早上，发现其中的一匹不见了，在附近搜寻了一阵也毫无所获，只好向上级报告。幸好赠礼仪式已经举行完毕，也就没有再深加追究了。

半年之后，一匹又瘦又脏，蹄子上还带着许多旧伤新痕的野马，来到了乌兰巴托城郊之外的牧场上。牧场主人一早起来，就看到它在远远的草地上站着，心想这到底是谁家走失了的马，在那里踟蹰流连……

想不到，靠近了之后，才发现这匹马竟然在对着他流泪，大滴大滴的热泪不断滚落下来。虽然是又瘦又脏，不过，一个蒙古牧马人是绝对会认出自己的马来的。

惊讶激动的主人，在想明白了之后，更是忍不住抱着它放声大哭了。

想一想，这是匹多么令人心疼的马儿啊！

想一想，它要走过多远的路？要经过多少道关卡？不但要渡过长江，渡过黄河，还有那许多大大小小数不清的河道支流；不但要翻越过一座又一座的高山峻岭，还要在连绵起伏的丘陵间辨识方向；不但要经过江南阡陌纵横的水田，还要独自跋涉过荒寒的戈壁；还有，最最不可思议的就是：它要如何躲过人类的好奇与贪欲？

在它经过的这条不知道有几千几万里长的回家的路上，难道从来没有遇到过任何的村镇和城市？难道从来没有人想要拦阻过还有捕捉过它吗？

没有人能够明白，它是怎么走回来的。可是，也没有一个人不会感觉到，这匹马对家乡、对主人的强烈思念。于是，惊喜稍定，主人开始大宴宾客，对着众人展示这刚从天涯归来的游子，并且向大家郑重宣布，从此以后，没有任何人可以让这匹马离开牧场，也没有任何人可以让这匹马受到一丁点儿的惊吓与委屈。

对于这匹马来说，这是如童话般的快乐结局。可是，在会后，我不该再追着去问哈勘楚伦教授的，我不该问他，蒙古国政府知道了以后，有些什么反应。

哈勘楚伦教授说："听说政府知道了之后，觉得很不好意思，就又补送了一匹马给北越政府。"

虽然事情已经过去了三十多年了，大概所有当时的马儿都已经不在人世了，可是我的心里仍然觉得愤懑难平。我想，如果我是当时蒙古国政府里的主管人员，我一定会下令赶快连夜把其他几匹困居在北越马槽里的蒙古马，用专车给接送回来，不管换成其他什么金子银子珍珠玛瑙的礼物再送回去。

因为，正是这一匹马的逃脱，才让我们明白了，其他那几匹没有能逃脱的马匹的心。

我有时候会想，可惜无人能通马语，否则那匹千里跋涉的"尤力

“……在诗的旷野里
不求依附　不去投靠
如一匹离群的野马独自行走
其实　也并非一无所有……”

2006 年 7 月蒙古国后杭盖省

息斯"也好,那些散居在世界各地远离家乡的任何马匹也好,只要你能开口询问,它们必定会有说不尽的婉转曲折要告诉你听的罢。

丰子恺曾经写过和画过一则小马的故事。如今我正在旅途上,不能正确写出原文。但是大意是说有人买了一匹马,什么都很好,就是有个很奇怪的行为,只要在街上看见白色的马经过,它就一定会站定注视,一直到白马离开了视线范围,才再开始往前走。主人觉得很奇怪,有次遇到了原来的卖主,就向他谈起这件事。那位先生回答他说:"这匹小马是白马所生,也许是想念母亲,才会有这样的行为吧。"

丰子恺先生在文末说:"是马也,而有人心焉!"

其实,所有的马,想必都也和我们一样,有颗易感的柔软的心罢。所以,当我在天山山腹的巴音布鲁克草原上看见小马倚着母马在河边饮水,当我在蒙古国北部土拉河的岸边看见马群嬉戏,我都忍不住想要拍摄下来,想要给远在南国的朋友们看——这就是和游牧民族在几千年之间相依为命的伴侣、朋友和知己。

可惜我的摄影技术不够好,常常把握不住那最动人的瞬间,只好把希望寄托在将来了。

当然,有时候也不是有技术就可以掌控一切的。马是动的,车是动的,许多难得的时刻稍纵即逝。有时候走遍整个草原,寻不到一处可以拍摄的焦点;而有时候一转弯,吉普车就会陷在一片金黄色长长的牧草丛中,忽然面对一群被我们惊起了的野马,那长而浓密的鬃毛逆向阳光处闪闪发亮,雪白、深黑、浅紫、棕褐,就都从我们眼前飞奔而过。在那一刻里,目瞪口呆的我们除了惊呼之外,恐怕是什么举动、什么念头都不能有了。

胡马啊! 胡马!

——一九九六年六月写于北京前往锡林浩特旅次

歌王哈札布

他们说，在他年轻的时候，就是骑在马上也要唱歌，歌声横过草原，能让天上的云都忘了移动，让地上的风都忘了呼吸。

他们说，只要远远地听到他的歌声，就会让毡房里火炉旁的老人家忽然间想起了过去的时光，让草地上正在挤牛奶的少女忽然间都忘记了自己置身何处；所有的心，所有的灵魂都跟随着他的歌声在旷野里上下回旋飞翔，久久不肯回来。

他们说，他曾经用歌声，救过自己的性命；他也曾经用歌声，让全军落泪。

他们说，他在十二岁那年的那达慕大会上，就得了赛马第一奖和歌唱第一奖了！

他们说，他的歌声，曾经从内蒙古草原上一直唱到朝鲜，唱到日本，唱到丹麦、瑞典、挪威、芬兰和俄罗斯……

他们说，他是内蒙古民间与官方都尊崇的“歌王”！

而我来何迟。

一九九三年初，我才第一次听到他的歌声。

歌声在录音带里，带子是在一九六一和一九六二年间录的，是三十年前的歌声。

三十年前，哈札布在录音间里唱《阿斯尔》、唱《四季》、唱《有这么个好姑娘》、唱《走马》，不过是短短的四首歌，但是那一层层往上拔升又往下回绕的颤音，却好像唱出了一大片无边无际的草原，唱出了蒙古族牧民心灵与魂魄之中独有的喜悦与苍凉。

从那天开始，我就向许多蒙古族朋友打听这位哈札布先生的讯

歌王哈札布在他的家乡。

1996 年 6 月锡林郭勒盟

息，听说他还健在，已经退休了，住在家乡。

但是，关于他的生平事迹，是要在我遇见拉苏荣先生之后，才算是知道得比较详尽。

拉苏荣，也是内蒙古人非常喜爱的歌唱家，他是哈札布先生的大弟子，在带引着我去拜访歌王之前，我们两人事先做了好几天的功课。

拉苏荣用了八年的心血，搜集、访问、整理，在一九九一年十二月，写成一本二十万字的蒙古文传记《哈札布传》。在出发之前，在北京，在旅途上，他把他老师的生平遭逢，很耐心地、慢慢地说给我听：

一九二二年五月十一日（农历四月十五）哈札布生在锡林郭勒盟阿布罕纳尔旗一个如今叫做“跃进苏木”的草原牧民的家里。

族姓孛儿只斤，是成吉思汗黄金氏族的一支。老家原在喀尔喀蒙古的达里刚嘎（现为蒙古国东方省），是祖父的时代迁居过来的。父亲名鄂温姆，是牧民，同时也在王爷府里做轮值的文书。

哈札布这个名字用的是藏文，就是“天的恩赐”的意思，他从小就深得父母喜爱。

六岁启蒙，哈札布在王爷府里读书。

七岁的时候，班禅额尔德尼莅临锡林郭勒盟，当地举行了那达慕大会来祝贺和同乐，小哈札布第一次赛马得奖。

十二岁的时候，在旗里祭敖包之后的那达慕大会上，他同时得了赛马第一和歌唱第一！声音开始受到关注。

十五岁，哈札布正式拜锡林郭勒盟歌唱家色日格楞梅林为师，学习歌唱。

这年是一九三七年，也是欢乐童年的结束，艺术家从此开始了他坎坷的生命路途。

从一九三七到一九三八年，一年之间，哈札布父母相继病逝。原是人人称羡的幸福少年，在转眼之间，成为孤独的小骆驼，在茫茫大漠之上举步维艰。

一九三九年，哈札布十七岁，伯父不忍见他形单影只，孤苦度日，就做主为他娶了一房妻室，这个女子年纪比他大十六岁，叫雍仁索，像是姐姐又像是母亲般地带着他。可是，两年之后，也病死了。

不过，十九岁的哈札布，已经在前一年找到了工作，进入王爷府，成为旗王爷的歌手，生活上总算有些收入了。

问题是，旗王爷也同情这个孤苦的小歌手，一九四二年，在哈札布二十岁这年，王爷又做主给他娶了一个妻子，女孩名叫玛西，大概和新娘很不投缘，哈札布不喜欢这个新娘，却又不能违抗王爷的旨意，于是，只好离家出走，逃之夭夭了。一直到一九四六年五月，共产党阿布罕纳尔旗的新政府成立，才去办了离婚手续。

一九四七年，哈札布二十五岁，有天夜里，他被锡林郭勒盟里的布里亚特旗乱兵所掳掠，跟当地的王爷以及乡民，都被当作人质带走。布里亚特旗的队伍，在夜里先把马匹趁黑全部放走，好让八路军无马可乘，然后再带着人质往多伦的方向前行。

追兵的行动，开始虽然迟缓，但是隔了好几天之后，逐渐赶上来了。这时候，布里亚特旗的领袖开始怀疑哈札布是奸细。因为即使身为人质，他也总是快活地在行进中唱歌，是不是利用歌声来和共产党的追兵通消息呢？

终于，有天晚上，实在忍无可忍，就准备处死他了。在行刑之前，先把他衣服都脱光，绑在大树上喂蚊子。那时正是夏季，在草原上有两三个星期，蚊子非常凶猛，开始的时候，哈札布真是痛苦不堪。可是，后来，这个受了冤屈的年轻人忽然间想通了。横竖也是一死，与其默默地含冤死去，不如引吭高歌，把所有好听的、自己喜欢唱的歌都再唱一遍，再来向这黑暗的人世道别罢。

于是，把每一首歌都当作最后的惟一的一次演出，哈札布一首一首地在暗夜里唱给自己听。年轻的歌者，把整颗心整个灵魂都放了进去，那真是让天上的云都忘了移动，让地上的风都忘了呼吸的绝美歌声啊！

在暗夜的林中，在辽阔的草原之上，人群都安静了下来。不只是那些被当作人质的王爷和乡民听见熟悉的歌声要流泪，即使那些应该是敌对状态的布里亚特旗的兵士和妇孺，在黑夜里第一次聆听那样美好的发自生命深处的歌声，也不得不流下泪来。

行刑队的心也软了，手也软了，所有的布里亚特旗的妇孺都向领袖求情："有这样美好的歌声的年轻人，应该不可能是奸细罢？"

"饶他一死好吗？这样，他每天晚上都可以唱歌给我们听。"

于是，艺术家在浑然不知的情况下，因歌声招来杀身之祸，却又因歌声，解救了自己的性命。

松绑之后，他依然被夹带在队伍里往前行进，布里亚特旗的人给了他一匹没鞍子的马乘骑。

这时候，追兵追上来了。八路军队伍的领队奇俊山一看到哈札布竟然骑在马上，想他一定是依附了布里亚特旗的人了，赫然震怒，下令把这个变了节的年轻人就地拖到山坡上去枪决。

刚好这时候，前面有了战况，奇俊山匆匆离开。负责押解哈札布的政委杨达赖实在很喜欢这个年轻人，也爱惜这个艺术家，就和在场的另外一位同胞沙金格尔勒两人商议，是否可以先不执行死刑，待战事结束后再来审讯，如果罪证确凿，那么再枪决他也不迟。

杨达赖是鄂尔多斯人，后来做到高级人民法院的院长，他当时就觉得哈札布不可能是罪人。第一他并没有反抗，第二他也没有武器，第三他虽然是骑着马，但是却是一匹没有鞍子的马，对于蒙古族人来说，没有佩戴鞍子的马不能算作是坐骑，走不远也走不快的。

当然，最主要的原因还是爱惜这个年轻的歌者。于是，杨达赖和沙金格尔勒就把哈札布一路押解着跟着队伍走，到了夜间宿营地之后，就把他用门板子挡着，藏在一所喇嘛住宿的宅子里最里面的一间，哈札布这次可是一声也没出，安静地听从摆布。

第二天，从被捕捉到的布里亚特旗的兵士与妇孺口中，知道了真相的奇俊山，非常惋惜与懊恼地向随后跟来的杨达赖与沙金格尔勒说："哈札布是被冤枉了！真可惜！我们真的不应该杀他的啊！"

于是，又一次，哈札布的冤屈得到洗雪。他在杨达赖与沙金格尔勒的笑容中知道自己自由了，从此，这三人成了非常要好的一辈子的朋友。

这以后，他回到家乡，教了几年小学。一九五二年，哈札布三十岁，锡林郭勒盟文工团正式成立，他成为第一位舞台艺术歌者，把蒙古民族古老的长调艺术，第一次搬上舞台。

一九五三年，哈札布参与第一届民族民间音乐舞蹈公演，得到金质奖章。同时，从这年开始，也到各地去演出。一九五六年出国到北欧及俄罗斯等地演唱。

这时候，他第三次结婚，新娘终于是自己喜欢自己做主所追求到的女孩子了，名叫伊德兴荷日勒。一九六一年，哈札布三十九岁，因为两人婚后没有子女，所以领养了一个养女，取名叫格日勒，就是"光芒"的意思。

一九六四年，哈札布四十二岁，参加"东方红"音乐舞蹈剧的大型演出。

然后，厄运又重新来临。

一九六六到一九七六年，"文化大革命"，哈札布被指控是"特务、叛徒、民族分裂分子、乌兰夫的黑爪牙"等等罪名，开始了十年囚

哈札布与拉苏荣师徒合影。

1996 年 6 月锡林郭勒盟

禁的黑狱生涯。

十年，从四十四岁到五十四岁，正是一个歌唱家最能发挥他的天赋与功力的黄金时代，哈札布却被百般折磨，被囚禁、用刑、恐吓、侮辱，喑哑失声。

即使当年被绑在树上，面对死神也能引吭高歌的哈札布，在十年黑狱之中，却深深感受到了生不如死的痛苦与绝望。

多年之后，他告诉他的学生拉苏荣说："世界上最可怕的事，不是死亡，也不是受刑的折磨。即使骨头被打断了，也不过是肉体的痛苦而已；最可怕的是侮辱，把人心里最后仅存的那点尊严都拿出来放在地上践踏，真是不能容忍的恐怖与绝望啊！"

作为一个铁铮铮的蒙古族男子汉，哈札布忍无可忍，决意找机会自杀。防范虽然严密，有了必死的决心，恐怕谁也拦不住的罢。

然而，旁观者之中，有人察觉到哈札布的绝望了。于是，用尽千方百计，传了一张纸条给他，告诉他，千万不要自杀。因为，情势可能有所改变，无论如何，再忍一忍罢。

到今天为止，哈札布都不知道，这小小的一张字条是由何人传来，又是如何传到他的手中的。

可是，捏着那薄薄的一张小纸片，多年来被单独囚禁在黑狱里的哈札布，忽然明白了自己并不是孤单的，外面的世界依旧有光、有温暖、有关怀。

危机度过之后，痛苦也比较容易忍受了，一九七六年与一九七七年之间，他终于被释放了。五十四岁，重返人间，哈札布心中无限感慨，作了一首歌，叫做《阳光》。当这首歌由哈札布唱出，在内蒙古广播电台播出的时候，十年没有听见他歌声的蒙古族人奔走相告："哈札布出来了！哈札布得到自由了！"

自由好像是得到了。一九七七年平反之后，哈札布的名誉好像也恢复了。但是，失去的十年，失去的黄金时光却永远不能再重来，一个艺术家一生冀求的最高峰，对于哈札布来说，是永远永远地隔绝在生命之外了！

这之后，他当然也还参加了一些演出，一九七九年之后，也开始参加政府所号召的，搜集民间歌曲的活动，一九八八年还去访问了日本。一九八九年，内蒙古自治区人民政府正式颁给他“歌王”的头衔。

这是第一次，一位从民间出身的歌唱家，得到了这样的荣誉，是多少艺术家梦寐以求的荣宠！

然而，歌王已老。

哈札布自己知道，有些事物，失去之后便永远不可能重回，但是，有些事物，还是可以努力把持着的。于是，在一九八二年六十岁的时候，他回到故乡，和妻子团聚。一九九〇年，他自己想办法办了一个蒙古长调训练班，都是些牧民的孩子来上课，十几二十岁，对歌唱生涯充满了憧憬，一如当年的他。哈札布用了所有的心力来带引这些年轻人，日子好像终于可以过下去了。

一九九一年，哈札布六十九岁，内蒙古自治区人民政府颁给了他代表最高荣誉的“金驼奖”。

而我来何迟。

一九九六年六月四日早上九点半，我在拉苏荣与当地许多位朋友的带领之下，来到哈札布先生的门前，他以满面的笑容来接待我们。

爱妻已经逝去，歌唱训练班也因为没有远景，学生越来越少，而终于解散了。对于我们这些远道而来的访客，歌王虽然用欢颜来迎接，我们在他的小屋里盘桓竟日，一杯酒一杯酒地干杯，一首歌一首歌地传唱，可是，为什么，有种悲伤迟疑的情绪，却像挥之不去的阴影，像不请自来的恶客一般，从头到尾，始终横亘在我们之间？

我其实还想问几个问题的，千里迢迢又劳师动众地终于来到了艺术家的面前，我其实应该是可以再多问几个问题的。

可是，我没有发问。因为，我不能发问。前一阵子有过轻微中风的哈札布先生，情绪比较容易激动，只谈眼前的事还可以从容应答，但是只要稍微碰触到比较深的层面，牵连到比较早的记忆，那声音就颤抖起来，热泪滴落，那种强忍着的痛苦，使得任何人都不敢再说一句认真和严肃的多余的话了。

于是，我们且来举杯欢唱！好好来享受眼前这样难得的欢乐聚会罢！

格日勒，这个有着胖胖的身躯、可爱的笑容的女儿，已经结婚而且都有了自己的孩子了。老人说格日勒很孝顺，孙子也很可爱，平日生活都由住在附近的他们来照料，算是安稳和平静的。

生命里虽然有着许多遗憾，命运中又经历过许多坎坷，然而，艺术家的心中，却是有着很强烈的自觉的，他很知道自己的歌声，自己的艺术成就是在什么位置之上。他知道，他有过引以为豪的才情与功力，那才是他最最珍惜的资产，是任何人都夺取不了的尊严与骄傲啊！

在聚会的尾声里，不知道是谁提了一句话，大概是希望老人多注意自己身体，少喝酒，尽量保持健康的意思罢。老人却微笑地用蒙古文回答了几句，旁边的朋友恩和杜布兴是位诗人，他听了一惊，转过头来用汉文翻译给我听。哈札布，这位内蒙古的歌王，是这样说的：

"面对死亡，我并不惧怕。此刻，我的心情，就像那佩戴着银鞍子的骏马，又像那心里有着秘密恋人的喇嘛一样，兴高采烈地往前走着呐!”

我一直把这几句话记在心中,此刻,恭恭敬敬地抄录下来,一方面是为了向哈札布先生献上我的祝福与崇敬,一方面是希望在中文世界里所有曾经如哈札布先生一样,受尽折磨与屈辱的艺术家们,也能够努力保持自重与自傲,努力在现实的生活里,珍惜自己,得到安慰。

丹僧叔叔

——一个喀尔玛克蒙古人的一生

一

一直想要提笔写出丹僧叔叔的一生，却是千头万绪，不知从何开始。

这几年来，常常会带着幻灯片去演讲，向台湾的听众介绍我所看到与知道的蒙古高原，心里也会有这样的感觉。有时候，一张幻灯片在黑暗里停格，而我在黑暗中也滔滔不绝地诉说，仿佛在长久的时间与广漠的空间之中，有千头万绪都奔涌而来，都争着要在这短短的几分钟之内现身、解释与告白。

我想，最主要的原因应该是在台湾的教育之中，有关于北方民族的历史人文，除了其中极少的经过挑选了的资料之外，其他一切都是空白，这就让我在介绍的时候变得非常困难。本来应该是只说重点，突出那精彩的部分，可是如果听众对一切的背景资料都毫不知情的时候，又怎么能够明白那重点的悲喜之后的远因与近果呢？

写丹僧叔叔，也是如此。

我当然可以先从一九六六年写起，那年是我第一次见到他。但是，如果要清楚地说出他之所以如此重要的环节，就又必须从一六三〇年开始写起。

所以，我只好话分两头……

忠实的朋友和玩伴。

2002 年 8 月东乌珠穆沁旗

二

先说一九六六年。

那年夏天，父亲带我去丹僧叔叔的家。

他有妻有子，并不是一位僧人，“丹僧”这两个字，只是他名字的蒙古音汉译而已，但是如今又觉得蛮贴切的。

他是父亲的朋友，比父亲年轻几岁，所以我就这样称呼他。

那时，父亲在慕尼黑大学教书，我在布鲁塞尔读书，姐姐和妹妹也都在欧洲。所以，一到假期，我们就会坐火车南下或者北上地彼此探望。

去慕尼黑的时候，父亲有时会带我们去市郊几个蒙古族人的家里做客。

其实，那时我对丹僧叔叔的印象很模糊，只记得这几个蒙古族家庭都住在郊外廉价的国民住宅里，房子不大，主人都很好客，每次见到我都会紧紧地拥抱，在我脸颊上亲了又亲，给我吃很多用羊肉烹调的大菜，笑着劝我喝酒，然后又唱歌又跳舞的，热热闹闹地过一晚。去了这家，就一定要答应再去另外一家，不然的话，就是两三家凑到一家来联欢，所有的孩子也都跟着父母过来，高高低低大大小小地挤满了一屋子，那种热情和欢乐，才是让我印象深刻的记忆。

在当时，我也注意到了，虽然同是蒙古族人，父亲和那几位叔叔的交谈中常常要夹杂着英文才能说得通。有一次在回家的路上，我问父亲，他说：“他们是喀尔玛克蒙古人，最早是住在新疆那一带的，口音和我这个察哈尔蒙古人很不相同。而丹僧他们又是从小在俄国长大的，有些单词我实在听不懂，就只好用英文来帮忙了。”

那天，是我第一次听到“喀尔玛克”这个词。父亲说，这词的意译是“留下来的”的意思，也有人译作“余留者”。

父亲又说：“喀尔玛克蒙古人虽然可说是远离家乡的流浪者，可是对于蒙古族的老规矩却一点也没忘，真是不容易啊！”

三

蒙古高原上的蒙古人，大致可以分成几个重要的部族。在中心地带，散布在戈壁南北的是喀尔喀蒙古，也就是我们比较常听说的内蒙古和外蒙古人(这之下再细分，才会有我父亲所属的察哈尔盟，或者母亲所属的昭乌达盟等等)。在东部嫩江流域的是达呼尔蒙古，在北部西伯利亚贝加尔湖边的是布里亚特蒙古，在西部以天山山脉为中心的是卫拉特蒙古(或称瓦剌)。

卫拉特蒙古世居新疆北部，在天山北路准噶尔盆地周边一直到乌鲁木齐和阿尔泰山之间，分成四部——土尔扈特、准噶尔、和硕特和杜尔伯特。十六世纪末期，和硕特人跟随着他们的顾实汗去了青海，就是如今的“青海蒙古”的前身。而土尔扈特人从十六世纪的一五七四年开始，就逐渐计划西迁到中亚草原。

那时候的中亚草原上并没有任何政治与军事上的干扰，人烟稀少、水草丰美、土地辽阔，先驱的探路者一直抵达了伏尔加河流域，回报之后，一六三〇年，土尔扈特人就在和·鄂尔勒克的领导之下，大举迁徙。他们陆续出发，用了好几年的时间，长途跋涉，终于定居在里海北岸的阿斯塔拉汗地区，在那一片无忧无虑没有任何威胁的土地上建立汗国，过了将近一百年的好日子。

但是，十八世纪开始，俄国国势强盛了之后，对于帝国南方这些游牧民族的地区开始有了染指之心，厄运就慢慢逼近了。

在一连串的高压统治与宗教迫害之后，土尔扈特蒙古人不禁又怀念起那在遥远的天山之上的故土了。

那时在家乡，多年争战的准噶尔部终于被清廷所灭，“数千里内，遂无一人”。消息传来，更坚定了他们想要回家的心。于是，一七七〇年底，躲过了俄国官吏的监视，渥巴锡汗召集了王公贵族和喇嘛密商，决定全族“东返准噶尔故土”，并且以抵抗哈萨克入侵的理由，开始集结土尔扈特军队。

多年之后，在天山山麓上的天鹅湖畔，一位土尔扈特的学者告诉我，他们自古以来，都自称是“天鹅的部族”，因为，土尔扈特人的性格一如天鹅，不喜欢争战，如果遇到强大的压力，就会展翅飞离，要到了威胁解除之后，才会再慢慢飞回来。

但是，在天上的飞鸟也许可以平安做到的事，在地上的土尔扈特子民却没有这么幸运了。

其实，当时什么都设想到了，什么都计划好了，甚至连出发的“良辰吉时”也都请喇嘛先挑选好了，在年轻的渥巴锡汗英明的领导之下，分布在伏尔加河两岸的二十万土尔扈特人，可说是做了万全的准备。

但是，上苍却对他们开了个无法料想到的玩笑，那年冬天，伏尔加河竟然不肯结冰！

一七七一年一月五日清晨，天已亮、鸡已鸣、时辰已到，河西有七万土尔扈特人却怎么样也无法渡河。人马在两岸集结，消息已经走漏，如果再不走，必然会遭到全族灭亡的命运。渥巴锡汗终于含泪下令出发，东岸的十六万多的土尔扈特军民向西叩首作别，踏上东返故土的长路。

我在这里先不说这近十七万人的归乡之路是多么崎岖坎坷充满了追杀掠夺的死亡阴影，八个月之后，当他们终于抵达了故土之时，只剩下不到六万的零零落落一无所有的残破队伍，这就是西方史学家所说的："历史上最悲惨的迁徙。"

在这里，我要说的，是那七万个留在伏尔加河西岸的土尔扈特人的厄运，因为，他们就是丹僧叔叔的先祖。

一七七一年之后，这七万个留下来的土尔扈特人有了一个新的名字"喀尔玛克"（也有译作卡尔梅克），这是那些旁观者，也是在中亚草原上生活的突厥人，半带戏谑半带悲悯地给他们取的名字。从此，这些"留下来的"人，终生都只能与悲苦共存。

四

一九七〇年从欧洲回来之后，我和海北忙着开始工作，养育子女。居住在新竹或是龙潭乡下，都是偏僻的地方，不大能和朋友常常来往。倒是在几次台湾蒙藏委员会款待回台湾蒙胞的欢迎会上，见到丹僧叔叔，虽然都只是匆匆一会，仍然觉得很亲切。

不过，真正有机会与他深谈，却是要到了一九九一年的夏天了。

那年夏天，受一位在台湾学中文的喀尔玛克女孩娜塔丽之托，要我去访问丹僧叔叔在慕尼黑设立的喇嘛庙，如果我能拍几张相片回来，也许可以帮她申请到一点补助。

我答应了。于是，一九九一年六月十四号的下午，父亲和我，再一次去探访丹僧叔叔。

奇怪的是，明明仍旧是同一所住宅，为什么给我的感受却与二十多年以前的截然不同？那天下午有阳光，社区里也有绿树有草花，可是为什么却给我一种荒芜和寂寥的感觉？孩子们早已经长大了离开了，只剩下衰老的父母安静地坐在空空的公寓里，庭园依旧，岁月恍惚。

丹僧叔叔心脏不好，走几步楼梯就要稍作休息，当然也更不能喝酒了。他本来就不高，如今身躯显得更加矮小，头发已经花白，好像比父亲看起来年岁还大。他带我们去参观喇嘛庙，其实，严格说来，只能算是一间佛堂的规模而已，却是几十年来，散居在欧洲的喀尔玛克人的精神支柱。

佛堂在丹僧叔叔的住家附近，是一栋公寓楼房的二楼，从外观看跟普通的住家没有两样，房门上只有一条小小的黑色门牌标示着德文“BUDDHISTISCHER TEMPEL”。进门之后有客厅和饭厅以及小厨房，佛堂在左边的大房间里，平时房门紧闭，只有祈祷的时候才会打开，好保持清净与尊严。虽然都是因陋就简的设备，但是一进入佛堂之时，却仍然会觉得心头一凛，那种深藏在漂泊者心中的虔诚，让眼前的佛像、供品、香烛和佛幡都平添了一层更加灿亮的光泽。

丹僧叔叔在我旁边向我详细地介绍这个喇嘛庙是如何由一位流亡在外的喀尔玛克喇嘛所创立的，又如何在战后的德国辗转搬迁，终于在慕尼黑停下了脚步。从一九四五到一九九一年，将近有五十年的光阴了，而丹僧叔叔从一九四八年开始，都担任照顾的责任，德国政府每年也有津贴，可以缴付房租和水电的费用。

原来供奉的佛像，是从一六四八年，当土尔扈特人陆续迁徙到中亚草原的时候，从天山故土的庙里请出来的。三百多年来随着他们的族群从新疆天山、中亚草原，从伏尔加河边一直走到了欧洲，在德国供奉了几年之后，一九五一年又随着一批被批准移民到美国的喀尔玛克人带到美国去了。如今这个佛堂里供奉的是释迦牟尼佛像。

“但是，我们还留下了七个白银做的供杯。这也是当年土尔扈特先祖们离开天山的时候一起带着走的，到今天也已经有三百五十年的历史了。”

丹僧叔叔把七个供杯都排在神坛之前要我拍照。那三百多年来一直被小心呵护的银质供杯上，一丝伤痕也没有，在灯光下闪耀着温柔的光芒。信仰，是多么奇妙的东西！当满身伤痕的喀尔玛克蒙古人来到佛坛之前，想必都能够从这些完好无缺的物件身上，得到极大的安慰罢。

五

一七七二年，在一次对抗俄国高压统治的革命失败之后，俄国凯瑟琳二世下令终止这些喀尔玛克人"汗"的称号与地位，把他们从独立的藩国降为帝俄子民。同时又加强对他们的政治整合与"俄化运动"，分化和移民。

当初土尔扈特人力图避免，不惜举族迁徙的疑惧与忧虑，如今都变成真实的灾难，在伏尔加河西岸，这七万"留下来的"蒙古人只能以孤单与脆弱的肉身来承担。

惟有灵魂依旧可以自主。

于是，所有喀尔玛克的长者都谆谆告诫子孙："不管身在何处，都要记得我们是信奉喇嘛教的喀尔玛克蒙古人！"

每一个流亡在外的子孙都做到了。

一九一七年，在俄国的"二月革命"与"十月革命"之间，喀尔玛克人被迫卷入争战。绝大多数的人是加入了白军，与苏维埃红军展开长达两年之久的战役，生命财产损失惨重。当白军战败，这批在俄国已经安家三百年的喀尔玛克人，又被迫流亡。

可惜，能够幸运逃离的，只有不到两千人左右，他们由黑海乘船逃到土耳其，再陆续逃到南斯拉夫、保加利亚，甚至远至捷克和法国，成了真正一无所有的流浪者。

惟一能保留的，就是充满了信仰与自由的灵魂。

逃脱不及的那些喀尔玛克人，有的遭到杀戮，有的被强迫送到西伯利亚劳工营，一波又一波的整肃与迫害，不停地前来。虽然在一九三五年十月，斯大林为了笼络人心，批准了"喀尔玛克自治共和国"的设立。但是，到了一九三六和一九三七年的"大清算"，数以千计的喀尔玛克人又被迫害，或革职或入狱，甚至大批集体被放逐到西伯利亚。

一九三九年，又一场让喀尔玛克人两难的战争发生了——第二次世界大战爆发。

一部分的喀尔玛克人选择相信苏联政府，相信这是一场护卫国土的圣战。于是，在一九四一年六月德国入侵俄国的时候，他们奋勇抗敌。有学者在战后统计，认为在苏联的大小联邦中，喀尔玛克为"祖国"所付出的伤亡比例是数一数二的。

但是，也有一部分喀尔玛克人选择了投效德军，想借此向他们的世仇俄国作个了断。

六

父亲和我，就在佛堂所在的公寓里住了两个晚上。

父亲是长者，又是男人，所以可以在佛堂里搭地铺。而我和两个到德国来求学的喀尔玛克女孩子，只能睡在外面的小客厅里。

在这两天之中，丹僧叔叔和我说了许多话，有一次，他谈到了自己的童年："我是一九二二年十二月二十五日出生在雅茨库克的。七岁那年，母亲去世。父亲为了让我上学，只好忍痛让我离开家乡参加一个儿童福利组织的教育计划。我和十个女孩、二十个男孩一起，到首府附近的一个寄宿学校就读了好几年。

旷野上自由的马群。

2002 年 8 月东乌珠穆沁旗

“一九三三年，是大饥荒的那年，每天有数以百计的人饿死在街边。我还小，食量也不大，只是觉得精神不好而已。但是，我们学校里已经有五六个孩子都饿死了，饿死的尸体都只能在匆忙中先拖放到另外一个房间。我因为昏睡不醒，也被拖放到这间房子里，就躺在十个左右裸体的死去的孩子之间。

“在这个学校里，有位十八岁的大姐姐，她有个十一岁的妹妹，平常就很喜欢同年的我，常常来找我玩。这天听人说我也饿死了，觉得很舍不得，就偷偷跑到这个房间来，打开房门，想在门边再看我最后一眼。

“想不到，我就在那个时候睁开眼睛，往四周看一看，就又陷入昏睡了。这个女孩奔跑着回去告诉她的姐姐，说丹僧没死，还活着。那时谁也不肯相信她。她只好哭喊着要姐姐一定过去看看。有位蒙古舍监听见她的哭喊，就过来探视，俯身聆听抚摸，想不到我果然还有呼吸，于是赶快把我移出房间，特别细心地照顾了几天，我就这样奇迹般地活了下来。”

“其实，在那个年代里，喀尔玛克人真的几乎都是要靠奇迹才能活下来罢！”

丹僧叔叔说到这里，苦笑了一下。我赶紧问他，还记不记得那个女孩的名字？现在有没有再联络？

“我们又在一起读了三年书，一九三六年从学校毕业之后，就没有再见过面了。不过，我一直都记得她，她叫做布露葛尔，是个笑起来有两个小酒窝，眼睛很亮的蒙古族女孩子。”

在五十八年之后，那个小女孩还活在丹僧叔叔的心中罢？不然的话，在提到她的名字的时候，他的眼睛为什么也好像有点亮了起来？

“一九三六年离开寄宿学校，前途无比黑暗。父亲已经在一九三三年的饥荒中饿死了,家乡还有姐姐和妹妹,我只好徒步去一个又一个的城镇里找工作。好不容易找到了一个翻译的差事,做了几年,刚刚觉得安定了下来,却又遇到第二次世界大战,让我在德国和俄国的烽火线上做了好几次的炮灰!

"一九四一年六月当德国人攻进来的时候,喀尔玛克人确实曾有人拿起枪抵抗过,但是,当俄国军队重新夺回这些城镇之后,却又怀疑所有的喀尔玛克人都是叛徒与奸细。

"我不管谁是谁非,一心想要回故乡雅茨库克。找到了一个骆驼车,在酷热的阳光之下,路很长,没有水,可还是给我挨回到家乡了。但是,雅茨库克已经陷落在德军的手中,我算是自投罗网了。

"不过,奇怪的是,这些德国人反而对我们很友善,他们把羊群和马群都还给我们,还宣布说如今既然已经脱离俄国的统治,我们喀尔玛克人应该恢复自己的宗教信仰。当时有五位喇嘛混在群众之中掩藏,听了这话之后就现身,领导我们在雅茨库克建立了一座佛教殿堂。这其中有两位喇嘛是在多年前的'十月革命'之后,被流放到西伯利亚去的。其中一位名叫阿格卓拉力吉,一八九一年五月一日出生,经历过许多灾难之后,终于在一九四一年回到故乡雅茨库克来。为了重建圣殿,他投进了全部的心力。

"一九四二年七月,我们在堪称华美的小小圣殿里举行了第一次的仪式,献上衷心的祈祷,渴望上天保佑,重新开始平安的日子。

"三个月之后,德军战败,美梦破碎。

"在俄国人与德国人之间,现在已经不需要选择了,都是曾经为重建圣殿出过力气的年轻人,如果留在家乡,只有等待死亡。于是,我们只能跟着战败的德军一齐撤退。

"那一年,我二十岁,离开了我的家乡雅茨库克之后,就再也没有回去过了。"

七

一九四二年的冬天，德军在斯大林格勒一役惨败之后，撤离俄国。这时候，大约有五千名喀尔玛克子弟，因为害怕俄国人的残忍报复，只好与德军一起撤退。但是，绝大多数的喀尔玛克人自认清白，他们从来不曾与德军有过什么牵连，就都留在家乡原地。

这些又一次留下来的“余留者”，想不到竟然与他们的先祖一样，又一次遭逢到含冤屈死的悲惨厄运。

一九四三年，斯大林复仇行动开始，他把“通敌”、“叛国”的罪名，加在喀尔玛克人以及鞑靼等五个小国的身上，十二月二十七日，宣布解散喀尔玛克共和国，再将全体人民集体放逐到西伯利亚的劳工营去。一去十三年，漫漫长夜，无人闻问，在十三年之间，整个苏维埃联邦没有一个人敢对他们有任何探询或者声援的行动。

这个世界假装无知、假装无事，即使曾经毗邻而居也假装已经忘记了他们！

一直要到了一九五六年的二月，在赫鲁晓夫那篇有名的演说里，才第一次提到斯大林时代的许多残忍行为，包括对喀尔玛克以及其他几族的大迁谪和流放。

一九五七年，为了自我在政治上的利益，赫鲁晓夫假装慈悲地为喀尔玛克人翻案，准许他们重回故土。但是，能活着从西伯利亚回来的，只剩下六万多人，还不到十三年前被放逐时人口的一半。

我认得其中的一位。有一年，在欧洲，他向我描述那在零下五十摄氏度低温里生活的感觉，他说：“起初，寒冷让人疼痛。可是，又不得不继续在户外工作，久了之后，整个人变得失去了该有的重量的感觉，好像变得很轻很轻。”

多年之后，面对着我，劫后余生的他带着从容的微笑，仿佛描述的是他人的情节。可是，当时的痛苦要怎样努力，才能熬过来呢？

斯大林曾经公然残害了数以万计的喀尔玛克人，你可以说他本来就是个恶魔。可是，那些自认是英雄，自认是二次大战正义之师的国家——英国和美国又如何？

战争刚结束的时候，情势混乱，一部分的喀尔玛克军队也想到了这其实是投奔自由的好时机。于是，他们的领导者与盟军代表商谈，当时的盟军笑脸相迎，并且保证只要他们肯放下武器，就一定负责带领这些部队前往自由的天地。

五千多人的军队，五千多喀尔玛克壮士，就这样手无寸铁地把自己交付到盟军的手中，坐上安排好的火车，大家都庆幸终于能够脱离苦海了。

想不到，火车在下一个站的月台前就停住了。月台上站满了一排排荷枪实弹的俄国兵，所有的喀尔玛克军官都被带下火车，就地枪决，而五千个十八九岁的年轻士兵直接用原车押送到遥远的西伯利亚荒原，从此再也没有任何的消息。

原来，苏联已经和英、美两国有了一项秘密的协定——斯大林要求，所有在俄国境内的蒙古军队，都要交还给俄国来处置。

明明知道这是陷人于绝境，英国和美国竟然也会答允，喀尔玛克人是被出卖了！

从第二次世界大战以后一直到现在都还时时自命为正义化身的英国和美国，不知道还记不记得这一段丑恶的历史？

但是，无论这个世界如何假装无知、假装无事，满身满心都是伤痕的喀尔玛克人却从来没有忘记过。

八

丹僧叔叔在佛堂外的小饭厅里，招待了好几位前来德国的喀尔玛克留学生晚餐。这些年轻人很有教养，对长者特别恭敬，也都不过是二十岁左右的年纪而已。丹僧叔叔说："这些孩子多好！在这样的年纪里可以专心地求学问，多让人羡慕！"

而丹僧叔叔的二十岁呢？

我们围坐在他身旁，听他重述那在战火之中挣扎求生的记忆："喀尔玛克人的骑术是一流的，在战争初期，德国军队也曾经要求过喀尔玛克人担任监视铁路和公路的工作，一有警讯，就可以快马追踪或者报讯。

"但是，在撤退的长路上，寒冬已经封锁了所有的一切，任是多快多好的马，也没有用武之地。

"所有的河流和土地都结冰了，德国军官一直催我们走快一点，却是怎么也不可能加快半步。

"有一天，部队正走在结冰的河面上，俄国飞机发现了我们，马上俯冲逼近，子弹一排一排地扫射过来，我们这些人只能拼命往对岸奔跑。那天天气非常晴朗，对岸树林里白桦树的枝子一层一层的原本清楚极了，可是在那一瞬间我什么都看不见了，只能听见头顶上飞机引擎巨大的噪音，子弹尖叫着掠过，还有人群的哀伤呼号，这一切都交织在我耳旁，恐怖与挣扎使我奋力往前奔逃，同时大声地呼念着大悲咒，一遍又一遍，一遍又一遍……

"等到飞机掠过了我们，枪声暂时停止，我才恢复了视力，才发现刚刚还紧靠在左手边与我一起奔跑的那位蒙古族弟兄躺在我身后的冰上，双腿染满了鲜血，正向我大声呼救；而右手边的那位德国士兵已经身首异处了。

“那位蒙古族弟兄只有十八岁，忍受不了疼痛，一直央求我们射杀他，我走过去把他抱了起来，放在马背上，可是，等到到了对岸之后，他已经咽气了。我检视自己全身，竟然没有一丝伤痕，不禁跪下向上天叩谢，到这个时候全身才止不住地抖了起来。

“在我的童年时期，一位老姑母告诉我，遇到灾难或者危险的时候，要诚心念诵大悲咒就可以逢凶化吉，从此之后，我是深深地相信了！”

这是幸存者在发言，在向众人见证他的信仰。事实也由不得我们猜疑，在那九死一生的经历里，好像真的是处处有神迹，处处都有上苍的眷顾。

可是，那些没有逃过劫难的魂魄，又该怎么说呢？

九

一九四五年，第二次世界大战结束，在德国慕尼黑附近的劳工营里，聚合了八百五十名喀尔玛克人。

说是“聚合”，是因为这里面除了包括丹僧叔叔在内的刚刚随着德军撤退过来的青年之外，还有另外一批“资深”的流浪者。

这些人就是我们前面提过的，二十五年之前，在俄国大革命之后仓促乘船从黑海逃离了红军追捕的喀尔玛克人。一九二〇年后有些人流亡在东欧各国，也建立了一些小小的家园，想不到这次随着战败德军的撤离，又被迫抛妻别子地迁进了这些劳工营里，意外地竟然能和从家乡逃出的年轻人见了面。

重新见到同胞，重新听到乡音，对于这些已经离开家乡有二十五年的喀尔玛克人来说，仿佛也算是一场悲喜交集的“团聚”了！

然而，这八百五十个喀尔玛克流浪者，在那一刻里，其实都是无家无国无一处可以依归的游魂。喀尔玛克蒙古共和国已经被斯大林宣布解散，所有的同胞都被驱逐到西伯利亚，没有一丝音讯；东欧的消息也被封锁，那些用二十五年时间辛苦构筑而成的小小世界又完全破灭，天下这样广大，却再无一处可以去投奔的了。

战争结束，大家离开了劳工营，却也只能暂居在德国，等待联合国国际难民组织替他们寻找容身之处，几经交涉，才在一九五一年的时候，得到了几个国家的接纳。

其中有五百七十一名喀尔玛克人，在一九五一年十二月到次年三月这段时间里，陆续出发到美国定居。其他的两百多人，有的去了法国，也有的选择继续留在德国。

十

四十年就这样过去了。

"现在，"丹僧叔叔说，"在欧洲的喀尔玛克人，如果加上他们的孩子，还再加上一九二〇年的时候出来的那些喀尔玛克人的子孙，大约有一千五百人左右。从德国、法国、比利时、意大利、瑞士，一直到东部的保加利亚、捷克、波兰和南斯拉夫，都有他们的踪迹，有的地方人很少，只有两三个家庭而已，还是在法国和德国的蒙古族家庭最多。"

一九四五年之后，德国政府对待这些留在德国的喀尔玛克人还算不错，帮他们找到工作，也配给房舍。丹僧叔叔就是在一九五二年分到了这一间公寓的，一九五四年结婚后也没有再搬动。

丹僧叔叔在一九五三年底，已经有三十一岁，知道家乡在可预见的将来是回不去的了，于是，就像有些单身汉一样，登报征婚。写信前来应征的这位德国女子，是位寡妇，有个小女儿，虽然并不能算是那些直接受战争之害的战后德国众多的战争寡妇之一，却也是个伤心人，名叫安娜。

两个人约好在慕尼黑火车站见面，第一次相见，几乎没有什么话可说。后来，也许是感觉到了丹僧叔叔的诚恳，两人才逐渐交往，最后在一九五四年七月十五日正式成为夫妻。

婚后，两人又生了三个小孩。如今，四个孩子都完成学业，找到了工作，也成了家，都搬走了，只有两个老人依旧住在这里。丹僧叔叔说：

"孩子们长大了就搬出去住，本来是天经地义的事。我惟一挂心不下的，就是将来我不在了之后，还有谁会来管理这间佛堂呢？"

佛堂所在地的公寓，并不是国家配给，而是租用的，所以也搬迁了几次，好在还有政府津贴，一般的支出可以维持。但是佛堂内的一切设备却是靠德国朋友的捐助，而晨昏洒扫以及其他种种杂务的管理，更是要靠丹僧叔叔的全心投入了。孩子虽然也遵从信仰，但是还有没有热情与力量来追随父亲的脚步呢？

这一间小小的佛堂，靠着好几位喇嘛的带领，以及丹僧叔叔全心地奉献，就这样在四十多年间，逐渐成为流落在欧洲的所有喀尔玛克人的精神殿堂。

丹僧叔叔为我展示了这个佛堂里最早的一位住持喇嘛的相片。他就是我在前面所提到的那位名叫阿格卓拉力吉的喇嘛，是在一九四二年领导着丹僧叔叔这些青年，在雅茨库克建立了一座佛教殿堂的五位喇嘛之中的一位。

德军战败撤退，这五位喇嘛也跟着喀尔玛克的年轻人一起行动，在军队撤退的途中，照顾这些年轻人，并且为他们祈祷降福。但是，中途有三位喇嘛被俄国军队俘虏了回去，只剩下两位到了德国。

其中一位在一九五一年陪着那五百多喀尔玛克人去了美国，在纽泽西建立了第一座喇嘛庙堂，而留在德国的便是这位阿格卓拉力吉喇嘛。他在一九七三年十月九日去世，享寿七十五岁。肉身火化。当地的喇嘛将骨灰撒在喜马拉雅山上的一条洁净的河流里，但愿他的魂魄能够回归故土。

“那年冬天，随着德国军队一齐撤退的时候，喇嘛其实和我们一样，都想着也许四五年之后就可以重回家乡。谁会知道一离开就是这么多年，喇嘛已经故去了，我也老了。”

其实丹僧叔叔年龄并不算老，只是健康情况很差，大概是不适合做长途的旅行了。

一九八九年，辗转得到家乡的消息，家中只剩下两个妹妹。当然，下一代也还有不少的侄子侄孙。可是，属于他记忆里的那许多亲人，如今只有这两个妹妹还在世了，健康状态也都很恶劣，大概也不能前来探视他。

“你知道吗？我以前常常会做梦，梦里总是会回到家乡。但是自从得到了家乡的消息之后，好像连梦都没有了。”

十一

一九九三年九月，第一届“世界蒙古人大会”在蒙古国乌兰巴托召开，有来自许多不同国家的两百多位代表参加。

在会场里，我遇到好几位从德国、法国来的喀尔玛克蒙古人，都是旧识，大家在蒙古国的首都相见，更是十分欢欣，忍不住互相拥抱。

但是，接着来的，便是悲伤的消息：“丹僧先生在八月份逝世了。我们明天要去甘丹寺为他求喇嘛念经，你要参加吗？”

我当然要参加。但是，在静听喇嘛颂经的时候，心里想着的却是两年前的夏天，在千里万里之外的慕尼黑郊区那间小小的佛堂里，丹僧叔叔曾经告诉过我的每一句话。

这样就是一生了吗？

我与他相识不能算深，可是，在那年夏日两天的相聚之中，好像在向我讲述那间佛堂的历史的时候，丹僧叔叔也把他自己的一生都说给我听了。

甚至包括了他的渴望和梦想："你知道吗？除了渴望回到家乡之外，我这一生还有个梦想，希望有一天能去甘丹寺朝拜，然后再到戈壁看日出。我们蒙古族说，'在戈壁看日出，是人间天堂。'其实，我也去过一些地方，看过一些风景，不管是在欧洲还是美洲，也真有些壮观的景象。可是，我从来没去过戈壁，不知道这一辈子还有没有可能到戈壁去看日出，享受那身在天堂的滋味？我看，大概只能是梦想了罢！"

甘丹寺内香烟缭绕，古老的佛幡在岁月的熏染之下，那颜色有着无法形容的华丽和苍凉，这就是丹僧叔叔渴望前来朝拜的圣殿。置身在他永远都无法实现的梦境里，我默默向自己发誓，要把他说过的一切都如实地写出来。

这就是一个喀尔玛克蒙古人的一生。

附注：本文内有关喀尔玛克蒙古的史料部分，多有摘自海中雄先生一九九二年二月二十二日到二十四日发表于联合报副刊《历史上最悲惨的迁徙》一文，在此谨致谢意。

草原上的妇人，带我们去她家喝奶茶，是“善待行旅”的美德传统。

1991年9月蒙古国库布苏固勒省

七个夏天

一九八九年的夏秋之间，有多少变动在我心中如洪流般轰然决堤。

那年，夏天刚开始的时候，诗人痖弦邀我参加联副新辟的专栏“四块玉”。

在两个月里，与另外三位作家一起发表，每人写十六篇每篇五百字的功课，想必会很有趣，于是就答应了。

但是，真正写起来，才发现并不容易。因此一个夏天就都在那里删删减减，其中有几篇甚至是在旅途上修改了之后，等到了欧洲，再借用朋友的传真机发回联副来的。

那时已经是八月中旬，我带着刚考完大学的慈儿，到德国与我的父亲相聚。同时也在准备着回到台湾之后，马上就又要出发的“返乡之旅”。

因为，那个夏天，“公教人员”不得去大陆的禁令终于解除了。像我这个生在南方，长在南方，从来也没有见过原乡的蒙古族人，是无论如何也不能再多迟延一天的。

终于去了，看见了，也感受到了。

其实不过只是从八月底到九月初短短的十几天，可是，积存了四十多年的渴望与揣想，已如高涨的河川，一旦决堤，那排山倒海轰轰然向我奔涌而来的洪流，就再也无法抵挡了。

很奇怪的感觉，在那将我没顶的洪流之中，所有的错愕与惊喜，无奈与惆怅好像都不仅只是属于我一个人的。好像已经逝去了的外婆和母亲，还有那远远地住在德国的父亲都和我站在一起，一起

湖上日出。

1991 年 9 月蒙古国库布苏固勒省

喟叹，一起徘徊。

回到台北之后，马上就开始写出一篇又一篇每篇都有好几千字的欲罢不能的心事。一年之后，配上了好友王行恭所拍摄的幻灯片，出版了那本《我的家在高原上》。

一九九〇年的夏天，带着这本刚刚出版的新书又回到家乡的时候，米吉格旗长对我说："没想到你真守信用，真的说会再来就再回来了，还带着这本书。有多少人只回来看了一眼就再也没消息了。去年九月，我们在边界上给你送行的时候，看着你们的车子越走越远，我心里想着的是这样一去，恐怕是不会再有见面的一天了。”

虽说对于从小由长辈的讲述中所得到的印象看来，故乡如今已经是改变了很多。但是这一片苍茫大地，毕竟曾经充满了我们家族的记忆；而每次一定要遵照古礼，送到边界，敬酒敬哈达，再站在山路旁向我们殷殷挥手道别的，毕竟是与我血脉相连的族人与同胞啊！

更何况，蒙古高原那样辽阔，有多少地方可以去一一寻访！因此，每年夏天，都会一次再次地往北飞去，有如鸿雁。

在蒙古高原上，我什么都不担心，怎么样都不会觉得累，好像和那个在城市里居住了几十年的我完全相反。背着相机，我可以走很远的路，只为了寻找一个适合的角度。其实，草原上天地之间的宽阔，是任何相机也拍不下来的，这一点，林东生先生几年前在为我寻找“明安旗”的时候，就已经说过了。可是，这毕竟是我第一次见到家乡，很想把“内蒙古”带回来，给台湾的朋友们看，也给自己留作纪念，哪怕只有千万分之一也好。

我也想去更北的蒙古国，以及更北更北的布里亚特共和国去看一看。

在蒙古国北部库布苏固勒省，省以湖名，那一个有着九十九条河川注入的库布苏固勒湖，清澈洁净，在中国史书里的名字叫做库苏古泊。一九九一年的九月中，我在冰寒的清晨挣扎着起了床，想拍湖边日出。在用旅馆里的自来水洗了脸之后，整个脸好像都不见了，无论怎么触摸都没有丝毫感觉。我把自己裹得像个粽子一样，向着不远处的湖边跑去，没想到脚下铺满了霜的草地奇滑无比，走一步就几乎要跌一跤。眼看着原本是暗红的天色在逐渐变亮，我真是心急如焚，好不容易一路跌跌撞撞地滚到湖岸边，刚好日出。湖边水草上昨夜结成的冰丝冰柱在瞬间晶莹闪烁，湖面雾气蒸腾，我一面猛按快门，一面忍不住高声欢呼，四野无人，只有湖边水鸟被我惊起，满心不情愿地哗叫着，扑打着翅膀划过如碎镜一样闪光的湖面。

还有，在暗夜里开车穿过原始森林，狭窄的石子铺成的小径上，被车灯照到的野兔不知道闪躲，瞪着双眼呆呆地站在路中央。要等我们把车灯关上之后，才回过神来，赶快逃走。

还有，又一个夏天，在内蒙古呼伦贝尔的草原上赶夜路，另外一辆车落后了，我们这辆车就在草原中间停了下来，灯一熄，才发现整片黑暗的草原之上，群星灿亮，人与天穹的比例，在那个时候特别震撼我心。

已经走到人生的中途，才第一次看到那样深邃浩瀚的穹苍，第一次感觉到了人与大地原来如此贴近，满心欢喜的我，多想把这样的感觉带回来说给台湾的朋友听，多想把这样的美景带回来放给台湾的朋友看。

于是，除了原野之外，还去拍了都城，拍了博物馆，拍了学校。东起大兴安岭，南至鄂尔多斯，往北越过库苏古泊一直走到南西伯利亚的贝加尔湖，更穿过无垠草原到了锡林郭勒盟的最南端，还上了天山山腹卫拉特蒙古族人世居的巴音布鲁克草原。每次行旅，总是会拍上几十卷底片。

在这几年间，写得不太多，也出了一些书，最常做的事，就是带着幻灯片去演讲。

我最喜欢的是去给小学教师的进修团体放我的幻灯片。每次大约有几十位，其中总会有几位，是我在新竹师院美劳教育系，或者师专时代的美劳教育科带过的学生。十年二十年之后，如今都是独当一面的好教师了，我想，他们在台下看着这个滔滔不绝的席老师，一定会又觉得欢喜又有点无奈罢。

几年下来，我发现台湾社会对“蒙古”的认识非常模糊，对那块土地上的一切，一位大学教授和市井小民的了解层次，竟然也不会有任何差别。每次，在回答朋友或者记者的问题之前，都会应他们的要求，先把在我们的教科书里从来没说清楚的历史和地理解说一次，而惭愧的是，这些资料的绝大部分，我也是才刚刚开始知道，刚刚开始明白的。

每次，最让我感动的，就是这些朋友与听众所给我的鼓励，这个世界，再也不复是从前那个我们曾经相信并且依从过的黑白分明尖锐对立的世界了！

七年就这样过去了。在这七年之间，我在蒙古高原上所走过的路，与我在台湾这个温暖的岛屿上所得到的回响，是连自己也无法置信的迢遥与丰足。

七年就这样过去了，心意依旧如前。总想着能够多知道一些，多了解一些，才能多说一些，多写一些；让两个民族能够互相尊重，互相疼惜。

因为自身的经验，让我在这几年间看见了其他的少数民族的困境；身为女子，也逐渐发现，如果换一个角度去观察，那原是累积在心中的挫折，也未尝不可转变为反省与观照的成长来源；生命如长河，每一股暗流每一处漩涡都是压力都成威胁，可是，为什么，如今的我却反而觉得有些力量在心中慢慢滋长？

在写作的路途上，王鼎钧先生一直是我深深敬佩的良师与益友。虽然至今还没有见过面，从他的书里，我得到了许多的引导与鼓励。

有一天，隐地在电话中向我转述，说鼎公向他询问，为什么席慕蓉在这几年间写得少了？又说：“如今可是她创作的最好年龄啊！”

在商店前等候母亲购物归来的三姐弟。

1991 年 7 月蒙古国南戈壁省

有感于长者如斯的厚爱与关注，当时的我寂然自问，无法回答。

这几天，整理这几年间的文字，慢慢翻看，忽然觉得它们有点像是一面镜子，忠实地呈现了我在这七年之间的变化，反倒使我能够把心情整理起来，回答长者的那一句问询了。

对我来说，“创作”这件事，应该就是生命里的全神贯注。

而我在这七年之间的奔波与浮沉，陷入与没顶，是不是也可以算是一种生活里的全神贯注呢？

我知道长者的厚爱，我也能感觉到那深藏着的创作的欲望，可是，这条汹涌的长河到底要带我去到哪里，却是现在的我所没有办法预知的啊！

从来没有像此刻这样珍惜手中的这支笔，但愿能够好好地再写下去。

在中央民族大学蒙古文系演讲，与可爱又可敬的学生们合影。

2013 年 9 月北京 （陈素英 摄）

附录

三封信和一个故事

林东生

之一

席姐：

还记得今年一月初我们在“书香堡”的会面吗？那是我们初次会面，也是到目前为止惟一的一次会面。那时我对你不了解，“有眼不识泰山”。但读过你的作品后（平心静气地读完），对你的思想性格总算有了初步的认识。

目前我正计划内蒙古的摄影旅行。一半受你的影响，一半是内蒙古本身的吸引力。我的旅行将与一般浮光掠影、走马看花的不同，我会全心投入，也希望能拍出一点意义来。不过，摄影受许多客观条件影响，现在我不能作任何预测，可能交白卷也说不定，但我会全力以赴。

我也打算到你的故乡——察哈尔盟明安旗一行，但这个地名现在在大陆出版的地图上没有。但幸好还有一点线索，苏尼特右（翼）旗这地方还在，我会到那里打探。

老实说，我这次内蒙古之行，目的是希望拍到一些动人的照片，可以引起你写诗的兴致。这也许是异想天开的事，但正如你在《荷花七则》里说的：“真的，有很多事，是要发点疯才能做出来的。”我现在就是要发点疯。

我最担心的问题不是你是否接受，乃是我能否拍到理想的作品，这是艺术修养的问题，急也急不来。所以，如果我觉得作品不满意，我是不敢给你看，那么，这封信你就可以忘记。

还有一个可能是多余的顾虑，由于你对我这个人不算太认识，也许会有点不放心，所以我不得不向你作出保证：我的行动纯属个人艺术理想的追求，全无政治动机。介绍我们相识的D君你原来就相信他，而我本身也是有一定的原则，请席姐放心。

当你收到这封信时，我大概人已经在内蒙古了；写这信时我的心也好像已经在大漠上奔驰了一样。下次再给你信，应该附同一些照片，那最快也是十月的时候了。

再见，祝

生活愉快

东生敬上

一九八七年七月五日

之二

席姐：

我回来了！

在内蒙古四十天的闯荡，我感到好像一生那么长，当中有说不完的许多故事，可惜我不是小说家，也不是诗人，我带回来的只是一些影像。

内蒙古之旅，使我认识到自己的天真无知。出发前，我在信上说，我会在大漠飞驰，说得多轻松。现在才知道，大漠是轻慢不得的。在内蒙古的第二天，嘴唇就干裂出血，吃饭也有困难。还未离开呼和浩特市，那风沙就打得我睁不开眼睛；后来到了沙漠，那大风沙就更厉害了，好几次我举起相机，不是为了拍照，只是为了挽救我的眼睛；至于策马草原，更是笑话，我们只能骑骑那些驯服了的老马，踱踱步而已，那些剽悍的蒙古马，我们连摸它一把都不能；一名香港青年，为了摸一摸一匹上了马绊的野马，给它后蹄踢中胸部重伤。不知马性，焉能骑马！

出发前，我轻视了草原和沙漠的厉害，因而吃了不少苦头，现在我真正体会到在漠漠风沙、茫茫草原上，蒙古牧民与大自然的搏斗是多么的艰苦。

席姐，无论我在内蒙古四十天如何吃苦，这一切都成过去，最重要的是有何收获，天晓得我是多么焦急地想把照片送到你眼前，但仍要等一段时期，因为我一部分底片必须送到澳大利亚冲洗，我自己也要九月中才能看见。

首先，我要送给你三件小礼物，都不值钱，但意义非轻。

第一件是一束小草，此草本来生长于察哈尔盟明安旗附近，万水千山，随我从内蒙古到香港再转到你手中，颜色已枯黄了，但它们确是来自你的家乡。

第二件是一把蒙古小刀，购自内蒙古一个小城——赛汗塔拉。这并非游客小刀，它的外形很简单，但极其锋利，我亲眼见一个内蒙古人用这种刀来宰羊，有如庖丁解牛一般顺滑。这刀已开锋，必须小心使用。（别看它粗糙，实在是人手做的；那些光滑漂亮的，是机器做的。）

第三件是一本书，作者是席慕蓉，北京出版。这本书得来很偶然，我是用《七里香》和一个美丽的北京少女交换的，书内还夹有她给你的一封信。

《七里香》这本书是你送给我的，我把它带在身上到了内蒙古，本来想把它埋在你故乡的土地里（为你做一件富有诗意的事）。但很凑巧地认识了一个北京少女，我们在难以置信的偶然情况下在北京相遇，当时我正要找寻大陆替你出版的书，而那少女竟是你的读者……所以我把《七里香》转送给她。换得了这一本《无怨的青春》。太巧合了,但确是真的。

这三件小礼物如果能顺利送到你手上,我将十分高兴,希望你笑纳。

最后,我要谈谈找寻明安旗一事。我被迫把本来很简单的事,用很复杂的方法来处理。

察哈尔盟已取消,其所属土地一大部分归入现在的乌兰察布盟(现乌兰察布市),一小部分拨归张家口市管辖。时隔数十年,今日大陆中年以下的人,根本不知道何谓察哈尔盟明安旗。如果我向官方查问,将很容易找到这老地方,但我始终没有这样做。每到一处,我只有向平民查探,遇到老年人,我就向他们查问察哈尔盟明安旗如今在哪里。

这当中的迂回曲折,实非外人所能道,但是我天性很好胜,非找到不肯罢休。现在总算给我掌握到一些线索,都是从一些老人家口中得悉的,明安旗最有可能的位置是在今之河北康保与内蒙古宝昌之间,这地区我已去过。(凡是有可能是明安旗的地方我都去看。)

惟一告慰的是希喇穆伦河是百分之一百肯定了。我曾沿这条河走了一段路,我不知道,换了是你,作何感想?

我是不会写信的人,这信写来杂乱无章,潦草不堪,请原谅!如信内有语焉不详的地方,请容日后解释。

我现在最希望的事,就是把内蒙古之行的照片送到你眼前,这样才算真正完成心愿。

祝

愉快

东生敬上

一九八七年八月二十九日

之三

席姐：

谨呈上一本摄影集，内有照片四十帧，希望你喜欢。

这只是精选的一部分，欲窥全豹，则以后观看幻灯片可也。

说实话，这些照片拍摄过程艰巨，但一般读者都是只看成果，不问耕耘，所以我也不甚计较得失。

但我的确盼望可以出版。如果我的摄影可以引发你写诗的灵感，那是最好不过；诗影交辉，真是赏心乐事。

但现在我只能诚惶诚恐等待你慧眼赏鉴。

顺祝

安康

东生敬上

一九八七年九月二十二日

运气与机缘

林东生

每当我把照片拿给亲友欣赏的时候，经常听到这样的话："哦！拍得不错，你用的是什么照相机？"有时我真的悔恨，为什么要选用名牌相机！当他们知道我的相机牌子型号后，往往说："怪不得这么清晰。"

我知道，一般人认为精良的照相机是摄影成功的主因。许多摄影高手不同意这种看法，但舆论既已形成，抗拒实在不易，尤其现在许多相机制造商，正大肆宣传：只要使用他们制造的摄影机，新手也可变成摄影大师。难怪越来越多人追求摄影机多过追求摄影技术，更不要提摄影艺术了，嘿！摄影算什么！

这次从内蒙古回来，在一些社团和学校举行幻灯放映会，许多朋友对我说："我真羡慕你，那么美丽的草原和沙漠，一定很好玩！"我苦笑点头说："是的！很好玩。"他们很难明白，我是在怎样艰苦的情况下拍到这些照片的。例如那一帧晨光中的草原马群，那是在呼伦贝尔草原东北部，清晨六时许，我乘吉普车经过那一片草原，发现美丽的蒙古马群，我自然不会放过，纵身跳下草原，走不到几步，只觉脚下生寒，再走几步，裤鞋尽湿——没有在草原生活过的人，做梦也想不到，黎明走在草原，等于走过水塘，每一株小草都沾满露水。我站在草上，感觉是站在冰水中。我本来一夜未睡，早已饥寒交迫，此际置身寒草里，更觉其苦，但面对如斯美丽的马群，我只想到摄影。

还有值得一提的，就是腾格里沙漠一组照片。腾格里是个美丽而奇特的沙漠，面积约四万二千七百平方公里，只算一个中型沙漠，我在那里拍摄了几帧毕生难忘的照片。

腾格里其实不难去，它的东南部边缘连接京兰铁路，换言之，坐火车就可以去腾格里。那里甚至开辟了小小的旅游点，但所有游人都满足于沙漠边缘，似乎没有人愿意向北深入。我最初也是如此，因为一下火车，已有极佳的沙漠风光，大伙儿都向南行，停留于沙丘低处，向北则要爬上高高不断的沙山，未行已觉疲累。

然而，真的感谢那个善良的青年牧民，他看出我是个摄影爱好者，自告奋勇做我的向导(完全是免费的)，领我向北深入腾格里，但所谓深入，只是感觉而已，实际上我们虽然走了几小时，仍在沙漠的边缘。

我们爬过一个又一个沙丘，沿途风沙很大，说话都听不清楚。正当我走到精疲力竭之时，却突如其来似的，看见壮丽得难以置信的沙海奇观，我的震撼难以形容！只见极目万里，沙丘连绵起伏，在夕阳斜照下，在风沙横扫下，重重叠叠、隐隐约约，真是美得难以描摹。我一生第一次感到摄影是负累，在这样的美景下，我并非静心欣赏，而是疯子似地抢拍，事后我甚至因紧张过度而胃痛。

离开了腾格里，我带走的不只是照片，还有沙粒，腾格里的沙真是幼细，它无孔不入，我的一双运动鞋，在经过洗濯后，在甚至回到香港后，一穿上，仍觉里头藏有腾格里的细沙！

如果说腾格里的摄影是运气，则海拉尔河日落的拍摄可说是机缘。海拉尔是这次内蒙古之旅的最后一站，在海拉尔以西六十公里，有一个叫陈巴尔虎旗的地方，据说草原景色绝美，于是决定往游，由于一时间找不到同路人，我惟有一个人包吉普车前往。

司机是个典型的北方汉子，性格爽直，他说车子有空位，请求让他两个朋友坐便车，一同游玩，我一口应承。谁知找朋友费了一个多小时，准备酒食菜肴，又费了一个多小时。我原定计划是五时开车，沿途拍摄日落景色。结果延至七时许才开车，眼见太阳逐渐西沉，我急如热锅上的蚂蚁，尤其当日之前，连续数日阴霾，好容易才红日如火，怎可错过？但车子却似蜗牛一般，缓缓地爬出城区，太阳快降到地平线了，而车子却在山间徘徊，我正欲跳车冲上山坡抢拍，车子忽然钻出山间来到旷野，我还望见一条大河，而团栾的太阳正沉下水平线，我纵身而出，只带一机一镜，奔向河边，抢拍最后也是最壮观的一刹那日落，几分钟后，太阳就沉没了。

事后我想，如果来晚五分钟，我永远拍不到这个落日；如果我拒绝让人坐便车，我就一早经过这里，也不会停车猎影。似乎冥冥中有一种命运，使我在适当的时候，来到适当的地点，拍摄这不可多得的日落。

摄影对于我，竟然是这样的玄妙。

然而，太热衷于摄影的人，不可能是个真正懂得旅游乐趣的人。但愿有一天，我能放下沉重的摄影器材，一无挂虑地徜徉于山水之间，静静体会大自然的真意趣。

回家真好[①]

王行恭

第一次回家竟然是在梦中，宽阔的草原上一直伫立着的石屋子，一再重复地出现在梦境里，不变的场景，不变的时空；惟一改变的是做梦的床，由儿时南台湾的“榻榻米”到南欧、到北美。那片安详寂静的草原上，无人、无兽、无风、无息，像极了一张褪色的画片，却又那么实实在在地存在那里，好一阵子一直是我解不开的谜。第一次确确实实地面对着它，是在哥伦比亚大学东亚图书馆的书库里，一个封尘已久的日本资料中，记述着东蒙调查的种种，而少数的图片，竟然出现了类似梦境中的场景，着实吓了我一大跳。八月的酷暑，在有空调的书库里，我心悸、手抖，翻照时视线模糊，衣衫尽湿，久久不敢相信这个事实。那天中午我没出去吃饭，偌大的库房只有我一个人，静得可以听见自己脉搏的跳动声。那天，晚上无梦，百思不解的谜，被掀开一角的滋味真不好受。

陪席慕蓉回家确实是机缘，和慕蓉、晓风等作家熟识，是在一九八一年的印度尼泊尔旅行，那次旅途中的见闻和趣事，一直到现在偶尔还是笑谈的话题。一九八九年的初夏，台北故宫博物院老同事楚戈兄嫁女儿，席间并桌挤到慕蓉的这桌，她和蒋勋、季季等正谈论着将要远行的计划。当知道目的地是她老家内蒙古时，也让我惊了一着——那不也是我的目的地吗？一直苦无适当的同伴，竟在席上做了决定。

① 本文为台湾圆神版《我的家在高原上》后记。

远离张家口大境门，车子进入内蒙古的疆土，一片片浓淡不一的翠绿草原迎面扑来，那样广阔的大草原，如非亲临其境，确实难以想象。飘浮在视平线上的大片云朵，低得可以够得着，在草原上移动的云影，也只有巴掌大小。教科书上从来没告诉过我们这些，是大人们忘了？还是根本没来过这片土地？远处的小丘间远远地看见一栋小土房子，小小的一丁点，在小丘的凹处，正好一朵云影遮着。“我的天！”已经不记得当时叫喊出什么，只记得胸口很紧，眼睛一直瞪着目标，怕它是幻影，是海市蜃楼，一失神就从视线溜走了。是我的梦境——好端端地伫立在两千码以外，也许好几百年前就在那里吧！简直令人不敢相信。在那家做客时，脑子还是一片空白，坐立难安，照片也没能好好地拍。人的一生，又是什么样的机缘，竟然站在自己的梦境里？

喇嘛颂经的时候，风刮得挺狠的，站在小冈上拍照，有点难以着力。祭典结束，风停云散，也许祖先听见慕蓉回家了吧。站在席家的故址上，府邸已成废墟，消失在草原上，远处散落着一些老鼠洞和破碎的家用陶瓷碎片，随手捡拾了几片，建议慕蓉给孩子们镶个坠子什么的；传说老家的泥土是可以治乡愁的。眼前远处缓坡外新造的瓦房，在落日下把影子拉得老远老远的，晚宴的肥羊我咽不下去，躺在炕上，窗外星空闪耀，照亮着这片草原，天寂地静，难以入梦。我怎么也不肯相信，四十年的岁月，会让整排的房舍，就这么轻易地消失在大草原的地平线上？

车行在草原的边缘，顺着希喇穆伦河水，跨过不远的大小兴安岭，就是我的老家——兴安盟科尔沁右旗——那片满汉蒙共生的大平原，祖先流血流汗牧马开荒的大平原，冬季冰封春暖又百花齐放的大平原，竟然近在山后。离家六十多年的父亲，怎么也不会相信，我竟站在山的西侧，遥望着东方的天际——跨过兴安岭，迈过柳条边堡,那片既熟悉又陌生的大平原和伫立在草原上的小土房子,就再不会尽是梦中的幻景了吧?回家真好,慕蓉,真的。

回家真好!

朋友的信

晓风

慕蓉:

第二次去画展,因为人少,才有了思考的空间。

有年轻的女孩跑来说:

“你是席教授吗?”

我笑说不是,其实,也很想骗她是,至少有某部分是,虽然也说不清是哪部分。

画上的花,看了总令人心疼,虽然十年前就看见你画它们,但想来为荷花或昙花耗上十年二十年是不冤的。你现在的花比从前好,因为有着淡淡的沧桑。盛夏丰收,有些什么东西被挤开,微微生疼。而一切的好,都是从疼里出来的。

但,不幸,你又画了蒙古高原。那却是太“自不量力”了。我说这点,不是因为你才拙,其实,和那样一块土地相比,任何画家都成了瞎子,都束手无策。

蒙古高原不是供人入画的,蒙古高原是供你惊讶动容并催泪而色变的。

人到蒙古高原,一千五百年前的敕勒歌的句子不变,但我们一看那土地,便立刻得到注解:

“敕勒川,阴山下,天似穹庐……”

原来,他们是以天为帐篷圆顶的。来到这片土地,你忽然变成数学上的$\frac{1}{\infty}$,而在数学上来说,$\frac{1}{\infty}$和$\frac{10}{\infty}$是没有差别的,不管你高你矮你胖你瘦，你牛羊万千，或你只有一只小羊，在那样的天宇下，你只是一根草芥，你都只能俯首称臣。

那样的蒙古高原怎肯来赴你的一百号、两百号或三百号的画布。

然而我又只能原谅你，原谅你非画不可的心情，也许有一天你会成功，谁知道呢？也许就算不成功，你也只好这么一路画下去，否则，又怎么办呢？

记得王尔德说的吗？有个讲故事的人告诉别人，在海边，人鱼如何以金梳梳其绿发……然而，不料，有一天，他果真见到了，他从此噤声不语……

禅宗大师说："一说便错。"

蒙古高原，便是个这样的难题：你不描述它，别人会误解；你一旦描述它，也不见得能免于误解。它原是说不清的梦，讲不完的幻境。像某个早晨我们所见的万头黄羊绝尘飞奔，万千蹄痕在沙上，分别说明了什么。但一阵风起，大漠沙碛翻脸不认账，寂天寞地无限深情又无限无情，惯于明山秀水的旅人又怎能复述那令人神为之夺移，色为之沮丧的天地。

啊！那样的蒙古高原，如何肯乖乖进入画框，勉强把那样的天驹牵进去，多少有点胆大妄为（想想，那种马，是连年老的成吉思汗也不怕的，它不高兴，照样把一代天骄蹶倒在地）。怎么办呢？我想，蒙古高原，既然是你非画不可的，至于能画它几分，也只好听天由命了。

怕时日久了，这些心情全忘了，趁假日赴屏东，写下寄你。

晓风

一九九三年十二月二十五日

时间草原[①]

痖弦

来自察哈尔盟明安旗的穆伦·席连勃是我认识的一个蒙古族姑娘，不过我遇见她，不是在通往沙漠市集的路上，而是在“联副”的编辑室里，二十世纪八十年代的台北，中国有报业史以来副刊最兴旺的时期。这种时空的错误，其实不过是一种人生的缘分，就像这位蒙古族姑娘，画油画、画线画、写诗、写散文；笔下述说的，无非是许多人生的缘分。只是，这缘分里含藏着如此繁复而又如此美丽兼具哀愁的人生情境，让人难以淡然视之。

她第一次来“联副”是准备开个展的时候，带了一个黑夹子，夹了一大叠画稿，我看了印象很深。为了了解她绘画的全貌，我和编辑部同仁专程到石门去参观她的画室，那么远远走近的一段路里，就觉得她的住家与附近的环境真正是艺术家的选择。房子是依着国防研究机构的宿舍改建的，外貌并不起眼。但屋里在朴实无华的设计下，处处显示她独特的美感与趣味，比如窗子，用各种色块贴着，仿佛一扇窗也是一幅画，阳光进来，渲染出温暖柔和的色调。画室在对屋，不算大，充满了完成与未完成的作品，有一大幅没画完的杜鹃还在画架上，色彩绚烂淋漓，透着强烈的生命感。她说这是在附近园子观察到的印象，一团团火样的杜鹃，激动着她，非画下来才甘休。杜鹃的花季很短，不抓住瞬间的感觉，很快就消失了。席慕蓉拿出她一张张的作品给我们看，我发现她的油画与线画截然不

---

① 本文为台湾洪范版《有一首歌》的序。

同，线画纤细秀丽，油画情感奔放，用色大笔挥洒、拓落不羁，有一种原始的冲创力，涌动着女性画家作品中少有的饱满、充沛的气势。我还记得其中一幅画，画中的女子迎风翱翔，长发飘拂，很像敦煌壁画上的飞天图，有一种健康、雄壮的女性美。如果说她的线画是宋元词曲的小令，油画便是汉朝的乐府长歌。从这两种画风，可以觉察出她有北地雄迈与南国秀丽混合的性格；她的情思细腻，而她不重修饰的样子、不拘小节的生活态度，却流露出一种帅气；帅原是用来形容男孩子的，但女性有这样的气质，那是另一种的迷人感觉。

之后我们开始通信，当我知道她写诗，偶尔也写些散文，就非常鼓励她。在美术界，画家写文章的不是很多，刘国松、庄喆、席德进、何怀硕是少数的几位，不过他们多半写画论，写抒情散文的大概只有席德进。席慕蓉的散文与席德进有同样的功力，但席德进基本上还是用画家的眼光来看这个世界，席慕蓉则不纯粹是用画家而是以作家的观点来感知这个世界。

席慕蓉散文的最大特色就是抒情风格，这可能是因为也写诗的关系，文字敏感细腻，与其说是画家的散文，不如说是诗人的散文。她的题材虽然呈多样性，却统摄在一个基调之中，充满温馨同情，是一个爱者的世界。或者这和她的生活背景是密不可分的，她曾说过："我是一个幸运的女子，因为有着深爱着我的人的支持，我才能如此恣意地成长……我要承认，在今生，我已经得到了我所一直盼望着的那种绝对的爱情，上苍的一切安排原来都有深意，我愿意沿着既定的轨迹走下去，知恩并且感激。"(《无怨的青春》自序)

她的笔法擅长运用重复的句型，使她的文章呈现着舒缓的音乐风格，而充满了田园式的牧歌情调。近二十年来的散文，大致是两个类型：一种是冲澹的，不讲究文字的繁丽，不在句法上刻意经营，着意在整体的效果；另外是浓艳的，追求词章的华美。席慕蓉的散文兼具二者的长处。她的文章都有人物作中心，在浅白的诉说里，可以见出她的真淳，具有冲澹型散文的特点；她虽然不刻意经营句法，但由于她有诗人的观照能力，所以也常常涌现奇句，让人寻思不已。像是对生命的领悟："生命中有很多特定的刹那都像一篇极短篇：没有起始，没有终结。因此，那挑选出来的一刹那就比较特别清新而淡远，比较特别苦涩而又甘香。"(《谜题》)像是对离别的诠释："离别又有什么不好呢？……所有过去的岁月竟然像是一张蚀刻的铜版，把每一划的刻痕都记录下来了，有深有浅，有满盈也有空白，然后，在每次回顾的时候，它都可以给你复印出一张完全一样的画面出来。"(《一个春日的下午》)像是对自然的肯定："只要夏天到了，在浅水的塘里，荷花总是欢然开放。每一年、每一季，总是按着秩序，没有一朵花会忘记，没有一片叶子会犹疑。"(《夏天的日记》)

席慕蓉的诗有很多是关于爱情，她对爱情的诠释是另一种执著，对情人之间的离散，常常流露出哲学式的纾解，得与失都赋予了新的意义，她写爱情的不胜今昔之感尤其动人。现代人对爱情已经开始怀疑了，席慕蓉的爱情观似乎给现代人重新建立起信仰。而在散文里，席慕蓉所企图掌握的却是时间，虽然她在字里行间流露出来的是对生命未可全知的焦灼与探索，而其实，生命最基本的质素不就是时间？或者是这种急于掌握恒久的心情吧。席慕蓉常能在反复索解之后得到某些顿悟式的答案，至少，这些答案可以暂时纾解她的疑惑。譬如在《月色两章》里，她说："生命应该就是这样了吧？在每一个时刻里都会有一种埋伏，却要等几十年之后才能得到答案，要在不经意的回顾里才会恍然……"在《永恒的盟约》中，她说："生命里的一切都是为了延续，艺术的最终目的应该也是为了这个。汲取上一代的精华，寄望下一代的能够知道、明白，并且再发扬光大……"在《一个春日的下午》，她问："生命是不是就只是一种不断的反复而已呢?”在《花事》中,她说:“人生也许就是这样了,只要是自然的,只要是顺着天意的,就算是花落了也不一定要觉得悲伤,甚至也可以有一种淡淡的喜悦,就像这风里的若有若无的清香。”在《丰饶的园林》里,她说:“我其实不必一定要苦苦追寻那一扇已经错过了的,只存在在过往记忆里的门,往前走去,还有多少扇门在等待着我去一一开启,生命里还应该有多少不同的惊喜和盼望。”生命有那么繁复,时间有那么无限,答案就有那么多样的可能。就像敻虹的诗:“不受约束的是生命,受约束的是心情。”与话:“受约束的是生命,不受约束的是心情。”(见《夏天的日记》)

另外,她的主题之一是乡愁:对童年的怀念与故乡的系念。她生活在蒙古族家庭里,小时候常常听大人讲边疆的故事,长大以后,她的故乡变成了精神的寄托,也增添了她作品中的色彩;内蒙古的草原、沙浪的驼影、长河的落日、大漠的孤烟,这种向往增加了作品的浪漫情调。她虽然是长在内地,但血液中流动的是蒙古族人的因子,边塞民族流离的悲苦,有时候她也借着孩童的视点表现出来。席慕蓉的作品具有相当大的精神空间,并自然流露出北地的豪放,这与她的出身是有关系的。

席慕蓉的书近年已被列为畅销作品,这表示读者趣味的提高,是可喜的现象。当然,也由于这样的关系,引来了一些异议:有的说她受欢迎是因为她的画,有人说她的风格甜美易于讨好,而更多的是赞美。席慕蓉无视于这些掌声或嘘声,她比以前更努力工作,更严苛地要求自己;她知道她真正的压力在哪里,那该是属于文学艺术工作者的压力。

面对她的理想,她应该知道做了多少,她是具有自我省察能力的作家。有长长的路正在她眼前展开,通向蒙古草原般辽阔的文学世界。

而或者，我们更希望的是，席慕蓉——这个蒙古族姑娘有一天能回到她的故乡，像她自己的梦想，一脉一脉紫色的山峦，泼墨般大笔刷开的草原，缓缓移动的羊群，或是烟尘滚滚里仿佛要奔向世界尽头的马群……而她坐在毡房外，手里拉着马头琴，心里念着鞍上人，没有画笔、诗以及散文。

图书在版编目(CIP)数据

追寻梦土 / 席慕蓉著. —呼和浩特 ：内蒙古人民出版社，2017.11

ISBN 978－7－204－15106－6

Ⅰ. ①追… Ⅱ. ①席… Ⅲ. ①散文集—中国—当代 Ⅳ. ①I267

中国版本图书馆 CIP 数据核字(2017)第 283228 号

追寻梦土

作　　者　席慕蓉
责任编辑　贾睿茹
责任监印　王丽燕
封面设计　刘那日苏
出版发行　内蒙古人民出版社
地　　址　呼和浩特市新城区中山东路 8 号波士名人国际 B 座 5 楼
网　　址　http://www.impph.cn
印　　刷　内蒙古金艺佳印刷包装有限公司
开　　本　710mm×1000mm　1/16
印　　张　20.75
字　　数　300 千
版　　次　2018 年 8 月第 1 版
印　　次　2018 年 8 月第 1 次印刷
书　　号　ISBN 978－7－204－15106－6
定　　价　68.00 元